風が吹いたり、花が散ったり

講談社文庫

# 風が吹いたり、花が散ったり

朝倉宏景

講談社

# プロローグ

　さちが額《ひたい》に張りついた前髪をかき上げた。着地の衝撃で彼女の汗が周囲に飛び散った。

　となりをぴったりと並走する亮磨《りょうま》の腕に、一滴、さちの汗が落下する。まるで、鉛《なまり》の塊《かたまり》がぶつかったみたいに、その水滴が皮膚《ひふ》を深くえぐった気がした。さちの苦しみが、焦《あせ》りが、もどかしさが腕の表面から染み透《とお》って、ダイレクトに脳天まで突き抜けていったようで、亮磨は思わず奥歯を嚙《か》みしめた。

　今、俺にできることは？　どうすればいい？　酸素の足りない、もやのかかった頭で必死に考えをめぐらせた。さちのフォームの特徴である、バネのきいたピッチ走法から、あきらかに粘《ねば》り強さが失われていた。前に進もうとすればするだけ、あがくようなストロークになっている。さちの左手と、自分の右手――二人がにぎる赤いロープの輪をとおして、なんとかさちの走りのリズムを感じようとする。

強い春風が、湖のほうから吹きつけた。すぐ右どなり、たった五センチのところに、熱の塊と化したさちの体温を感じる。腕に落ちた彼女の汗は風圧にさらわれ、自分の汗とまじって消えていった。

ふたたび、顔を上げる。数十メートル先の給水所のテーブルに、大勢のランナーたちの背中が吸いこまれていく。二十八キロ地点だった。

決断を迫られていた。一定の呼吸のリズムを崩さないように、つばを飲みこむ。まだ、喉《のど》は渇いていない。二十三キロ過ぎに、給水したばかりだ。が、さちはどうだろう？

うねうねと曲がる、細い道だった。ここでの給水はなるべくさけたかった。ほかのランナーとの衝突、転倒がもっともこわい。ここまでのさちの努力がすべて無に帰してしまう。

「水は……？」さちの様子をうかがった。

さちは答えない。白い頰《ほお》が上気して、ほんのりと赤く染まっている。真っ直ぐ前方へ向けられた視線は、はるか先を見すえているかのようだった。

直後、彼女に動きがあった。あいているほうの右手――その人差し指と中指で、左の手首をとんとんと、数回たたく。タイムを教えろ、ということらしい。亮磨は左手を上げて、腕時計に表示されているストップウォッチを確認した。ブレる視界のなかで、なんとか数字を読みとる。

「二時間十九分七」簡潔に答えた。

反応はない。上がりはじめたあごを、意識的に引くようなしぐさをしたけれど、うなずいたわけではなさそうだ。

二十五キロ過ぎから、ずるずるとさちのペースが落ちつづけていた。はっきり言って、自分の体の調子なんか、どうだっていい。俺はまだようやく八キロを走りきっただけ。一方のさちは二十八キロを走破した。そして、彼女にはまだ十四・一九五キロが残されているのだ。

声をかけるんだ、かけつづけるんだ——亮磨はさちを焦らせないよう、ゆったりとした口調を心がけて言った。

「次に給水します。右側へ三メートル！」

殺到するランナーをさけて、さちを安全な進路へ誘導する。

民家や畑、ビニールハウスのあいだを走り抜けていく。しばらく進むと、道が片側一車線に広がった。渋滞しているというほどではないけれど、はるか先のほうまで、ランナーが数珠《じゅず》つなぎになっているのが見通せた。

どこで、挽回《ばんかい》するべきか。どこで、飛び出すべきか。後半のコースを頭のなかに思い浮かべながら遠くのほうをうかがっていたら、突然、目の前に別のランナーの背中が大きく迫っていた。

「よけます!」あわてて大声で指示を出す。

前を走る男性が、亮磨の叫び声に驚いた様子で振り向いた。三十代くらいの屈強なスポーツマンタイプの市民ランナーだった。前半に飛ばしすぎたのか、表情に生気は感じられない。

「左!」切迫した亮磨の指示にさちがすぐさま反応し、左側へ進路を変更する。さちの左手と、亮磨の右手をつないでいるロープがぴんと張りつめる。よろよろと失速をつづけるランナーのすぐ横を、かろうじてぶつかることなく走り抜けた。思わず、ふぅーっと、安堵《あんど》のため息を吐《は》きだしてしまう。

ダメだ、伴走者失格だ……。こういう些細なエネルギーのムダづかいが、ストレートに疲労の蓄積《ちくせき》につながっていくのに。

案の定、さちの呼吸のリズムが乱れている。

「もぉ……」と、大きく息をもらしながら、さちがちらっと亮磨のほうに顔を向けた。「びっくりしたぁ」

少し唇《くちびる》を突き出して、怒ったような表情を浮かべている。ただ、どこかおどけたような、亮磨のことを気づかってくれるような、冗談っぽい怒り顔だった。

「ごめん……」

それでも、おどけた表情をつくれるだけの余裕が、さちのなかにまだほんのわずかでも残っていることが救いだった。

何をしてる、しっかり前を見ろ。迷うな。俺がさちの目になるんだ。

吸って、吸って、吐いて、吐く——その正確な呼吸の繰り返しに、同調するようなイメージ。

二人のあいだの乱れたリズムが、ふたたびぴったりとシンクロし、重なっていく。意識しないでも、さちのストライドと腕の振りに自然と体が反応していく。さちが左足を踏み出せば、亮磨は右足を踏み出す。さちが左腕を後ろに振れば、亮磨は右腕を後ろに振る。まるで二人三脚のように、鏡でうつしたように手足が動く。

なんとしても、さちを目標時間——三時間半以内にゴールに導く。無事にたどりついたら、さちと出会ったあの日の真実を絶対に話す。

もしかしたら、もう二度ととなりを伴走することはかなわないかもしれない。

でも、今は——。

今は走ることしかできない。亮磨は強く地面を蹴った。

俺はさちに大きな嘘をついた。立ち止まることは、絶対に許されないのだ。

# 白い杖

洗いたての真っ赤なトマトが、空中に跳ね上がる。はちきれそうなほどの果実からしたたった水滴が、あたりに飛び散った。

落下してきたトマトを、愛《あい》がか細い手でキャッチする。ボールを扱うように、ふたたび天井すれすれまで投げ上げる。亮磨は思わずその軌道を目で追った。

「これ……、内緒だぞ」病的なほど透きとおった白い手でトマトをつかむと、愛は亮磨に向けて不敵な笑みを見せた。

「えっ?」まさかの行動に、亮磨の声がうわずった。「何してるんすか!」

愛が、トマトにいきなりかぶりついた。

「ちょっと……! 店のですよ!」

愛の唇から、手から、汁がしたたり落ちる。何か見てはいけない場面を目撃してしまったようで、亮磨はそれとなく床に目をそらした。愛の足元には、空の段ボールが置かれている。ふたの部分にプリントされた、トマトの産地のゆるキャラがじっとこちらを見つめている。

「あのっ、愛さんは今日のミーティング、参加するんすか？」ふたたび、おずおずと視線を上げた。

しばらく、亮磨の顔を見つめていた愛が、ふたたびトマトに口をつけた。食べる、というよりは、むしゃぶりつくようだった。シュルルルと、果肉を吸いこむ音が響く。

「出るよ」トマトを持っていないほうの手で、口についた汁をふく。「しかたねぇもん。今日は仕込みで早く入ってるから、出ないわけにいかないし」

「よかったぁ」思わず本音をもらしてしまった。「すげぇ、心強いっす」

愛が笑った。目の下、頰骨のあたりに、猫のヒゲのような、特徴的なえくぼが浮かぶ。

銀縁の丸メガネに、きつい三つ編み、泣き腫らしたみたいな涙袋の赤いアイシャドウ――たぶん、一目見たら誰もが彼女のことを忘れないだろうと思うほど、どれをとっても印象的な容姿をしている。しかも、それが違和感なく、ぴったりと白根《しらね》愛という存在になじんでいる。

「食うかい？」愛が突然、トマトを差し出してきた。「甘いし、ウマいよ」

「いや……、遠慮しときます」亮磨はあわてて、胸の前で両手を振った。

トマトには、愛の歯形がくっきりとついている。その断面はじゅくじゅくに熟れて、今にも果肉があふれ出しそうだ。

「あっ、塩がほしいのかい？」

気がつかなくてごめん、というように、愛が塩の容器をとろうとした。亮磨は「違うんです！」と、とっさに叫んだ。

「それとも、マヨネーズ？」

「実は、トマト、嫌いなんすよ」迷ったすえに、嘘をついた。人のかぶりついた食べ物なんて、正直言って口に入れたくない。しかも、相手はとくに親しくもない女性だ。

「こんなにウマいのになぁ」頰をふくらませて、トマトに視線を落とす。「けっこう高いやつだから、すごい甘いよ。たぶん、マヨぶっかけたら、いけると思うよ」

ああ、これは結局食べなきゃダメなパターンだ——亮磨は愛にさとられないように、ため息をついた。自分の主張を曲げようとしない頑固《がんこ》な愛が、厨房の隅で社長と激しい言い争いをしている場面を何度も目撃している。たかがトマトで、面倒な押し問答なんかしたくない。

覚悟を決めて、歯形のところにマヨネーズがかけられたトマトを受けとった。愛の視線のプレッシャーに耐えきれず、一気にかぶりつく。マヨネーズの酸味のあと、トマトの甘みが口のなかいっぱいに広がっていった。

「どう？」

「ウマいです」この期《ご》に及んで、本当はトマトが好きだとは言いだせない。亮磨は素直にうなずいた。

「ほらね」と、愛は得意顔だ。「食わず嫌いでしょ、どうせ」

右手を差し出し、トマトを返せと、無言で要求してくる。亮磨は自分の歯形がさらについたトマト——しかも、マヨネーズの残滓《ざんし》が白くこびりついているトマトを返した。

シンクにかがんで、したたる汁をうまく下にたらしながら、愛が残りのトマトを食べきった。やわらかいものでも、きちんともぐもぐ嚙んで、飲み下している。その様子は、ハムスターのような小動物が懸命に咀嚼《そしゃく》しているみたいで、なんだかいじらしくも見える。

「野菜高いから、ここでこっそり摂取してるんだ」

正直、この人がいったい何を考えているのかわからない。次にとる行動がまったく読めないので、いつも驚かされてばかりだ。

「あの……」ずっと聞きたかったことを切り出した。「正直、あのミーティングってどう思います？」

「ああぁ」トマトのヘタをゴミ箱に捨てた愛が、うなり声を上げた。「あれね。バカどもの魂《たましい》の叫びね」

そう言って、厨房に置いてあった「白根愛専用踏み台」に腰を下ろす。背の低い愛が、頭上の棚から物を取るときのためだけに用意されているものだ。

踏み台にかがむ愛に、蛍光灯の光があたった。料理の油がはねたのか、それとも汗がこびりついたのか、丸メガネのレンズがやたらと汚い。愛が神経質なのか、物事に無頓着《むとんちゃく》なのか、その点も亮磨には正直よくわからない。こだわりはものすごく強いと思う。だからこそ、どうでもいいところにまで、注意がまわらないのか……。

「でもさぁ、べつにだまって聞くぶんには害はないっしょ。それとも、耐えられないくらいムカつくかい？　無性にここらへんが……」愛が座ったまま手を伸ばし、亮磨の胸のあたりを拳《こぶし》でかるくたたいた。「ざわついて、暴れだしたくなるかい？」

彼女のしぐさそのままに、胸のなかに直接手をつっこまれて、心臓をわしづかみにされたような気分だった。何から何まで、指摘どおりだった。この人には建前は通用しない、やっぱりすべてお見通しなんだと確信した。

「愛さんって、ミーティングで何か発言したこと、あるんすか？」

「私が？　スピーチを？」

踏み台に座ったまま、両足を爪先《つまさき》までぴんと伸ばして、驚いた表情を向けてくる。厨房用の黒いVANSのスニーカーには、白マジックで、左足に「白根」、右足に「愛」と、大きく書かれている。

「まっさか！　あるわけないじゃん」

「なんか、言われないですか？　社長に」

「言わせない」

即答だった。愛は両足を床に下ろして、今度は腕を組んだ。シンクの下の扉に背をもたせかけて、宙をにらんでいる。その視線の先には、一匹の小蠅《こばえ》が飛んでいた。

「あの……」亮磨も蠅の動きを追いかけながら、いちばん気になっていたことを聞いた。「愛さんって、なんでこのバイトつづけてるんですか？」

「君、もしかして、やめたかったりする？」

質問を質問で返された。また、図星をつかれた。亮磨は戸惑《とまど》いながらも、正直にうなずいた。

「ここに入ったとき、社長に、とりあえず三ヵ月がんばれって言われて。で、三ヵ月たったんで、そろそろかなぁって」

「君、ウケるよね」と、愛は真顔で言った。何かを計算しているのか、指を折りながら、いまだに目だけで小蠅を追跡している。「どの仕事も三ヵ月でやめてったら、あと四十年働くとして、百六十だぜ？　途中で履歴書の職業欄足りなくなるよ」

「いや……」亮磨はあわてて首を振った。「今はやりたいことがないんで、それが見つかったら、きちんと働くつもりですけど」

甘えてんじゃねぇ——そのくらいの叱責《しっせき》は覚悟していた。が、愛は何も言わず、膝《ひざ》をたたきながら勢いをつけて立ち上がった。いよいよ、蝿をしとめにかかる。と思ったら、冷蔵庫の脇にどけてあった、トマトの段ボールを取り上げる。バラして折りたたもうとするのだけれど、力が足りないらしく、なかなか底の部分がはがれない。細すぎる腕のほうが今にも折れてしまいそうだ。

亮磨は見かねて、手を差し出した。愛が意外にも素直に「あんがと」と、亮磨に段ボールを手渡す。

「愛さんは、やっぱここで社員になりたいって感じですか？」何気なく聞いたつもりだった。

「社員？」愛の表情が一変する。小蝿を眺めるような、感情のこもっていない死んだ目つきで、亮磨をじっと見すえる。

まずいことを口走ってしまったと、ようやく気がついた。やっぱり、この人もここで働きつづけるのは嫌なんだ……。

おそろしいほどの沈黙が厨房を支配した。業務用冷蔵庫の唸《うな》り声が、やたらと耳につく。それにしても、白根愛という人間の、この迫力はいったいなんだろうと思う。高校生といっても通用するほど幼く見えるのに、こちらの存在をえぐりとられるような威圧感とオーラをびりびりと感じる。

「あの……」あやまろうと、口を開きかけたところで、いきなり、ぱん、と破裂音が響いた。

さっき飛んでいた小蝿を、ついにしとめたらしい。一瞬亮磨のほうをうかがってから、愛がゆっくりと両手を開いていく。芝居がかった大げさなしぐさに思わずひかれて、亮磨はつばを飲みこみながら、彼女の手のひらのなかをのぞきこんだ。

黒い小さな点が、こびりついていた。つぶれた蝿を、まるで戦利品のように、勝ち誇った顔で見せつけてくる。

そのついで、というように、愛が言った。

「自分がクズみたいな底辺に這《は》いつくばってるってことを、つねに実感できるからだよ」

「はい？」何を言われているのか、まったくわからなかった。

「なんで、ここで働きつづけてるのかって話」

「あ……あぁ」話題が逆戻りしたことに、ようやく気がついた。

「あのくだらないミーティングだって、クズ同士が傷なめあってるだけっしょ。まだ自分って、こんなクソみたいなところにいるんだって、身にしみて認識することができるから」

「はぁ……」どう返事していいのかわからず、とりあえず言葉を濁《にご》す。

「でもね、はっきり言って、ここじゃあ、まともなクズは君と私だけだと思うよ」

「まともな？」

「君はチューブワームって知ってるかい？」

「チューブ……？」愛が何を言っているのかわからなかった。

「あとで、検索してみ。チューブワーム」

「チューブワーム」わけもわからないまま、愛の言葉をそっくり反復した。どこか、近未来の乗り物を想像させるような言葉の響きだった。

「見た目は、ちょっと気持ち悪いんだけどね、光も届かない深海で、何も食わずに、酸素も吸わずに生きつづけてるんだよ」

「生き物ですか？」

「生き物」愛が両手を腰にあてて、うなずいた。「想像してみて。ここは、深い、深い、海の底。光も届かない、世界の底。底辺」

そう言って、腰にあてがっていた手を、大きく広げる。

「ほかの連中は、酸素と光と食物を求めて、あえいでる。どうにかして、上に――光の届く場所に行きたいって、あがいてる」

そんなことを言ったら、誰だってそうだろうと亮磨は思う。底に沈んでいる連中は、みんな光の届く場所に浮上したいはずだ。

が、愛は首をゆっくり横に振ったのだ。

「ウチらは違うよ。意識したことないかもしれないけどさ、私と亮磨は、チューブワーム。光も酸素も、食べ物すら必要ない。この暗い深海で、たった一人、生きていけるんだ」


月に一度恒例の、全店舗合同ミーティングが渋谷本店ではじまった。亮磨は後方の壁にぴたりと背中をつけ、全身を硬直させたまま身構えていた。

すぐとなりには、愛もいる。腕を組んで、早くもうんざりした表情を浮かべている。

目の前には、五十人以上のスタッフの後頭部がならんでいる。ほとんどが二十代の若い男女で、三十代は社員をのぞくと数えるほどしかいないはずだ。全員が姿勢を正し、前方に向かいあわせで立っている社長を注視している。

「はじめての人もいるから、このミーティングの趣旨を簡単に説明しておくぞ」社長が新規採用された新人たちに向かって、話しはじめた。「まず、積極的に人前で話すことで、度胸をつける。これが一点目だ。二点目は将来の夢を実際に口に出すことで、実現に一歩近づける。もちろん、夢じゃなくていい。悩みでもいい、これだけは言いたいっていう、やむにやまれぬ衝動でもいい。そして、みんなでその夢や悩み、思いを共有し、尊重しあう。そんな場にしていきたい」

新しいスタッフたちが緊張した様子でうなずいた。

「じゃあ、発言したい人は？」社長が腕組みをといて、右手を挙げた。ゆっくりとホールに居並んだスタッフを眺めわたす。

一拍の間をおいて、亮磨と愛をのぞく全員が、勢いよく手を突き上げた。

「はい！」

先生にあててもらいたくてしかたがない小学生のように、若い男女がぴんと腕を伸ばしながら、大声でがなりたて、アピールを繰り返す。新人たちも、この場の空気にのまれて、手を挙げている。

「はい、はい！」

店のガラスが震えるんじゃないかと思うほどの大音量でスタッフが叫びつづける。

亮磨は右手で左の肘《ひじ》を抱えながら、冷めた目でこの狂騒を眺めていた。

「じゃあ、ミカちゃん、いってみよう！」社長が最前列にいた女性を指さした。

「はい！　ありがとうございます！　お話しさせていただきます！」

社長にあてられた女性は、晴れやかな笑顔で胸に手をあて、言葉の端々にたっぷりと情感をこめながら、将来の夢を語った。

「先日、大学のボランティアサークルで、老人ホームに行ってきました！　ご老人といっしょに歌を歌って、劇も披露しました。人の役に立つって、本当に素晴らしい！　このバイトももちろん、お客様に幸せを与える仕事だけど、将来も漠然《ばくぜん》とお金を稼ぐだけじゃなくて、絶対に世のため人のために奉仕できるような会社に就職したいって、心の底から思いました！　ありがとうございます！」

割れんばかりの拍手が鳴り響いた。ミカなら、できる！　がんばれ！　そんな温かい言葉が口々に叫ばれる。歓声や口笛がこだまし、彼女の所属する三軒茶屋《さんげんぢゃや》店のスタッフのハイタッチが飛び交う。三軒茶屋店は規模が小さいので、スタッフ間の仲が良く、アットホームな雰囲気が特徴らしい。

みんな心の底からこの女子大生を祝福しているのだろうかと、亮磨は疑ってしまう。愛の言うとおり、心臓のあたりをぐちゃぐちゃに引っかきまわされて、今にもその不快感に耐えきれず暴れだしたくなるような、そんな衝動がわき上がってくる。

異常なほどのボルテージと、一体感は、まるでシューキョーだと亮磨は思う。目をつむって、深呼吸を繰り返していると、突然腕をつつかれた。横を向くと、愛がいたずらっぽい笑みを浮かべて、亮磨の様子をじっとうかがっていた。

「あいつのこと、偽善者だって思ってるべ？」低い声でそうささやいて、さらに横っ腹をつついてくる。「だろ？　そうだろ？」

「何が世のため人のためだよって思っちゃいますね。ああいうタイプほど自分がかわいくてしかたがないんですよ」

二人して悪口を交わし、腹を抱えながら声を殺して笑っていると、すぐ前に立っていた渋谷本店の社員がこちらを振り返った。人差し指を口にあてて「しっ！」と、短く叱責してくる。

ホールの責任者の柴崎《しばさき》だった。渋谷本店は実質的に社長が店長を兼務しているから、二十八歳の彼女が副店長として、バイトたちをまとめている。

亮磨はすぐに笑いをとめ、表情をひきしめた。柴崎はホールの直属の上司だ。すぐに次のスピーチがはじまって、柴崎はすんなり前を向いた。思わず愛と目を見あわせてしまう。愛は、肩をすくめながら、笑っていた。

スピーチは、一人一分にも満たない内容で、テンポよく入れ替わっていく。

「昨日のライブは大成功でした！　はじめてレコード会社の人も来てくれて、デビューにまた一歩近づいちゃいました！　夢の武道館ライブ達成したら、ここにいるみんなタダで招待しちゃうよ！」

勝手にやってくれ、という愛の冷たいつぶやきが聞こえてくる。柴崎がふたたび振り返って、今度は無言で愛をにらみつける。亮磨は我関せずという姿勢をつらぬいた。女性同士のいざこざには、正直、巻きこまれたくない。

次に話しはじめたのは、同じ渋谷本店で働く、女優志望のクミだ。

「また、オーディションに落ちてしまいました。大好きな映画監督の新作だったんで、かなりショックです。でも、このバイトをつづけているから、絶対にくじけることはありません。社長が、みんなが教えてくれました。決して下を向かず、明るい未来を信じていれば、必ず道は開けます！　捲土重来《けんどちょうらい》！」

女優の卵が拳を振り上げて叫ぶと、つづいて全員が「捲土重来！」と、唱和《しょうわ》する。拍手が鳴り響く。

和ダイニング・捲土重来――KENDOCHORAI――が、店の名前だった。いわば、それが合言葉のようにスタッフのあいだで使われている。

一度敗れた者が、ふたたび巻き返しをはかるという意味の四字熟語らしい。「若いヤツは、どれだけ失敗したとしても、絶対にやり直せる。いくらでも、再起はきくんだ」――いつでもどこでも、カウボーイのようなテンガロンハットをかぶっている社長の言葉を、この三ヵ月でいったい何回聞かされただろう？

入った当初は、やたらと前向きで、ムダに明るい人間が多いと感じていたのだが、はじめて合同ミーティングに参加した瞬間、不吉な予感が現実のものとなった。スタッフたちが全員、新店舗の店長候補や、社員への昇進を狙っているなら、このやる気もまだわかる。だけど、実際は学生や、夢を追いかけているフリーターがほとんどを占めているのだ。夢、前向き、ポジティブ、自己実現――スタッフ間にあふれる熱量を共有できないと、とたんに浮いてしまう。実際、店の雰囲気に合わない新人はほとんど数週間単位でやめていく。

だからこそ、深海の底で一人生きていけると豪語する愛が、なぜ五年もこの仕事をつづけているのか、それ以上に、なぜ洗脳されずに自分のカラーをつらぬけているのか、亮磨には不可解だったのだ。

次のスピーチは、亮磨よりも二ヵ月前に入った、元不良の太田《おおた》だった。

「俺、実は何度か、ガチで人を殺しそうになったこともあるんです」精いっぱいの告白、というように、太田は神妙な面持《おもも》ちで話をはじめた。「教師を刺す一歩手前までいったこともあります」

となりに立つ社長が「おいおい、俺は殺さないでくれよ」と、よく日に焼けた顔を大げさにしかめながら、冗談めかして言った。スタッフたちがいっせいに笑う。

その笑い声にまぎれこんだ不穏なつぶやきを、亮磨ははっきりと聞きとっていた。

「クソだな、マジで。殺す度胸もねぇくせによ」

はっとして横を向いた。あきれ果てた、と言わんばかりに、愛がゆっくりと首を左右に振っていた。

「んなこと言うんだったら、本当に殺してみろっつうんだよ」

小蝿を追いかけていたときの、死んだ目つきで天井をにらんでいる。

「でも、社長に拾ってもらって、俺、救われたんです。イキって、ケンカ売って、衝動のままに生きてっていうのが、どんだけ幼いのかってことに、ようやく気がついたんすよ」太田が話をつづける。右の眉には、ナイフでつけられたという切り傷のせいで、真ん中に欠けがある。「調理師免許をとって、一人前の料理人になって、社長に恩返しがしたいです。人間って、こんなにも素晴らしいんだって気づかせてくれた、社長、仲間に、感謝、感謝です！」

愛が、ついに頭を抱えこんだ。「あぁ〜」と、ため息とも、あくびともつかない、気の抜けた空気を、とんでもないボリュームでもらす。

愛のすぐ近くにいた同僚が、張りつめた空気をごまかすように、強引に拍手をはじめた。それをきっかけに、ばらばらと拍手がつたわっていく。元不良の太田も改心をアピールしたあとに、さすがにキレるわけにもいかず、無言で礼をした。

が、ぎこちない空気は、変わらない。

「ちょっと、いいかな？」副店長の柴崎が突然振り返った。顔が紅潮《こうちょう》している。「ねえ、愛ちゃん。ちょっとのあいだも、だまれないの？」

愛の両肩をつかんで、膝をかがめ、身長の低い相手に目線を合わせる。

「みんなね、一生懸命、夢に向かって生きてるんだよ。頑張ってるんだよ。それをバカにしたり、否定する権利は、愛ちゃんにはないんだよ。わかる？」

スタッフたちが固唾《かたず》をのんで、にらみあう二人の女性を見つめていた。誰も口をさしはさもうとしない。

「いや、バカにしようとは思ってないんすけどね」

愛が口を開いた。行け、と亮磨は心のなかでけしかけた。仲間、夢、奉仕――そんなウソくさいものは、全部蹴散らしてやれと思った。それは、きっと愛にしかできないのだ。

「権利というか……」愛は、本当に「わからない」と言いたげな表情で、首をひねった。「むしろ、年上の人間の義務だと思いますよ。すごいね、よかったね、って言いあってるだけじゃ、そいつ、なんにも成長しませんって、マジで」

「でも……」と、言いかけた柴崎を、愛の言葉が制した。

「いやいや、ホント、笑わせないでくださいよ。だから、社員のくせに、副店長まかされてんのに、お遊び感覚が抜けないんですって。どんだけ、キッチンにしわよせがきてると思ってるんすか」

身長の高い柴崎が、くやしそうに唇を嚙みしめながら、愛をキッと見下ろす。その目に、じわじわと涙がたまっていく。

「社長もやさしいから、誰かがちゃんと言ってやんねぇと、気づかないんですって。とくに、救えないバカほど、調子にのるんだから」

社長が気まずそうにテンガロンハットをかぶり直した。少しの火の気で、瞬時に爆発してしまいそうな、きな臭い、ひりつくような空気が、店内をおおいはじめる。そんな空気にまったく気づいていないのか、追い打ちをかけるように、愛の毒舌はとまる気配がなかった。

「人生そんな甘いもんじゃねぇよって、誰かが気づかせてやんなきゃダメなんすよ。そんなクソみたいな覚悟で料理人になれたら、楽勝で宇宙飛行士にも、総理大臣にもなれますよっていう話ですよ」

テメェ！　怒号が響いた。叫び声を上げた太田のこめかみに、青筋がはっきり浮いていた。前方にいた男のスタッフたちが、太田をとめにかかる。それでも、太田は愛に食ってかかろうとした。

「結局、見境なくキレてんじゃんか」愛が冷淡に言い放った。「最近だって、気に入らない客に無愛想にしてんの、私、ちゃんと見てんだからね」

もっと、やれ。もっと、壊れろ――亮磨はひそかに思う。愛が絶対的に正しい。こんな、ごっこ遊びのような、大学のサークルのような飲食店が、長つづきするわけないんだ。

「ストップ！　やめろ！」ふだんは声を荒らげない社長も、さすがにあわてた様子で仲裁に入った。「柴崎も、愛からちょっと離れてなさい！」

ホールの女の子の数人が柴崎の肩を抱いて、愛から距離をとらせる。肩を揺すりながらすすり泣く柴崎が、なおも振り返って愛を指さした。

「愛ちゃんに、何とか言ってください、社長！　甘やかしすぎなのは、この子のことですよ。私、もうこんな子と働けません！」

柴崎の批判を聞いても、愛は超然としていた。おさげ髪の先を無表情でいじって、柴崎と視線すら合わせない。その様子を見て、社長はテンガロンハットの下の、彫《ほ》りの深い顔をゆがめ、大きなため息をついた。何を言おうか思いあぐねている様子で、あごのヒゲをなでさすりながら、ゆっくりと口を開いた。

「どっちの言い分も正しいと、俺は思う。たしかに、料理人になるっていうのも、簡単なことじゃない」

意外な言葉だった。たしかに、柴崎の言うとおり社長は愛に甘いのかもしれない。これだけ仲間の和を乱し、結束を壊し、空気を濁して、なんのおとがめもないというのも不思議だった。

「よし、決めた！」湿った雰囲気を打ち破るように、社長が明るい声で手をたたいた。「ちゃんと現実を教えるのが義務だっていうなら、愛、お前が太田の面倒をすべて見ろ」

「は？」愛が、毛先をつかんだまま、ぽかんと口を開けた。

「太田、お前、料理覚えたいなら、今日からキッチン入れ。ただし、愛の言うこと、命令することは絶対だ。皿洗いを一年やれと言われたら、一年やれ。愛はキッチンのリーダーだからな」

「えっ？」今度は太田が戸惑っていた。念願のキッチン入りと、愛への弟子入りを同時に突きつけられたら、誰だって混乱するに違いない。

「ちょっと……！」愛が社長に襲いかからんばかりの勢いで歩みよっていく。「ふざけんなよ！　そんなのできるわけねぇだろ！」

「ダメ」と、社長は愛が反論する隙を与えずに、ぴしゃりとさえぎった。「自分の言ったことに責任を持ちなさい。現実を教えるのが年長者の義務なんでしょ。なぁ、みんな、そう言ったよな？　愛がしっかり教えないと、ダメだよなぁ？」

おどけた社長の言葉に、スタッフたちがどっと笑った。愛と柴崎のいさかいに不安を感じていたに違いない渋谷本店の女の子たちも、安心した様子で体の緊張をといていく。

愛は憮然とした表情で、ホールのど真ん中に立ちつくしていた。まさか、自分の言ったことで墓穴を掘るとは思ってもみなかったようだ。

「夢に一歩近づいた太田君を、どうかみんなも温かい心で見守ってくれ！」

社長が熱い口調で叫ぶと、とくに狂信的な前列の連中が、真っ先に拍手をはじめた。冷めていた空気が一気に沸騰《ふっとう》し、なごやかになっていく。

「ついでに、太田君を教えることになった、愛にも熱い拍手を！」

店内が、今日いちばんの歓声に包まれていく。「捲土重来！」と、口々に店の名前が叫ばれる。ハイタッチが飛び交う。

やっぱり、シューキョーだ。修復不可能だと思われたいさかいを強引に収束させてしまった社長も、カリスマ、というよりは、キョーソのように見えてくる。早く辞めるにこしたことはないと、亮磨は一人、気をひきしめた。ようやくミーティングも終わりかと思ったら、いきなり社長と目が合った。

嫌な予感がした、その瞬間に、名前を呼ばれる。

「おい、亮磨！」社長が満面の笑みで手招きをする。「君はさ、いつだって自分は関係ないみたいな顔をしてるけど、なんか言いたいことないの？」

ついに見つかってしまったと思った。いつも社長に気にかけてもらっているのは、わかっていた。「仕事は覚えたか？」「うちとけてきたか？」――テンガロンハットをかぶりなおすたび、こっちへ来いと手招きするたび、社長の革ジャンがバリバリと音をたてる。その音で反射的に身構えてしまう。

「ちょっと、前、出てこい」

愛の横をうつむいて通り抜け、ゆっくりと前に進み出る。たくさんの視線が、全身にそそがれる。その感覚が、耐えがたい。

ふと顔を上げると、愛がじっとこちらを見ていた。ためされている、と思った。

ここで、きっぱりと言うべきなんだ。もううんざりです、と。三ヵ月お世話になりました、と。俺だって、愛のように拒絶を突きつけたい。

「あの……」小学校から高校をとおして、何か人前で発言を求められるたび、しどろもどろになって、笑われていたことを思い出した。ここには、そんなことで笑う軽薄な人間はいない。辛抱《しんぼう》強く待ってくれる。愛以外は、良い人、良い人、良い人で、うめつくされている。それが、逆に息苦しい。

ようやくの思いで、口をひらいた。その瞬間、「辞めたい」という言葉は、喉の奥に引っかかってしまう。

「ちゃんと、接客できるようになりたい……」語尾が消えかかる。口のなかで「です」が、チョコレートみたいに、あっけなくとけていく。

「じゃあ、渋谷本店の太田君と亮磨君を、今後ともよろしく！」社長が率先して、拍手をはじめた。

ホールのど真ん中で、亮磨をじっと見つめながら、愛が笑っていた。好意的な笑みのようにも、嫌悪感を押し隠している笑みのようにも、また、自分と同じ境遇におちいってしまった亮磨をあわれむような笑みにも見えた。

ホームへ駆け下りると、ちょうど半蔵門《はんぞうもん》線からの直通電車がすべりこんでくるところだった。渋谷で降りる大勢の乗客をやり過ごしてから、田園都市《でんえんとし》線に切り替わる電車に乗りこむ。金曜の夜で、酔っぱらいが多いことに嫌気がさす。

頭が痛いと嘘をついて、バイトを早退してきた。今日のミーティングで確信した。もう、何もかもがうんざりだ。

この三ヵ月、文句も言わず真面目に尽くしてきたつもりだ。週五日、いつもクローズの時間まで働いた。しかも無遅刻無欠勤だ。だからこそ、一度ズルをして仕事をサボったとたんに、今までこらえてきたすべてがどうでもよくなってしまった。もう、二度と捲土重来には戻れないような気がしている。

ちょうどあいていた、扉付近の手すりにつかまった。亮磨の後ろからも、たくさんの人たちが乗りこんでくる。いつもは自転車で帰るのだが、二十五分かけてペダルを漕《こ》ぐのも面倒だった。せっかく電車が動いている時間に帰れるのだ。自転車は、あとでこっそり取りにくればいい。

地下鉄の揺れに身をまかせながら、亮磨はこれからのことを漠然と考えはじめた。今住んでいるアパートは、社長に世話してもらった。保証人も社長名義だ。その社長とは、地元の保護司の紹介で知り合った。もし、あの仕事をだまって辞めるとしたら……。

マズい。実にマズい。

転居の前に、別の職を探さなければならないだろう。でも、未成年のフリーターなんかに、そう簡単に部屋を貸してくれるものなんだろうか。保証人もいないし、そもそも三ヵ月働いただけの給料じゃ、初期費用だけでカツカツだ。

駒沢《こまざわ》大学駅はすぐだった。ドアが開ききるのも待たず、いちばんに飛び降りた。足がかったるく、階段をのぼる気が起きなかった。ホームのいちばん端にあるエスカレーターを早足で目指した。

スマホをポケットから取り出し、液晶に表示された時間を確認した。十時四十五分を少しまわったところだ。こんな早い時間に帰れることが、ほとんど奇跡のように思えた。

ふと気になって、愛が言っていたチューブワームを検索してみようと思い立った。歩きながら、スマホのロックを解除する。グーグルの検索画面に「チューブワーム」と打ちこんでみる。いちばん最初に表示された、ウィキペディアを開いた。

とたんに、ぞっとした。想像していた生物とまったく違っていた。亮磨はクラゲのような、ふわふわと浮遊する生き物を思い浮かべていたのだけれど、まさにワームと言うだけあって、垂直に立ったミミズみたいな姿かたちだった。

どうやらサンゴのように海底に根を下ろし、移動することはないらしい。ものも食べず、海底からわき出る硫化水素だけをとりこんで生きている。酸素も、光も必要としない。

捲土重来のなかで、ただ一人、スタッフたちの熱狂的な空気に否定的だったからこそ、愛には親近感をおぼえていた。けれど、この画像を見て嫌悪感がわき上がってきた。いっしょにしないでくれ、深海に沈んでいるのはお前だけでじゅうぶんだと思った。

汚らわしい存在を追い出すかのように、あわててネットの画面を閉じる。その瞬間、スマホの向こうの視界が、柱の向こうから突然飛び出してきた人影にさえぎられた。こちらに向かって躊躇《ちゅうちょ》なく歩いてくる、その足が、スニーカーが、ふと気づくとすぐ目の前に迫っている。

とっさに顔を上げた。

「あっ……！」思わず、小さな叫び声がもれた。同じくうつむき加減で歩いていた女性が、亮磨の声に驚いた様子で顔を前に向ける。

足早に歩いていたせいで、よけきれなかった。

正面から思いきり激突してしまった。体に鈍い衝撃が走った。

鋭く、短い悲鳴が響く。高校生くらいの女の子が亮磨の視界に飛びこんできた。

向こうもよそ見をしていたとしか考えられなかった。たぶん、互いにスマホを見ながら歩いていたんだろう。ふざけんなよ！　よけろよ！　と、身勝手なことを考えたとき、白く、細長い棒のようなものが目に入った。

もしかして、この白い杖って……。

血の気が引いた。あまりに突然のことで、目の前の状況が理解できていない。

彼女の手を離れた白い杖が、空中で踊る。ホームの上でワンバウンドし、そのまま線路の谷底へと吸いこまれていく。

相手の女の子も、腰が抜けたような体勢で、尻から倒れていった。亮磨はとっさに手を伸ばそうとした。

彼女のほうも、腕を伸ばしたような気がした。気がしただけかもしれない。ただ倒れる反動で、両手を宙に突き出しただけのようにも見えた。

小さな体が、ゆっくりと傾いていく。時間がかぎりなく引き伸ばされて、緩慢に空中をすべっていく。亮磨はむなしく右手を伸ばしたまま、彼女が尻もちをつくのを目前でなすすべなく見送ることしかできなかった。

ふたたび、短い悲鳴がホームの空気を切り裂き、反響する。点字ブロックの上に、女の子が倒れこんだ。

そのあとは、物音一つしなかった。張りつめた静けさが構内をおおいつくした。女の子は口を開けたまま、ぺたんと座りこんでいる。一目見て、放心状態だとわかった。

亮磨も、その場に立ちつくしていた。何も行動を起こせなかった。

「すみません、誰か……」女の子が深くうなだれたまま、弱々しくつぶやいた。両手をホームの地面に這わせているのは、手さぐりで杖を見つけようとしているからかもしれない。

亮磨はとっさに周囲を見まわした。降車後の人波は、いちばん近い階段にとっくに吸いこまれ、消えていた。

平日の夜十一時近く。電車が通過したあとのせまい通路は閑散としている。太い柱が立ち並んでいるせいで、死角も多い。そのうえ、ホームの中央はほとんどが壁でしきられているので、倒した瞬間を反対の二番線側から見られたおそれもない。

そして、女の子のほうも……。

「すみません、どなたか、いらっしゃいますか？」

見えていない。俺の姿は見えていない。亮磨はそのまま、女の子の横をだまって通り過ぎようとした。心臓がとんでもないスピードで鼓動《こどう》を刻《きざ》んでいた。自分の体の内部で響いている心音を、すぐそばにいる女の子に察知されてしまいそうで、細く、長く、静かに息を吐きだした。

足音をしのばせて、座りこんでいる女の子を置き去りにした。ぎこちない動作で、手足を前に出しつづける。面倒なことに巻きこまれるのはごめんだ。早く帰りたい。早く一人になりたい。それだけしか考えられなかった。

じゅうぶんに距離があいてから、ふたたび逃げるように早足で歩きだした。

ふざけんな。なんでこんなにツイてねぇんだよ。なんで、俺ばっかりこんな目にあわなきゃいけないんだ。なんで、俺ばっかり……。

そう考えて、ぞっとした。早足だった歩調が、自然と緩やかになっていく。結局、俺は俺のことしか考えていない。だから、大きく人生を踏みはずして、愛の言うとおり、底辺に這いつくばっている。二度と浮上のかなわない海底に沈んでいる。

思わず立ち止まった。振り返る。

女の子の、小さな背中が震えていた。点字ブロックの上にうずくまったまま、まだ両手を地面に這わせて杖を探している。誰も介助する人間はあらわれない。

白杖《はくじょう》は線路の底だ。もし、彼女の視力がまったくないのなら、見つかりっこない。

何もかもなかったような顔をして、やり過ごすことしかできない自分が、急に恥ずかしく感じられた。自分の保身ばかり考えて、適切な行動がとれない。どうしたらいいのか、わからないのだ。頭が真っ白になって、何も考えられなくなるのだ。

取り返しのつかない時間が、刻一刻《こくいっこく》と過ぎ去っていく。

このままじゃ、ダメだ。絶対にダメだ。俺は、あのおぞましいチューブワームなんかじゃない。見えない力に突き動かされるようにして、とっさに踵《きびす》を返した。

「すみません、どなたか、いらっしゃいますか？」女の子は四つん這いになりながら、あたりを手さぐりしている。

「危ないですよ！」気がつくと、叫び声を上げていた。「大丈夫ですか？」

亮磨は小走りで彼女のもとに戻ろうとした。

「今、行きますから！　ちょっと、待ってください！」

いや……、戻るんじゃない。今、はじめて彼女を発見した人間をよそおった。心配する第三者を演じて、駆けよった。

自分自身のあまりの卑怯さに、一瞬、立ちすくみそうになる。が、もはや後戻りはできなかった。

「大丈夫ですか？」亮磨は女の子の腕をつかんで助け起こした。小さな体の、あまりの軽さに驚いた。

「あの、さっき人とぶつかって倒れてしまって、私、気が動転してて……」女の子は泣きそうな顔のまま、頭を下げた。まぶたはかるく開かれているけれど、亮磨の顔に焦点はまったく合っていない。

バレていない。必死に自分に言い聞かせた。目が見えないのだから、バレるはずがない。

「大丈夫ですか？」もう一度聞いた。声が震えている。必死に抑揚をおさえた。「ケガはないですか？」

「はい、ありがとうございます」女の子はかろうじてうなずいた。「あの……、私、視覚障害者なんですが、白杖……、白い杖はどこかに落ちてますか？」

「線路のほうに……」亮磨はしばらく周囲を見まわすふりをしてから、ホームの下をのぞきこんだ。「ここにいてください。駅員さんに言って、拾ってもらうんで」

こんなにも平然と嘘がつける自分に、自分自身が驚いている。けれど、こうなった以上、開き直るしかなかった。

亮磨は女の子に腕をとらせて、近くのベンチに案内し、座らせた。女の子は、まだ気持ちが落ち着いていないのか、何度も胸に手をあてて、深呼吸を繰り返していた。

亮磨は駅員を探した。ホームには見あたらず、結局改札まで走った。もちろん、自分が相手を倒したことは、いっさい隠した。あくまで、倒れている彼女を見かけただけの部外者をよそおった。どこまでも善意の人間の顔をした。

線路の底に落ちていた白杖は、さいわい、折れていなかった。白杖を拾った駅員に、丁寧に礼を言った女の子は、亮磨にも深々と頭を下げた。

「本当に、何から何までありがとうございます」

はじめてまともに、亮磨は彼女の顔を見た。女の子のほうも、声がしたほうに見当をつけたのか、まっすぐ亮磨のほうに顔を向けた。まるで、目と目が合ったような不思議な感覚で射ぬかれた。まさか、と思った。亮磨はつばを飲んだ。が、飲みこむ水分すら、口のなかに残されていなかった。

落ち着けと、自分に言い聞かせる。その場にない白杖を手さぐりしていたのだから、見えるはずがないんだ。

「お帰りのところだったと思うんですけど、わざわざ駅員さんまで呼んできていただいて、ありがとうございます」

うつむきがちで、白杖を胸の前ににぎりしめている。きっと、まだ気はしずまっていないはずだ。けれど、助けてくれた相手に対して、つとめて明るい声を出そうという気づかいと緊張が、ひしひしとつたわってくる。

それだけに、自分のしたことを思うと、生きた心地がしなかった。

「あの、本当におケガは？」

「大丈夫でした。ありがとうございます」視線は――と言っていいのかわからないけれど、彼女の目は、亮磨の胸のあたりにぼんやりと向けられている。

「いえ、本当に無事でよかったです」

ぎこちない会話だった。正直、早く帰りたかった。が、帰るタイミングがよくわからない。何も言わずに立ち去ったら、それこそ目の見えない女の子が戸惑うだろう。

「本当に走馬灯《そうまとう》ってあるんですね」

「えっ？」不穏な言葉に、亮磨は表情を引き締めた。

「ほら、死ぬ前にパパパッと頭のなかをいろんな情景が駆けめぐるっていうやつです」

「ああ……、聞いたこと、あります」

膝が震えた。

目の前の線路に電車がすべりこんでくる。プシューと、圧縮空気の間の抜けた音がして、扉がいっせいに開いた。乗客たちがホームに降り、家路を急ぐ。

「今、冷静になって考えてみると、ホームの下に落ちてたら、尻もちどころの衝撃じゃないってわかるんですけど、でもあのときって、自分がどこに着地したのか完全に見失ってて。もしここが線路ならって考えが一瞬よぎっただけでパニックになっちゃって」

彼女の身になって考えてみると、亮磨は胸が締めつけられる思いになった。目が見えれば、ぶつかって倒されても、自分で安全確保ができる。だけど、何も見えず、暗闇のなかで急に激突され、ふっ飛ばされたら、誰でも平常心を失ってしまうだろう。

「それで、いろんな顔が浮かんできて……」と、女の子は苦笑いを浮かべた。「あっ、私、むかしは目が見えたんです。だから、それまでの記憶にある、両親の顔とか、子どものころの親友の顔とか、そういうのが一気によみがえって」

まるで冗談を言うような、軽い口調だった。けれど、彼女の言葉の内容はあまりにも切実だった。話を聞く亮磨の緊張を感じとったわけではないだろうけれど、声のトーンがさらに一段明るくなった。

「でも、神の声が聞こえて、ぱっと現実に引き戻されました」

「神の声？」

「あっ、そういえば、お名前うかがってもよろしいですか……？」女の子が、ためらいがちに聞いた。

「高崎《たかさき》です」亮磨はぶっきらぼうに答えた。

「高崎さんの神の声が、聞こえてきて。大丈夫ですかって、一言、やさしく声をかけてくださって、ここはホームの上なんだ、私は生きてるんだって、わかりました」

かける言葉が見つからなかった。歩きスマホで視覚障害者を倒し、置き去りにしたあげく、他人のふりをして戻ってきた人間が神だなんて、冗談にもならない。

「声をかけてもらって、こっちの世界に、一気にぐいーんって、戻ってこられたんです」

「幽体離脱みたいですね」気まずさをごまかすために、適当なことを口走る。

けれど、女の子は「そうなんです」と、少し大げさにうなずいた。

「ホントに、ぽわーんって、魂が半分、あっちの世界に行っちゃってました」

女の子は、いったい誰が自分を押し倒したのか、詮索《せんさく》するようなことはなかった。

それどころか、駅員に対しても、そんな訴えをまったくしなかった。

駅員を連れてきたとき、亮磨は気が気ではなかったのだ。防犯カメラを見れば、亮磨が倒し、何食わぬ顔で戻ってきたのは一目瞭然なのだ。それなのに、彼女はただ自分の不注意で落としてしまったのだと説明した。駅員もとくにそれ以上追及することなく、すぐに持ち場に戻っていった。目立ったケガがない以上、彼女のほうも面倒に巻きこまれるのはさけたかったのかもしれない。

しかし、ほっとした半面、罪をつぐなう機会は永久に失われたと思った。いっそのこと、倒した人間をののしってほしかった。非難してほしかった。そうすれば、実は自分がやったのだと、思いきって告白することができたかもしれない。

「そういえば、高崎さんは、お仕事帰りですか？　それとも学生さん？」

「あ……まあ、仕事です。居酒屋で働いてるんですけど。って言っても、フリーターで……」

「お疲れのところ、本当にすいません。居酒屋で働くって、大変なんじゃないですか？」

「いえ、全然」きっと、さぞや無口な人間だとあきれられているだろう。でも、もう会う機会はないのだから、どう思われようといい。

「ところで、高崎さん、スポーツって何かやられてます？」

「スポーツ？」唐突に話題が飛んだことをいぶかしみながらも、正直に答えた。「高校の途中まで、バスケをやってましたけど」

「あっ、偶然！　私もバスケ部だったんです」

「あっ、そうなんですか」と、亮磨は律義に、素直に、リアクションを返した。けれど、棒読みにならなかったという自信はあまりなかった。初対面の相手に、いくらなんでも踏みこみすぎなんじゃないかと、少しだけ警戒感がわいてくる。

ところが女の子のほうは、そんな亮磨の素っ気《そけ》ない返事に、気づいているのか、いないのか、「と、言っても、やっぱり、まだ目が見えてたころの話なんですけどね」と、恥ずかしそうにつけたした。

電車の発車ベルがけたたましく鳴って、気まずい沈黙がかき消される。救われるような思いがしたのは、亮磨だけではなかったのかもしれない。女の子は、「ごめんなさい」と、一言あやまった。

「あの……、実は、お願いしたいことがあって」

「お願い？」嫌な予感がした。

「助けてもらったうえに、こんなお願いするなんて、どうかしてるって思われるかもしれないんですが」

そう言ってうつむく。

「でも、ここでお願いしなきゃ、後悔するって思いました。私、助けてもらったときに確信したんです。絶対にこの人しかいないって。この人にたよるしかないって」

目の前にとまっていた電車の扉が閉まった。ゆるゆると加速をはじめた地下鉄は、鉄と鉄のこすれる轟音《ごうおん》を残して、闇のなかへ消えていった。

すっかり静かになるのを待ってから、女の子が口を開いた。

「あの……、いっしょに、走っていただけませんか？」

「へ？」間の抜けた声がもれた。「走る……？」

「走るんです、私といっしょに」女の子は、杖を持ったまま両肘を曲げ、まるで走っているみたいに腕を振った。ナイロン素材のジャージが、シャカシャカと音をたてる。

「ど……」亮磨はとっさに浮かんできた質問を、そのままぶつけてしまった。「どこを？」

女の子が、口に手をあてて笑った。その隙間から、白い歯がのぞいていた。

「道を、です」

「道を、ですか」

「はい、道を、です」

いったい、このやりとりは何なんだろうと、亮磨はくらくらする頭をかろうじて垂直に保っていた。

「本気、ですよね？」

「もちろん、めっちゃ本気で誘ってます」

道を全速力で疾走する女の子の姿を、頭のなかで想像してみる。似合うといえば、似合うかもしれない。小柄ではあるけれど、たしかにバネがありそうな体つきをしている。

だからこそ、どうやって走るんだろうと、疑問に思わずにはいられなかった。白杖を持ったまま？　曲がるときはどうするんだろう？　一歩前に進むのにも、杖にたよりながら、少しずつ歩幅を刻んでいるのだ。彼女が走るという行為自体が、ほとんど無謀なことのように思えた。

「もちろん、一人じゃ走れなくって、目の見える人に補助してもらいながらなんですけど」と、彼女は言った。「だからこそ、本当に信頼できる人にしか、私、まかせられないんです。とっさに助けてくれた高崎さんだからこそ、安心して信頼できるって、心から思えたんです」

　安心、信頼――。そんな言葉と正反対の場所に立っているのが自分なのだと、いっそのこと告白してしまいたかった。

「あと、助け起こしてもらったときに、すごく高崎さんの体が安定して、がっしりしているのを感じたっていうのもあって、もしかしたら走るのも得意なんじゃないかと……」

「あの、僕……」喉元まで謝罪の言葉が出かかっている。でも、ミーティングのときのように、本当につたえたいことがなかなか喉の上まで上がってこない。「でも、こんな初対面で、僕がどういう人間かもわからないわけですし。それに……」

　言いかけて、はっと気がついた。この子は、自分を倒した人間が、俺だとわかっているんじゃないだろうか？　それを承知で、何かをたくらんでいるんじゃないだろうか？

　ところが、彼女は意を決したように、その言葉に力をこめたのだった。

「初対面だからなんです。こうして、ムリなお願いをするのは」

「えっ？」

「高崎さん、駒沢大学駅にお住まいですか？」

「はぁ……、そうですけど」

「私たち、このまま、この場で別れたとします。目が見える人同士だったら、最寄り駅が同じなら、たまたま出会うこともあるかもしれません。でも、私はこの駅で高崎さんとすれ違ったとしても、もう二度とこちらから声をかけることができません。だからこそ……」そこで、女の子は白杖の柄を両手でぎゅっとにぎりしめた。「だからこそ、今、ここで言わなきゃいけないと思ったんです」

亮磨は思った。彼女を見かけても、こちらが一方的に気づくだけなんだ。俺が話しかけないかぎり、たとえすぐ近くにいたとしても、再会したことにはならないんだ。それはそれで、気が楽でもあり、けれど自分でも信じられないことに、その一方通行がものすごく切なくも感じられた。

「やっぱ、ダメですよね」女の子はそこまで落胆した様子を見せなかった。相手が自分の誘いを受け入れるとは、到底思っていないのだろう。「いきなり、こんなことたのむなんて、ものすごく非常識ですよね。ごめんなさい。忘れてください。本当に今日はありがとうございました」

では失礼します、とかるく頭を下げて、女の子がエレベーターの乗り口に向かおうとした。その背中に、とっさに声をかけていた。

「あの……！」

女の子がくるりと反転する。白杖を両手につかんだまま、少し首をかしげている。ぴんとがった耳がおろした髪から飛び出ているからだろうか、どことなく周囲を警戒するミーアキャットを思わせるような立ち姿だった。

「あの……」かさかさに乾いた唇を一度湿らせた。「ちょっと、考えさせてもらってもいいですか」

自分の耳に響いてきた声が、自分で発したものとは到底思えなかった。俺はこの人を倒して、置き去りにしたんだぞ。白杖といっしょに、あやうく線路の底に突き落とすところだったんだぞ。

それだけに、このままだと自分のしたことの、やましさと、後ろめたさに両側から押しつぶされて、圧死してしまいそうだった。何か一つ罪滅ぼしができるなら、何をおいてもそれに飛びつきたかった。

だったら、今すぐあやまれ！　この場で土下座しろ！　それで、終わりだ。それで、もうこの人とのかかわりはなくなるんだ。

心のなかで鳴り響く叫びを意識的に無視して、亮磨は口を開いた。

「なんだか、最近、運動不足だなぁって思って」

女の子が、律義に、うん、うんと、うなずく。

「それに……」

一年前、警察に捕まったときよりも、俺は今、人生の岐路に立たされていると、なぜか切迫した思いに駆られている。

「俺、人に迷惑かけまくったり、ぐずぐず悩んだり、すぐ怒ったりって、そんな自分を変えたいん……」ミーティングのとき、口のなかでとけていった「です」という語尾を、今度はしっかりと最後まで言いきった。

「あっ、それ私といっしょです！」女の子の少し太い眉のラインが、ぐっと上にせり上がった。「私、目が見えなくなって、しばらくしてから走りはじめたんですけど、それまでは外に出るのがこわくて、家に引きこもって、自分の運命を呪《のろ》ってっていう、本当にダメな人間だったんです。でも、走りはじめたら、忍耐力がついて、気持ちも不思議としずまってくるんです」

女の子は恥ずかしそうに頭をかいた。

「でも、ムリしてないですか？　ムリして、合わせてないですか？」

「ムリしてない……です」

「よかった！」彼女はひかえめに笑顔を見せた。もともと少し垂れ目だったのが、さらに目尻が下がって、優しそうな印象が深まる。

その一方で、亮磨が抱えている罪悪感は、消えるどころか、ますます大きくふくらんで、この体に、心に、のしかかってくるようだった。

「お仕事も大変だと思うし、ムリはしないでくださいね。最初は軽いジョギングだけでもいいから、いっしょに走ってくれると、本当に助かります」

「仕事は全然大丈夫です」

「あっ、そういえば、私、真田《さなだ》さちっていいます」そう言って、さちと名乗った女の子は、ちょこんと頭を下げた。「一方的に、お名前聞いといて、失礼なんで……」

サナダサチ。喉の奥で、一度つぶやいてみる。

「なんだか……」思わず言ってしまった。「ゴロがいいですね」

「よく、覚えやすいって言われます」

さちが大きく笑った。

顔を背けたくなるほどの、あまりにもまぶしい笑顔だった。

愛の声は、なぜか耳に残りやすい。

アニメの声優を思わせるような高く、甘ったるい声なのに、ちょっとしゃがれている。ハスキーボイスだ。それでいて、言葉の内容が乱暴でも、すんなりこちらの心にしみていく、不思議な透明感がある。

《亮磨！　十三番テーブル、料理上がるよ！》

鼓膜《こまく》に直接、怒鳴りつけられたような気がして、心臓が跳ね上がった。左耳につけたイヤホンから流れた、無線の声だ。

《今、フリーで動けそうなの、お前だけだ。はよ、取りに来い！》

ちょうど、客が帰ったあとの食器を片づけている最中だった。プラスチックのトレーがたわむほど、ジョッキ、大皿小皿を満載しているので、万が一ひっくり返したら大惨事になってしまう。

両手があかないので、返事はできない。ワックスをかけたばかりの、すべりやすいホールの床をたしかめながら、一歩ずつ、そろそろとキッチンに向かっていく。

《愛ちゃん、代わりに了解》レジ付近にいる柴崎の声が、イヤホンから響く。《もうすぐ、そっち着くと思うから、よろしく》

思わずため息がもれる。開店時間の五時から、三時間が過ぎていた。ピークの時間帯がやってくる。立ち止まっているヒマがまったくない。

結局、戻って来てしまった。この場所に。捲土重来に。

さちと走ってみたい。明るく、輝かしく、そしてごくごくありふれた、ふつうの世界になんとしても戻りたい。その思いが、亮磨を踏みとどまらせた。もう、どんなことからも逃げたくなかった。

けれど、一日たつと、さちと約束を交わしたことが、まるで幻のように感じられたのだった。こうして居酒屋で働いていると、これからランニングをはじめる実感がまったくと言っていいほどわいてこない。

昨日の別れ際、真実を話す機会と、謝罪するタイミングを完全に逸して、亮磨はさちに言われるまま、連絡先を交換したのだった。

驚くことに、さちはスマホを使いこなしていた。目が見えなかったら、タッチパネルを操作できないんじゃないかと亮磨は単純に思った。自分がどこをさわったのかわからないのだから、操作のしようがないはずだ。

「実は、初対面の人にいちばん驚かれるのが、スマホ操作かもしれないんです」さちは、ちょっと得意げに、後頭部をかいた。

まず、指紋認証でロックを解除する。そうすると、さちが指先でさわった箇所のアプリを、アイフォンが音声で読み上げてくれるのだ。

たとえば、時計のアイコンを触ったら、「時計」と、女性の声が知らせてくれる。つづいて、現在時刻まで読み上げてくれる。さらにアラームやタイマーなどの機能を使いたい場合は、マウスのダブルクリックのように、ダブルタッチで開く。これで、誤操作はふせげる。つまり、一度さわれば読み上げ、二度素早くさわればアプリを開くという操作だ。

「ボイスオーバーっていう読み上げ機能が、初期搭載されてるんです。それをオンにいするとこうやって全部、しゃべって教えてくれます」ロボットみたいにぎこちない日本語で話すアイフォンを、ときには人差し指を画面に這わせ、ときには二本指でタップしながらさちは華麗に操った。「あと、Siriにたのめば、設定の変更とか、メールを開くとか、ネットの調べものとか、けっこうなんでもやってくれますよ」

亮磨もアイフォンを使っているけれど、ボイスオーバーという機能はまったく知らなかった。Siriという、音声認識で操作できる秘書機能の存在は知っていたけれど、使ったことは一度もない。

「私としては、ラインがいちばんやりやすいんですけど……」

「ライン?」亮磨はさらに驚いた。「どうやって!?」

「やりとりの内容も、全部読み上げてくれるんです」

ためしにさちが、友達とのトークの一部を聞かせてくれた。かなりアクセントのつたない女性の声が、吹き出しのなかの内容を読み上げてくれる。送信時間、既読かどうかまで教えてくれるのだ。たしかに、これなら目が見えなくても、慣れれば使いこなせそうだ。

「記号とか絵文字も、『泣いている顔』みたいに、読んでくれるものもあるんですけど、でも、複雑なのはやっぱりムリみたい」と、さちが説明した。「あと、顔文字は、律義に『アンダーバー、米印、アンダーバー』っていうふうに読み上げちゃうからやめたほうがいいですね」

「ちなみに、漢字の変換って、どうしてるんですか？」亮磨は疑問に思ったことを聞いた。文字を打つと、ずらっと変換候補が出る。どうやって、適切な漢字を選んで変換するのだろう。

「たとえばですね、アカって打ってみます。で、候補を選ぶ」

すると、読み上げ機能が「赤ん坊の赤」「手垢《てあか》の垢」と、さわった候補をすべて教えてくれるのだ。色の赤を打ちたいなら、「赤ん坊の赤」と読まれたところを、ダブルタッチすればいい。

「すごいっすね」と、思わず感嘆の声をもらしてしまった。「自分のでも、ちょっとやってみたいです」

「設定は簡単にオン、オフできますよ。Ｓｉｒｉを起動して、『ボイスオーバー、オン』って言ってみてください」

亮磨は言われるがまま、ホームボタンを長押しして、Ｓｉｒｉを呼び出した。マイクに向かって「ボイスオーバー、オン！」と、大声で呼びかける。

すると、なぜかさちが手をたたいて、大笑いした。

「高崎さん！　戦隊ものの変身じゃないんだから、思いっきり叫ばなくても大丈夫ですよ。Ｓｉｒｉが認識できないです」

そう言って、「ボイスオーバー、オン!!」と、派手な身振りをくわえ、亮磨の真似をする。うふふと、まるでマンガの吹き出しのように笑う。

「あっ……、そうか」亮磨も思わず笑ってしまった。「すいません、つい」

ふつうの声のボリュームでやり直す。すぐさまSiriが反応して、「はい、ボイスオーバーをオンにしました」と、しゃべった。設定変更の表示が、液晶にあらわれた。

「ところで、高崎さんっておいくつですか?」

「十九です」

「あ……、年下なんですね。声が落ちついてるから、もっと年上なのかと思ってました」

「えっ?」亮磨は驚いて、思わず声を上げた。てっきり、さちのことを高校生かと思っていた。「年下ってことは、年上……ですか?」

さちは上下、ジャージというでたちだった。見た目だけで言えば、部活帰りの高校生だ。

「私、二十一歳なんです」さちが、心なしか胸を張って言った。「やっぱり、幼く見えますよね?」

亮磨はあわてて首を振った。振ったあとで、これじゃあ相手には何もつたわらないと気がつき、さらにあわてて「そんなことないです」と、つけくわえた。「よく未成年ですよねって、言われるんです。自分の顔の記憶が、やっぱり高校生の時点でとまってるから、あれからちっとも成長してないのかなぁって……」と、さちは丸顔をくずして、困ったような笑顔を浮かべた。「まあ、身長は完全にストップしてるんですけどね」

えへへ、と照れたように笑うさちに同調して、思わず亮磨も、えへへ、と笑いそうになってしまった。

なんだろう、この感覚は……？　さちの人懐《ひとなつ》っこい笑みに心を許して、自然とうちとけかけている自分を発見し、驚いていた。こちらのやましさや、後ろめたさまで、優しく包みこんでとかしてしまうような、不思議な明るさと温かさがあった。

そういえば、愛と同い年なんだと、ふと思い至った。見た目と実年齢のギャップも似通っている。身長もだいたい百五十センチ前後で、同じくらいだろう。でも、いろんな点が似ているようで、正反対だった。

たしかに、身長や、やせている体型はぴったりとシルエットが重なりそうなほどだ。けれど、さちのほうは、背筋が伸びて、全身にエネルギーがみなぎっているようなーーぴんと張りつめた弓の弦《つる》のようなパワフルさを感じさせる。ランニングをしているというのも、すぐに納得できる。

愛の立ち姿を思い浮かべてみると、猫背で、どこか病的なイメージがつきまとう。正直で、率直なイメージも、同じようで、正反対だ。

さちの正直さは、明るく、健康的だ。天に向かって、突き抜けるような正直さだ。愛の正直さは、まがまがしい。こちらの弱点をちくちくと突く正直さだ。

正直にもいろいろな種類があることを、亮磨ははじめて知った。

「あの、高崎さん」さちが少し姿勢を正して聞いた。「次のお休みっていつですか？」

「月曜ですけど」

「もしその日あいてたら、さっそく練習してみませんか？　もちろん、考える時間がほしいんだったら、もっと先でもいいんですけど」

亮磨はそれまで浮かべていた笑みを無意識のうちに消していた。さちとの会話があまりにも楽しすぎて、さちの笑顔があまりにもまぶしすぎて、自分がしでかしたことの重大さをつい忘れかけていた。

さちの誘いにうなずけば、もう俺は戻れなくなる。さちをだましたまま、俺は相手の信頼を得て、となりを走ることになる。

亮磨はだまりつづけていた。すると、さちの笑顔もだんだんと陰っていった。きっと電話の相手の無言に不安を感じるように、さちにとっても、目の前の人間の沈黙は耐えがたいものなのだろう。あわてた様子で、「ごめんなさい」と、あやまってきた。

「やっぱり、急ですよね、もしあいてる日があったら……」

「いや……！」亮磨はあわててさえぎった。「大丈夫です。月曜で大丈夫です」

「ホントですか？　予定があったらムリしないでくださいね」

「全然、大丈夫っす。気にしないでください」

「じゃあ、また明日になったら連絡するね。もし予定が入ったら、気にしないで断ってくださいね」

「予定なんて全然ないです。お願いします」

このふわふわと浮き立つような心を、肯定していいのか、否定するべきなのか、自分自身よくわからなくなっている。本当は俺が押し倒したのだと知っていて、何か復讐をたくらんでいるんじゃないかという疑いも、ぬぐいきれないと思った。けれど、こんなに明るい、屈託のないさちが、そんなことをするとは到底考えられなかったのだ。これは、さちのためだ。さちを助けるためなんだと心のなかで唱《とな》えつづけた。

「おい、亮磨！　お前、すげぇにやついてんぞ」

太田の声が聞こえて、亮磨は我に返った。

ようやく下膳のカウンターに到着し、どっとトレーを下ろしたところだった。腕が引きつっている。一回両肩をぐるりとまわして、筋肉をほぐした。

太田は額に汗を浮かべながら、水を張ったシンクに手を突っこんで、皿を洗っていた。

「なんか、いいことでもあったのか？」

「いや……」と、言葉を濁した。「なんでもないっす。洗い物、お願いします」

「おう、そのまんまでいいよ」トレーから食器を下ろそうとした亮磨を太田が制した。「十三番、行けよ。料理、冷めちまうぞ」

「あざっす……」言葉少なに、礼を言う。

昨日のミーティング直後、社長、愛、太田で三者面談をしたらしい。太田は素直に愛に頭を下げて、キッチンに入ったということだ。どうせ、土曜の混雑ではキッチンの仕事を教えるどころではないだろう。さすがに、一年間皿洗いはないと思うけれど、かといって愛が直接太田に料理を教えているところは、なかなか想像しにくい。

「おせぇよ！」

愛の声が響いて、亮磨は小走りでキッチンの正面にまわりこんだ。サイコロステーキの焼き加減をうかがいながら、ちらちらと亮磨をにらみつけてくる。

「お前の無様な歩き方、こっちから見えてたけどさ、食器積み過ぎだろ」

「でも、柴崎さんとかは……」

「口答えすんなよ。あいつは、積み方がうまいんだよ。お前は何も考えずに、何でもかんでもお盆にのせるから、バランスとれねぇんだよ」

反論のしようがない。しかも、今日は愛の機嫌がすこぶる悪かった。太田の件で社長にまんまとしてやられたダメージが、一日たってもまだ残っているのだろう。とにかく、油を売っている時間はなかった。湯気がさかんに立つ、唐揚げと玉子焼きをかっさらうようにカウンターから持ち上げ、十三番に急行する。

そのあいだにも、新規の客が次から次へとやってくる。

「いらっしゃいませ！　捲土重来へようこそ！」柴崎の声が、ホールに高らかに響きわたった。「ご予約のお客様、五名様、ご来店です！」

「いらっしゃいませ！　ようこそ、捲土重来へ！」口々にホールのスタッフが叫ぶ。接客中でないかぎり、かならず声を張り上げて、唱和しなければならない。

「いらっしゃいませぇ！」亮磨もほとんどヤケになって声をしぼりだした。

笑顔で、元気に、威勢よく。入店当初の一ヵ月間、亮磨は徹底的に接客のロールプレイをさせられた。ロールプレイというよりは、部活の声出しに近い。社長や柴崎を前にして、「いらっしゃいませ！」、お辞儀、「捲土重来へようこそ！」、最高の笑顔、「ありがとうございました！」、最敬礼――思えば、これが最初の調教と洗脳だった。

「捲土重来へようこそ！」機械的に叫びながら、通路を急ぐ。そのあいだにも、頭のなかで次にやることの計算をしている。このあとは、五番のドリンクを運んで……、いや、六番だ。違うよ、五番だっけ？　そうこうしているうちに呼び出しボタンの音が鳴った。頭上に表示されたテーブル番号をとっさに確認する。

「13」という数字が点滅していた。ヤバい。点滅しているということは、客が待ちきれずに呼び出しボタンを二回以上押したというサインだ。

ちょうど通りかかった柴崎から「笑顔ないよ！」と、声をかけられた。柴崎のほうは、いちおう表面上は愛とのいさかいのショックを引きずっていないようだ。

「亮磨君、スマイル、スマイル！」

死ね、と思う。この状況で、どうやって笑えっていうんだよ。

今日は土曜日。亮磨にとっては、能天気な大人どもが浮かれ騒ぐ最高に憂鬱《ゆううつ》な一日だ。通路をひっきりなしにスタッフが行き交う。客たちのバカ笑いが響く。

「大変、お待たせしました」すでに料理の皿がところせましとならべられているテーブルに、唐揚げと玉子焼きをねじこむ。下げられる皿がないことを確認してから、「ご注文でよろしいですか？」と、オーダー用の端末を取り出した。

十三番テーブルは、四十代くらいの男性四人組だった。仕事帰りなのか、全員スーツを着ていた。けれど、まっとうなサラリーマンという印象ではない。ハンガーにかけられた、見るからに仕立てのよさそうな上着といい、高そうな腕時計といい、ぎらついた黒い肌といい、どことなく業界人という言葉を連想させるような身なりだった。

和ダイニング・捲土重来――ＫＥＮＤＯＣＨＯＲＡＩ――は、その名のとおり、和を基調とした料理を提供している。価格帯が多少高めなのと、場所がほとんど松濤《しょうとう》に近い奥まったところにあるので、渋谷のガラの悪い若者の層はあまり来ない。が、もちろんタチの悪い客がいない、というわけではない。

「大吟醸《だいぎんじょう》で辛口だと、どれがお勧めなの？」ドリンクメニューを眺めていた、いちばんガタイのいい男が、あきらかにいらついている表情で亮磨を見つめた。すでに顔が真っ赤だ。

「えぇっと……、辛口の大吟醸……」汗が一気に噴き出た。

入店して、真っ先に料理のメニューを覚えた。食材の原産地、調理法、味付け、盛りつけの量――今では柴崎や愛に聞かずに、ひととおりは答えられる自信がある。

次に酒だ。焼酎《しょうちゅう》の種類と割り方、カクテルのベース、ワインの原産国と特徴、赤と白の違いと、料理との相性。

いちばんわからないのは日本酒だった。大吟醸や純米といった種類、甘口、辛口、どれが冷酒に向いていて、どれがお燗《かん》に向いているか。研修中、日本酒の注文に「割り方は？」と、聞いてしまい、苦笑いされたことがある。

「おいおい、こっちはすげぇ待たされてんだよ。わかんねぇなら、別の人間呼びなよ。ガキはカンベンしてくれよ」バカにしたような笑みを浮かべて、男が聞く。

「君、いくつなの？」

「十九です」怒りが口調と顔に出ないよう気をつけながら、静かに答えた。

「おいおい、未成年かよ」赤ら顔の男が、下唇をひっくり返して、わざとらしい不満顔をつくった。「ってか、君ね、さっきから態度が生意気なんだよなぁ」

酒くせぇ……。

亮磨はゆっくりとテーブルの上に視線を落とした。刺身の盛りあわせが、かぴかぴに干からびている。さっき運んだもの以外、どの料理も、中途半端に残っている。

「ほら、ほら、笑ってみ。愛想笑いもできねぇのかよ」

男たちの下品な笑い声が、まるでエコーがかかったように、真っ白になりかけた頭に響きわたった。おさえろ、おさえろ――亮磨は必死に自分に言い聞かせた。笑ってやり過ごせば、どうってことない。すると、背後から突然、明るい声が近づいてきた。

「お客様、どうなさいました？」

オーディションに落ちたとスピーチしていた、女優志望の女の子――クミがこちらのテーブルに歩みよってくる。

「ご注文ですか？　じゃあ、私が承っちゃおうかな？」クミが前掛けのポケットから、オーダー用の端末を慣れた手つきで抜き取った。男たちに媚《こび》を売るような視線を振りまきながらも、手元は冷静にテーブル番号から入力をはじめている。

「承っちゃおうかなって、日本語おかしいでしょ」と言いつつも、男はうれしそうに赤ら顔をほころばせた。

「えっ、そうですかねぇ？　お飲物、どういたしますか？」クミが後ろに組んだ手を、亮磨に向けてひらひらと動かした。ここはまかせて、早く離れろ、ということらしい。

手があいた隙に、それとなく様子を見に来てくれたのかもしれない。本店のホールのなかでいちばんかわいい、が、いちばん周囲が見えていて、冷静だと社長や柴崎からの評価も高いスタッフだ。亮磨はかろうじて一礼し、さりげなくその場をあとにした。

「あの無愛想なガキ、ちゃんと教育しなよね、さっきにらまれたんだよ、あの子に」

「すいませんねぇ。じゃあ、お姉ちゃんが、あとでガツンと言っちゃおうかなぁ」

そんな会話が背後から聞こえてくる。追い打ちをかけるような笑い声が響く。

わかってる。クミは機転をきかせて、事態を丸くおさめようとしているだけだ。酔っぱらいのテンションに合わせて、わざとバカっぽい口調をよそおっているだけだ。

スタッフのなかで誰よりも優しいクミが、本当は俺のことを、精いっぱいかばおうとしてくれているのも、きちんと理解している。

そうこうしているあいだにもドリンク係からの無線が飛んだ。

《二番と、五番のドリンク、一気に出ます》

怒りを忘れるためには、動くしかない。こんなことは、居酒屋では日常茶飯事だ。

亮磨は小走りでカウンターに向かった。

「こっちが二番のウーロンハイ、こっちが五番のウーロン茶。オーダーの紙、下にはさんであるから、間違えないようにね」

「了解です」ウーロンハイ、ウーロン茶と、呪文《じゅもん》のように唱えながら、ジョッキでうめつくされたトレーを持ち上げる。おそろしく重い。が、その重さが、自分の心にしっかりとフタをしてくれているようで、浮足立っていた気持ちが少しは静まっていくのを感じた。

ここでキレたら、全員に迷惑がかかってしまう。意識的に深呼吸を繰り返して、トゲトゲした怒りの矛先《ほこさき》が摩耗《まもう》し、丸くなっていくのを待ちつづける。逃げないと誓《ちか》った矢先にトラブルを起こすなんて、もってのほかだ。亮磨はさちの笑顔を無意識のうちに思い浮かべていた。もやのかかっていた視界が、すぅっと晴れていくのを感じる。

柴崎の切迫した無線が聞こえてきたのは、亮磨がとどこおりなくドリンクを配り終えたときだった。
《クミちゃん？　どこにいるの？　応答してくれる？》
一瞬、耳を疑った。思わず立ち止まって、ホールを見わたしてしまった。
遠くから、それとなく十三番テーブルをうかがってみる。クミはいない。とっくに接客とオーダーを終えている。あの四人組の男たちは、相変わらず大きな声で話し、バカ笑いを公害みたいにまきちらしている。
《クミ！　お願いだから、返事して！》
なおも、柴崎の心配そうな声がイヤホンから流れる。近くにいたホールのスタッフと目を見あわせた。お互い、無言で首を横に振る。
しばらくすると、別のスタッフから無線が入った。
《柴崎さん、いました！　スタッフ用のトイレです！　あの……、何かあったみたいです》
《すぐ行く！　みんな、十三番は要注意ね。今後は必ず私が対応するので、何かあったら呼んでください》
スタッフたちの動きが、にわかにあわただしくなる。いったい、何があったんだろう？　柴崎の無線からして、やっぱり十三番が何かしたのだろうか？　心あたりはまったくなかったけれど、仕事中にだまって消えるなんて、クミの性格からしたら考えられないことだ。亮磨はもやもやと晴れない気持ちを抱えたまま立ち働いた。なるべく十三番には近よらないようにした。バカにされ、笑われるのは、もうゴメンだ。

それっきり、ホールに異変はなかった。怒りを押し殺したような愛の無線で呼び出されるまで、人員が欠けた忙しさもあって、ホールを右往左往するうちにクミのことを忘れかけていた。

《亮磨、ちょっと来い》

いつになくトーンの低い愛の声に、ぞわっと鳥肌が立った。できれば無視したかった。が、次の一言で、逆らうことをあきらめた。

《クミの件で、話聞きたい》

おそるおそる厨房のカウンターに向かうと、柴崎に抱きかかえられながら、スタッフルームに消えていくクミの後ろ姿が見えた。肩を上下させて、すすり泣いている。

愛が腰に手をあてて、亮磨をにらみつけた。手招きをしてキッチンの奥に進んでいく。

「十三番に、お尻、さわられたんだってよ」愛が吐き捨てるように言った。にぎりしめた拳で、亮磨の肩をかるく殴りつける。

なんで自分が殴られたのかわからなかった。ほんのわずかの力だったのに、愛の細い体に押されてよろめいた。

柴崎がスタッフルームから出てきた。うつむきながら、音をたてないように、ドアを後ろ手でそっと閉める。

「しばらく一人にしてほしいって……」

「どういう状況かは、わかったんすか？」愛が聞いた。

「オーダー終わってもなかなか解放してくれなくてね、連絡先しつこく聞かれて、断ったら、いきなりさわられたって」柴崎がヘアピンでとめていた、制服のバンダナをゆっくりと取った。きつくひっつめている黒髪があらわになる。「許せないよ、私、絶対」

でも……と、柴崎は顔を真っ赤にして、泣き笑いの表情で首を振った。

「でも、泣き寝入りするしかないんだよね。どうしようもないもんね」

社長は今、中目黒《なかめぐろ》店の新人研修に行っている。急いで来てもらったとしても、二十分はかかるだろう。ほら、見ろ――亮磨は思った。ふだんから良い人間にかこまれて、善意のぬるま湯につかりきっていると、いざというときに思考停止してしまうんだ。

けれど、そうして心のなかでもっともらしい理由をつけるのも、自分の不手際をうやむやにしたいからだと、じゅうぶんわかってもいる。あの男たちの前で、ただただ困ったような苦笑いしかできなかった自分を、耐えがたいほどぶっ壊したくなった。

「ケーサツは？」愛もバンダナを取った。前髪の下の額に、うっすらと汗が浮いている。「どう考えても犯罪っすよね、これ」

「それは、ダメだと思う」柴崎は大きなため息をついた。「もし、警察が来たら、周りのお客さんに、迷惑がかかるから。楽しく食事してる時間を、こっちの都合でさまたげるっていうのはしたくないし、クミ自身も、それは望んでないみたい」

それっきり、二人はだまりこんだ。ドアの向こうから、クミのすすり泣く声が漏《も》れ聞こえてくる。

「お前が、悪いよ」

骨ばった右手の甲をじっと見つめながら、愛がぼそっとつぶやいた。皮膚の表面に点々と浮いている、調理でできたヤケドの痕《あと》を、そっと左の人差し指でなでつづけている。ふたたび口を開いて、今度こそはっきりと亮磨を見すえ、言い放った。

「お前が、タチの悪い酔っぱらいに毅然《きぜん》と対応しないからだよ」

なんで、俺が言われなきゃいけないんだ？　自分の心の周りに、とっさに防御壁を張りめぐらせようとした。けれど、愛のとげとげしい言葉の攻撃に、簡単に打ち破られてしまう。

「もし社長や太田が対応してたら、たとえ表面上は愛想よく接客したとしても、相手にナメられるなんてことは、絶対ない」

元気よく、笑顔で、対応しろ。酔っぱらいにナメられるな。そんなのどうやってやれっていうんだよ！

「どうせお前、からんでくる酔っぱらいに、へらへら、もじもじしてたんだろ。お前が腑《ふ》抜《ぬ》けた対応したから、この店のスタッフ全員ナメられたんだよ。ここなら、何をやってもかまわないってね。お前さ、女にかばってもらって恥ずかしくないの？」

亮磨はうつむいた。

「こわい男の相手を女にまかせて、しっぽ巻いてすごすご逃げてきたんだろ？」

亮磨は自分でもぞっとするほどの憎しみを感じていた。愛に……？　愛にも感じている。自分に……？　さちを押し倒し、置き去りにした昨日の一件も頭をかすめる。

自分自身にこそ、その切っ先は突きつけられている。

「逃げたわけじゃねぇよ」こらえきれずに叫んだ。「なんで、俺が悪者あつかいされなきゃいけねぇんだよ」

「ほら、弱い女相手にしか、キレらんねぇんだろ？」

正論にぶつかって、亮磨は愛をにらみかえすことしかできなかった。ミーティングのときは、あれだけ愛のことをたのもしく思っていたのに、自分が標的にされた瞬間、その存在すべてが憎たらしくてたまらなくなってくる。

「で、どうするつもり?」憤懣《ふんまん》をおさえこむように、一度大きく息を吐きだしてから、愛が柴崎に視線を向けた。

「あと三十分で二時間だから、きっちり退店してもらう」柴崎はちらっと腕時計に目をやった。「まずはオーダー入ってる日本酒通して、そのついでに、ちょっと早いけどラストオーダーを聞く」

「いけるの?」

「いけるも何も、土曜は二時間でお願いしてるんだから、特別扱いなんてできないよ」

愛の舌打ちが響いた。

「お前が行けよな」

亮磨はうつむいたまま、顔を上げられなかった。

「なんか、言えよ。都合悪くなったら、だまりこむのか!」

愛が小さい体をぶつけるようにして、手に持っていたバンダナを亮磨の胸に投げつけた。が、その勢いのわりに、ぶつかってきたバンダナは、ぱすっと、あまりにも拍子抜けするような音をたてて、亮磨の体をすべるように落ちていった。

「愛ちゃん、私が行くから」柴崎が亮磨の足元に落ちたバンダナを拾い上げた。かるく手ではたいて、愛に手渡す。そして、自分のバンダナを、器用にヘアピンでとめながらかぶり直した。

ミーティングのときはあれだけいがみあっていたのに――柴崎は「こんな子と働けません」とまで叫んでいたのに、二人はかるく目配せを交わして、うなずきあう。

「よし！　戻ろう！」柴崎が、自分自身に気合いを入れるように、一つ大きく手をたたいた。「亮磨君も、もう一回、集中だよ！」

「情けねぇな」と、愛が踵を返しながら、聞こえよがしにつぶやいた。「こんな情けねぇヤツだとは思わなかったわ」

そのあいだにも、キッチンにはたくさんのオーダーが舞いこんでいた。愛の指示が飛ぶ。

「太田！　皿洗いはどう？」その声は凛《りん》として、やはり亮磨の耳には透きとおって聞こえる。

「はい、ウォッシャー動かして、一段落してます！」

「じゃあ、小ネギが少なくなってるから、刻んでみよう。五ミリ幅、厳守ね。ネギは、そこ。タッパーに入れて、冷蔵庫で保存する」

「はい！」

「そういえば、マキちゃん、しめ鯖《さば》、残り少なかったけど、あといくつ？」

「愛さん、しめ鯖、残《ざん》、二です」冷蔵庫をのぞいたマキが答える。

「了解。揚げ物系、私、一気にやっちゃうから」すぐさま、愛が無線を飛ばす。《ホールのみなさん、炙《あぶ》りしめ鯖、残り二つまで減ってます。二つです。もうすぐ終了します》

見えない結束のようなものが、たしかに感じられた。愛が指揮者になって、キッチンがとどこおりなくまわっていく。

愛のバイト歴は五年。高校一年のころから働いているという。二年前には、社長の勧めで調理師免許もとった。もともといたキッチンの社員が、辞めたり、他店の責任者として異動したりするなかで、愛も当然社員に昇格する資格を持っているのだが、なぜか本人がかたくなに拒んでいるそうだ。だから、キッチンのトップでありながら、身分はバイトのままらしい。

《しめ鯖の件、ホール、了解》柴崎の声。《クミが少しのあいだ抜けるけど、みんなもちこたえてね》

柴崎の無線に呼応するように、「ご新規、ドリンクオーダーいただきました！　生、三丁！」

「はいよ！　生、三丁！」と、威勢のいいホールスタッフのかけ声が次々伝播《でんぱ》していく。

ごっこ遊びや、サークルみたいだと思ったのは、間違いだったのかもしれないと亮磨は気づかされた。さっきのクミの機転や、柴崎の気づかい、愛の的確な指示、てきぱきと元気よく働きつづけるホールとキッチンのスタッフたち。

それにひきかえ、俺は……。

「愛さん。七番、鉄板焼き、上がります」

「何、突っ立ってんだよ！」フライヤーの前に立った愛が、振り返って叫んだ。「鉄板焼き、出るよ。せめて、それくらい運べよ」

亮磨は無言でキッチンを出て、おもてのカウンターにまわりこんだ。精いっぱいの抵抗をしめすように、ゆっくりと歩いた。湯気の立つ鉄板焼きのソースのにおいに、ムカつきをおぼえる。

よく手元を確認せずに、木製の受け皿をつかもうとした。

「熱っ！」親指に違和感が走った。

手をかばうよりも先に、投げ出された鉄板と受け皿が、空中をすべるように落下していくのが視界に入って、それがスローモーションで、どこかとんでもない遠くの彼方へ吸いこまれていくような気がして、亮磨は沸騰していた血が、一気に頭から下っていくのを感じた。とっさに、かがみながら、手を伸ばした。

もちろん、間に合うわけがない。鉄板がすさまじい音をたてて床にぶつかって、がやがやと騒々しい話し声に満たされていた店内が、一瞬静かになった。

「失礼いたしました！」スタッフたちが、すぐさま謝罪の言葉を口にする。ふたたび、何事もなかったかのように、ホールは活気のある喧騒《けんそう》に包まれていく。

亮磨は呆然《ぼうぜん》としゃがみこんでいた。鉄板をじかにさわってしまった指先が、じんじんと痛んでいる。

「あーあぁ」

頭上から派手なため息が落ちてきた。

「ちょっと言われたくらいで、ふてくされてんじゃねぇよ」

亮磨はしゃがみこんだまま、顔を上げ、愛をにらみつけた。相変わらず、メガネのレンズが薄汚い。厨房が暑いということもあるかもしれないけれど、おでこも、小鼻も、浮いた脂でテカテカだった。

バンダナから、三つ編みの毛先がたれている。ボタンのたくさんついた、制服の黒いコック服は、文化祭の模擬店で、高校生が少し背伸びをしてコスプレしたみたいに、まったく身の丈に合っていない。二、三回袖を折り返して、ようやくちょうどいいくらいだ。

急に何もかも嫌になった。亮磨は前掛けをはずしながら、立ち上がった。まったく迷いはなかった。雑多なにおいのたちこめるキッチンを、胸のムカつきをおさえながら、突っ切っていく。

「おい、亮磨！」途中で太田に呼びとめられた。「どこ行くんだよ！」

お前は、一生、小ネギでも刻んでろ。心のなかで吐き捨てながら、更衣室の扉を開いた。もう絶対に逃げない。卑怯な人間から脱却するんだ——昨日、さちの笑顔にそう誓ったはずなのに、たった一日で反故《ほご》にしている自分が情けない。

捲土重来とプリントされた忌《い》まわしいスタッフTシャツを脱ぎ捨て、更衣室のゴミ箱にたたきこんだ。私服を取り出すために、ロッカーの扉を開けた。真っ赤な色彩が目に入った瞬間、息がとまるかと思った。

最上段に、トマトが一つ置かれていた。その下に、小さなメモがはさまれていた。うねうねとのたくった、汚い字だった。

〈一日おつかれ　にが手なトマト　こくふくしろ〉

きっと、亮磨が着替えたあと、開店の直前に置かれたものだろう。まさか、こんな事態になるとは夢にも思っていない数時間前の愛が、あのいたずらっぽい笑みを浮かべながら、こっそりトマトを置いている——そんな姿を思わず想像してしまった。

本当は、トマト、苦手じゃないのに……。昨日、とっさに嘘をついてしまったことを思い出した。

それ自体は、一日で忘れ去ってしまうような、他愛《たあい》もない嘘かもしれない。でも、何気ないところで、すぐ嘘をつき、ごまかしてしまう——そんな弱い心だからこそ、昨日もさちを倒した瞬間、逃げ出してしまった。

「クソ!」亮磨はスタッフルームに置かれていたモップを手に取った。ゴミ箱のなかのスタッフTシャツをふたたび着こみ、急いでカウンターに戻った。

「亮磨……」キッチンペーパーで床をふこうとしていた愛が視線を上げた。

「すいません」素直に頭を下げた。「俺が間違ってました」

濡らしたモップでソースまみれの床をぬぐった。自分の弱い性格を打ち消すように、腰を入れてごしごしとこすった。

「愛さんは、キッチン、戻ってください」

カウンターにオーダーの伝票が、次々と貼られていく。愛の力がなければ、キッチンはまわっていかない。

まだ怒っているらしく、愛は無言でキッチンに戻っていった。

# 赤いロープ

「じゃあ、亮磨、これからお前がやること、繰り返してみろ」黒崎《くろさき》が言った。

ワンボックスカーのなかだった。広い車内には、三人だけ。亮磨と黒崎、そして運転席には、見知らぬ男が座っている。片手をハンドルにかけたまま、振り返って、後部座席の亮磨をじっと見つめる。

「大宮《おおみや》駅のインフォメーションの建物のそば……」亮磨は震える声で、さっき言いふくめられたことを復唱した。「そこに、松野《まつの》という婆《ばあ》さんが立っている。手に紙袋を持っている。それを……、俺が、受け取りにいく」

「で？」黒崎自身も、緊張しているようだ。頬がこわばっている。運転席に座る男も、人差し指でしきりにハンドルをたたいている。ハザードの音がそれに重なるように、規則正しく、カッチ、カッチと、耳ざわりに響く。

「山田部長に言われて来たと、松野に話す。その紙袋を、必ず松野の息子のシゲルに手渡すと、約束する」

「あなたは誰ですか？　って、聞かれたら？」

「自分は山田の部下の高橋《たかはし》です。シゲルさんとは、直接の面識はないが……、山田部長から直々に言われて来たので……、安心してくださいと話す」機械的に、さっき暗記させられたことを繰り返した。息継ぎを忘れて、何度も何度もつまりながら、それでも話しつづけた。「何かをしつこく聞かれても、自分はくわしいことはわからない、とにかく急いでいるからと強調する。紙袋を受けとったら、大宮駅の東口を下りて、タクシーに乗る」

車のシートには、タバコのにおいが染みついている。クーラーの噴き出し口から、カビ臭い冷気が流れ出る。

「とりあえず、タクシーを走らせる。で、さっき携帯電話に登録した番号にかける。電話に出た相手が、行き先の指示を出す」はじめて締めたネクタイの息苦しさに耐えながら、復唱をつづけた。

窓の外を、ひっきりなしに車が行き過ぎていく。ミスタードーナツから出てきた女子高校生たちが、きゃっきゃっとはしゃぎながら、短いスカートをひらめかせた。

「車中で番号は消去する。履歴も消去する。指定された場所に男が立っている。相手の男に、松野から受け取った紙袋を渡す。タクシー代と、謝礼をもらって、終わり」

「オーケー」黒崎がようやく体の緊張をといて、背もたれにどっとよりかかった。運転席の男と視線をあわせてうなずく。男も「合格」というふうに、重々しく何度も首を縦に振る。

「どうだ、簡単だろ？　これで三万もらえんだから」

「はぁ……」亮磨は気になっていることを、たしかめようと思った。「ところで、紙袋を渡すのが、シゲルって人なんですよね？」

「お前は、余計なこと、聞かないでいいから」黒崎が胸ポケットから、タバコを取り出した。口にくわえて、百円ライターをこするが、なかなか火がつかない。「待ち合わせ場所で待ってる人間とも、話さないでいい。変な詮索はするな」

ああ、これはヤバい仕事なんだと、この時点ではっきり認識していた。でも、この場から逃げ出そうという勇気はなかった。黒崎と、運転席の男から発せられている、ぴりぴりとした空気が、見えない向こうに存在している、もっと巨大な何かを容易に想像させた。

運転席の男が、腕時計を見て「そろそろだな」と、つぶやいた。歩道側に座っていた黒崎が、スライドドアを開けた。亮磨も、黒崎につづいて、外に出る。新鮮とは言いがたい空気を、すぅっと吸いこむ。

「俺たち、仲間だからな」火のついていないタバコを口にくわえたまま、黒崎が疑わしそうに亮磨を見つめ、念を押した。肩をがっしりとつかんで揺さぶる。「逃げんなよ」

「まさか」亮磨は笑って否定した。けれど、きちんと笑えた自信はなかった。

亮磨は背後を振り返った。巨大な駅が、東のほうから見ると、ちょうど真っ赤な夕陽のなかに浮かんでいるように見えた。

ファミリータイプのワゴンは県道沿い、りそな銀行の前に、大宮駅に背を向けるかたちで停められている。歩けば五分とかからないだろう。与えられた腕時計を確認する。四時五十分。松野という老婆との待ち合わせ時間は五時。

ちょっとしたスリルを求めていた。高三のゴールデンウィーク。部活、勉強、部活の、代わり映えしない毎日。これからは受験勉強に打ちこんで、遊んでいるヒマはなくなる。

漠然と大学に入って、両親と同じように、漠然と地方公務員にでもなるのだろうと思っていた。だから、これが最後の冒険だ――もう、後戻りできなくなった自分に言い聞かせる。

ふと気がつくと、あれだけ周囲にあふれていた、車も、通行人も、あとかたもなく消えていた。片側二車線の道路が、見わたすかぎり空っぽになっている。信号機だけが、律義に自分の仕事を繰り返し、光を発している。

すぐそばの、りそな銀行のなかは、煌々《こうこう》と電気が灯《とも》っているのに、客も、行員も、誰もいない。さっきまで、若者たちでにぎわっていたはずの、モスバーガーも無人だ。キャンペーン中のハンバーガーを印刷した、巨大な幟《のぼり》だけが風になびいている。振り返った。今まで乗っていた車も消えていた。

そこで、目が覚めた。心臓の位置がはっきりわかるほど、胸の内側でどくどくと脈打っている。息が苦しくて、あえぐように、空気をむさぼった。

夢に見るのは、いつもこのパターンだった。車から降り、大宮駅へ向かうところで途切れる。何度見ても、何度繰り返しても、夢のなかの自分は、同じ失敗をなぞってしまう。

なぜか、刑事たちに追いかけられ、地面に押し倒され、逮捕された瞬間は、一度も夢にあらわれたことはない。人生のなかで、あれだけ焦り、あれだけ自分の人生を呪い、あれだけ頭が真っ白になったことはないのに……。

きっとこの夢を繰り返し見るのは、車を降りた、あのとき、あの瞬間が、最後の分岐点だったからだろう。自分の意志で、自分の運命を軌道修正できるラストチャンスだった。

あのまま駅に向かうふりをして逃げおおせることもできた。駅前の交番に駆けこみ、助けを求めることもできた。そうすれば、今、フリーターをしていることもなかっただろう。きっと、つまらない、平凡な大学生活を送っていたはずだ。でも、できなかった。なんで、と聞かれても、わからない。

こんな俺でも変われるのだろうかと、亮磨は考えた。

今日が、そのための第一歩だ。さちと走る。さちを助けて、走る。俺は、変わる。

亮磨は気合いを入れて、起き上がった。

支度をすませた亮磨は、自転車で駒沢公園に向かった。

駒沢大学駅の近くに住みはじめて、三ヵ月が過ぎている。外周を通り過ぎることはあっても、まともに公園を訪れたのははじめてだった。その広さに圧倒された。

待ち合わせ場所のトレーニングルームはすぐに見つかった。自転車をとめて、周囲を見わたしてみると、さちはまだいなかった。スマホを取り出して、ラインを起動した。

〈一時に駒沢公園のトレーニングルーム入り口集合でお願いします！〉

昨日送られてきた、さちのメッセージを確認する。間違いはない。現在時刻は、十二時四十六分だ。

〈トレーニングルームには、更衣室とロッカーがあるからそこで着替えられます。動

きやすい服を忘れずに。あと、靴も。本当はランニングシューズのほうがいいんだけど、持ってないよね？〉

午前中に買ってきます、と答えた亮磨に、すぐ返事が来た。

〈シューズは生命線だから、あわてて買わないほうがいいよ。亮磨君が本格的に走ると決めたら、今度いっしょにゆっくり買いに行きましょう。ということで、最初は伴走体験くらいの軽い感じにしましょう。運動しやすそうな靴を持ってきてください〉

亮磨は、昨日の深夜、わざと「ボイスオーバー、オン」にして、アイフォンに文面を読み上げさせた。ロボットみたいな早口のイントネーションなのに、なぜかさちがしゃべっているような気がして、「いっしょにゆっくり買いに行きましょう」という箇所を何度も繰り返し聞いた。「亮磨君」と、名前で呼んでくれるようになったのも、うれしかった。

十一月の終わりの、よく晴れた日だった。だいぶ肌寒くなってきたけれど、日向《ひなた》はぽかぽかと暖かい。平日にもかかわらず、多くの人がランニングコースを走っている。ウォーキングや、犬を散歩させている人もいる。

ふと視線を転じた。近くの階段を下りてくるさちが見えた。

「さちさ……ん」名前を呼んだ瞬間、声がつまった。

階段を下りるテンポがものすごくスムーズなので、不審に思っていたら、さちのすぐとなりに長身の男がいることに気づいた。さちは、その男の腕につかまり、片手に白杖をたずさえ、よりそいながら歩いてくる。

心の準備がまったくできていなかった。全身に緊張が走る。亮磨はさちのとなりの男をそれとなく観察した。

やはり二十代前半くらいだろうか。第一印象は、とにかく背がデカいという、ただその一点につきる。社長や太田も百八十近くあるはずだが、この男はさらに大きい。百八十五センチ以上はありそうだ。さちとならんで歩いていると、まるで大人と子どものように見えた。

「亮磨君、来てくれてありがとう！」さちが、にこやかな笑みで亮磨の前に立った。「こちらは廉二《れんじ》君っていって、もともとこの人に伴走をやってもらってるの」

「ちわっ」と、廉二と呼ばれた男が無愛想に会釈《えしやく》する。会釈というよりは、ただ首を突き出しただけのようにも見えた。

さちと二人きりだと思いこんでいた。亮磨の落胆ははかり知れなかった。よくよく考えてみれば、目が見えない若い女性が、素性の知れない男といきなりいっしょに走るなんてありえない話だ。廉二がいるからこそ、さちは安心して自分を誘えたのだろう。

「こちらは、さっき話した亮磨君」と、さちがとなりの廉二に紹介する。

「ちわっ」と、亮磨もぎこちなく頭を下げた。

廉二はジーパンのポケットに両手を突っこんで、亮磨の全身を検分するように、じろじろと眺めまわしている。刺すような視線に耐えきれず、亮磨がかるくうつむいていると、「わかんないんだよなぁ」というつぶやきが、突然頭上から降ってきた。

「君はさ、駅でさちを助けただけの人なんだよね？」

そう聞かれた亮磨は、「まあ……」と、うなずいた。後ろ暗い気持ちは、表情に出ないように押し隠した。

「いやいや、ふつう、ありえないよね？　初対面の人に、いっしょに走りましょうって言われて、はい、よろこんでって、二つ返事で受け入れちゃうなんて」

「いや、まあ、二つ返事ではなかったんですけど」

「でも、来てんじゃん、実際」

「ま……まあ」ふたたび、曖昧《あいまい》にうなずく。常識的に考えれば、たしかにこの人の言うとおりだ。なんの反論も思い浮かばない。さちを倒し、それをひた隠しにした罪悪感から引き受けたなんて、まさか言えるはずがない。

「さちも、さちだよ」と、今度はその矛先がさちに向かった。「たしかに、俺はなんとしてももう一人伴走者が必要だねって話はしたよ。でもね、まったくの素人《しろうと》を連れてこいなんて、誰も言ってないからな。駅で介助を申し出た見知らぬ人間にたのむなんて、はっきり言ってクレイジーだよ。ありえないって、マジで」

「いいじゃん、いっしょに楽しく走れれば」さちが、肩をすくめた。「亮磨君、すごい良い人なんだよ」

良い人、という言葉にびくっとする。けれど、亮磨があわてて口をはさむよりも先に、廉二が話しはじめている。

「いやいやいやいや、そこは真面目にやろうよ、ホント。良い人と、走れる人は、別だからね。俺が求めてるのは、ちゃんと走れる人なの。そいつが良い人だろうと、悪いヤツだろうと、関係ない。極端に言っちゃえば、犯罪者でもかまわないよ。そいつが、しっかりさちのことをサポートできて、それなりの走力があるんならね」

「その前に、信頼関係でしょ。そんな人のとなり走るの、私、嫌だよ」

犯罪者、という言葉に、ふたたびびくっとする。もし、さちとぶつかってホームに落としていたら……。もし、そのとき電車が来ていたら……。

さちを倒して、無事にすんだのは、本当にたまたまなのだ。そう考えると、とたんにおそろしくなった。

「だから、犯罪者っていうのは、もののたとえだろ。とにかく、この亮磨って子がちゃんと走れるのかどうか、たしかめずに誘ったっていうのが大問題なんだよ。しかも、駅で初対面だぜ？　ナンパかよ、マジで」

よくしゃべる男だった。一重《ひとえ》の鋭い目といい、薄い唇といい、生気のあまり感じられない青白い顔といい、冷たいオーラを全身にまとっているのに、次から次へと、何かに憑《つ》かれたようにしゃべりまくる。

「いいか、君。フルマラソンで視覚障害者をガイドする場合、伴走者は二人まで登録可能なんだ。ようするに四十二・一九五キロを二人で分担することができる」廉二の説教は果てしがないと思われるほどつづいた。「仮に俺と君で、フルマラソンを半分ずつ走るとしよう。ということは、だ。君は二十キロを走るわけだ。二十キロだ。走れるのか？　言っとくけど、口で言うほど簡単じゃないんだぞ、二十キロは」

ぐっと、答えにつまる。たしかに、二十キロなんて途方もない距離だ。一朝一夕で走れるようになるとは到底思えない。戸惑いを隠しきれないまま亮磨がだまりこんでいると、すかさずさちが助け舟を出してくれた。

「大丈夫だよ、亮磨君。私だって、陸上の経験なんて、もともとまったくなかったんだから。五キロも走ったことなかったし」

「そうなんですか？」亮磨は驚いてさちを見た。

「目が見えなくなって、一気に行動範囲も狭くなってね、私、全然動かなくなったの。そしたら、ぶくぶく太っちゃって。で、廉二君の勧めでいっしょに走りはじめてみたら、体重がどんどん落ちて、自分でもびっくりするくらい走れちゃって」

「だからって、かすみがうらマラソンは来年の四月なんだぞ。あと、四ヵ月だぞ。四ヵ月でどこまで走れるようになるっていうんだ？」

さちが大きくため息をついた。

「あのさ、まだ本格的に伴走を引き受けてくれるって、決まったわけじゃないんだから。大げさなんだよ、廉二君は。たとえばさ、調整のジョグにつきあってくれるだけでも、すごいありがたいでしょ？」

廉二が眉のあいだにぐっとしわをよせて、腕組みした。何かを考えこんでいる様子だ。また、気の滅入《めい》るような説教の速射砲を浴びせられるのかと身構えたけれど、「たしかに」と、廉二は意外なほどあっさりうなずいたのだった。

さっそく階段をのぼって、入り口の自動扉を抜けた。競技場の観客席の下が、トレーニングルームになっている。通り抜けると、四百メートルトラックに出られるらしい。

「あっ！」リュックをまさぐっていたさちが、突然声を上げた。

「おい、どうした？」廉二が心配そうに、さちの手元をのぞきこむ。「忘れ物か？」

「私の障害者手帳を見せれば、二人無料で入れるんだけど。もう一人は、お金払わないと入れないと思う。いつも廉二君と二人だったから、そのこと忘れてた」

「いいよ。今日は俺が払うから」廉二が財布を取り出した。「その子と、二人で入りな」

「いいの？」

「たかが四百五十円だろ」自動券売機でチケットを買い、さっさと一人で行ってしまう。

いちおう、亮磨はその背中に礼を言っておいた。が、あっけなく無視された。亮磨はしかたなく、更衣室の入り口までさちを案内した。

「更衣室のなかは、慣れてるから大丈夫」さちが笑いながら言った。「亮磨君は、この先、入れないからね」

冗談だとわかっているのに、適当な言葉をうまく返せない。そんな自分が腹立たしい。亮磨は男子更衣室の扉を開けた。身長が大きいので、廉二はすぐに見つかった。

さっきはあれだけしゃべっていたのに、二人きりになると廉二はとたんに無言になった。かなり気まずい。ロッカーの位置も、微妙に距離をあけた。

廉二のほうは、普段着の下にウェアを着こんでいたらしく、脱いだだけで準備が完了した。亮磨もあわててTシャツと短パンに着替えた。

廉二が大きな体をかがめて、ランニングシューズのヒモを丁寧に結びはじめる。先に出ていようと思った。ロッカーに鍵をかけて、出口に向かいかけた。

「あのさ」

唐突に声をかけられ、亮磨は振り返った。

「君は、いったい、何をたくらんでいるんだ？」

「はっ？」

「さちに近づいて、君はいったい何をたくらんでる？」体を起こして、亮磨を見下ろす。

まさか……と、亮磨は息をのみこんだ。ひゅっと、喉元で音が鳴った。さっきの「犯罪者」という言葉も頭をよぎる。

この男は何もかも知っているんじゃないだろうか？　走る前から脈が速くなった。

「さちは、初対面の人間を、声と雰囲気で判断するしかない」人差し指と中指を立てて、自分の両目に向ける。「でも、俺はこの目で君を見ることができる。俺がさちの目だ」

とっさに、さちと出会ったときの、ホームでの状況を思い起こした。周囲には誰もいなかった。けれど、隅から隅まで見まわしたわけではないから自信はない。

もし、この男が一部始終を見ていたとしたら……？

「君はね、なんだか、ふつうの十九歳っていう印象じゃないよな。たしかにね、見るからにワルそうな、不良っていう感じじゃないんだよ。見た目も、服装もふつうなんだよ。でもね、俺には何かぴんとくるものがある」

　すぐそこに洗面台があった。思わず鏡に映った自分の姿を見つめてしまう。髪を染めているわけじゃない。ピアスもしていない。どこまでも平凡な十九歳がそこにいた。少なくとも亮磨自身にはそう感じられた。

「でも、君とおんなじ印象を、さちとはじめて会ったときにも感じた記憶があるんだよな」

「僕と、さちさんが？」

「そうなんだよね。最初は、あんなに明るくなくてさ、おいおい、君、大丈夫かよ、っていう、暗くて、あやうい感じだったんだよね」

　おそらくランニング用だろう、シンプルなデザインのスマートウォッチを左腕にはめながら、廉二がつづけた。

「まあ、いいや。とりあえず、君がどんだけ走れるかがいちばんの問題なんだけど……」と、言いかけて、突然話題を変える。「ところで、君はさちがどうして視力を失ったか知ってる？」

　戸惑いながらも、首を横に振った。廉二と話していると、まるでジェットコースターに乗っているかのように、上下左右に、感情が激しく揺さぶられる。ただただ、落とされないように手足を踏ん張って、しがみついていくしかない。主導権をにぎられて、こちらはされるがままだ。

「事故だよ、交通事故」廉二はとくに憤っている様子も見せず、淡々とロッカーに鍵をかけている。「これ以上、さちを悲しませるのは、俺が絶対許さないから。それだけは言っとくよ」

亮磨を一瞥《いちべつ》して、更衣室の出口に向かう。

いろいろな感情や疑問が渾然一体となって襲いかかってきた。廉二の言葉に、深く混乱していた。あきらかに、何かを知っているような口ぶりにも思えたし、ただぱっと思いついたことを一方的にしゃべっただけのようにも感じられた。

更衣室を出ると、すでにさちが待っていた。廉二が「お待たせ」と、声をかける。「もぉ、おそいよ」廉二の声を聞いて、さちが両手を腰にあてた。「女子よりも男子のほうがおそいって、いったいどういうこと？」

こんなにも明るく、元気なさちが、かつては暗かったということも到底信じられなかった。「交通事故」という、廉二の言葉が脳裏にちらついた。

もし病気だったら、少しずつ目が悪くなっていって、心構えや、覚悟もある程度生まれるかもしれない。でも、事故の場合、いきなり、だ。その瞬間から、世界は暗闇に包まれる。さちの過去を想像しただけで、胸が痛くなってくる。

「なんか、二人ともどんよりしてない？」さちが心配そうに聞いてきた。「亮磨君、大丈夫？」

「いやいや！　元気っすよ！」亮磨はつとめて明るい声を出した。「行きましょう」

とはいえ、廉二のせいで、とてもランニングに集中できるような心理状態ではなかった。ざわつく気持ちを抱えたまま、二人のあとにつづいた。

本当にこの男とうまくやっていけるのだろうか？　何度も不安にかられながら、競技場に足を踏み入れた。その瞬間、陸上のイメージとはかけ離れた色が広がっているのを前にして、亮磨は目を見張った。

視界に飛びこんできたのは、一面、鮮やかな青だった。

レーンの部分がすべて真っ青に塗《ぬ》られているのだ。陽光が降り注いで、反射し、まぶしく光っている。トラックと言えば、当然のように赤茶色だと思いこんでいたから、かなり新鮮な光景にうつった。無人のスタンドがぐるりと周囲をかこんでいる。

「青いほうが、集中力が高まると言われているけど、真偽のほどはさだかではない」と、廉二が機械的に説明した。「どちらにしろ、俺たちはアスファルト族だから関係ないけどね」

「アスファルト族って、暴走族みたい」さちが言う。気をつかった様子で、亮磨に笑いかける。「ねっ、亮磨君、おかしいね」

「はぁ……」

「じゃあ、準備体操から、やりましょう！」さちの様子には、まったく変わったところは感じられない。

たっぷり三十分かけて、ストレッチと準備体操を終えた。かなり念入りだった。全身の隅々まで伸ばし、温めていると、それだけで体がなまっている亮磨にはかなりの重労働に感じられた。

さっそく、伴走を体験することになった。さちが「よし！」と、叫んで、肩までの髪を一つに結ぶ。輪になった赤いロープを、ウェアのポケットから取り出した。

「これが、私たちの命綱《いのちづな》になります！　長さが一メートルのものを結んで使います」

教師のような、改まった口調になって、さちが説明を続けた。

「亮磨君が、これを右手ににぎります。私が左手に持ちます。とくに競技者がどちら側、伴走者がどちら側と、決まってるわけではないんだけど、給水を手伝ってもらう必要があるので、おもに左側を走ってもらいます。実際のレースの多くは車道を走るから、左側に給水所が設けられていることが多いんです。あと、亮磨君、腕時計を左手にするでしょ？　タイムを読むとき、さまたげにならないように、左手はあけてもらってたほうがいいから」

「なるほど」

「基本的に、私と亮磨君は、手足を鏡合わせのように動かします」

ようは足を縛らない、自由度の高い二人三脚のような走り方になる。さちが左足を踏み出したとき、亮磨は同時に右足を踏み出す。さちが左手を後ろに引けば、亮磨は右手を同じタイミングで引く。唯一、つながっているのは、互いの手ににぎったロープだけだ。

「基本的にロープはムリに引っ張らないでくださいね。突然だと、すごくびっくりします。曲がるときや、ペースを上げるときは、事前に声で知らせるようにしてください」

さっそくレーンの外側で試走してみることにした。

しかし、これが一筋縄《ひとすじなわ》ではいかなかった。さちの手足の動きを意識するあまり、亮磨自身の走りが、ぎくしゃくと、壊れたロボットのダンスのようになってしまう。そうなるとロープがつっぱって、がくがくと引っかかり、さちの走りを補助するよりも、妨害するようなかたちになってしまう。

「そんなに意識して合わせよう、合わせようって、考えないでもいいかな」いったんとまろうと言って、さちが困ったような笑顔を浮かべた。「もっと自然なリズムで、ふつうに走る感じでリラックスするといいよ」

どうやら、亮磨ががちがちに緊張しているのは、ロープを通してつたわってくるらしい。

「リズムだよ、リズム。はい、イチ、ニ、イチ、ニ！」

それでも、何回か往復していると、だいぶスムーズに並走できるようになってきた。どちらかというと、さちのほうが亮磨の走りに合わせてくれているようではあったけれど。

「じゃあ、ゆっくり一周走ってみようか」

さちといっしょに、トラックのとば口に立った。何人かの市民ランナーたちが、思い思いのスピードを保って、走っている。

「これからは亮磨君がたよりだからね。口でつたえてほしいのは、カーブのはじまりと、終わり。あと、ほかのランナーを追い越す必要があるときには、事前に言ってね。たとえば、右に二メートルよる、とか」

緊張していた。廉二が、トラックの内側の芝生《しばふ》にあぐらをかいて、じっとこちらを見つめている。

「よーい、スタート！」さちの合図で走りはじめた。

息が上がらない、ジョギング程度のスピードだった。さちの走りやすいリズムを意識して、手足を動かす。

「左、カーブします」指示を出すことに集中すると、手足がずれる。あわてて足元に視線を落とし、足の運びを合わせる。

内側の亮磨が軸となって、コーナーをまわっていく。ロープを引っ張りすぎないことを意識した。さちの息づかいが、すぐそこに感じられた。

バックストレートに入ったところだった。さちが、「亮磨君」と、突然呼びかけてきた。

「もしかして、更衣室で廉二君に、何か言われた？」

驚いて、となりを走るさちを見やる。遠くを眺めるような眼差しで、さちは前を向いている。そのすぐ横を、市民ランナーが颯爽《さっそう》と追い抜いていく。

「なんだか、様子、というか、二人の雰囲気がおかしかったから、もしかしてって思って」さちの表情は変わらない。「廉二君、ちょっと変わってるから、最初は戸惑うかもしれないけど、ただの陸上バカだからさ」

笑顔を浮かべたさちが、はじめて亮磨のほうに顔を向けた。

「ちょっと、釘をさされただけです」だいぶ事実を曲げて説明した。「もし、伴走をするなら真剣にやろうって」

「廉二君が何と言おうと、私は楽しく走りたい。亮磨君ともね」

その言葉がうれしかった。さちの助けになるようなことがしたい――そんな純粋な思いが、今の亮磨を突き動かしている。

だんだんと息が上がってきた。腕を振って、地面を蹴る。その単純な動作の繰り返しが、心地よい負荷になって、全身に行きわたる。血が体の隅々まで駆けめぐっていく感覚だ。最後のコーナーを曲がって、一度もとまることなく一周を走り終えた。

「どうでした？」亮磨は高揚する気持ちをおさえながらさちに聞いた。

「だんだん合ってきたね」さちが、うれしそうに、うなずきながら言った。「今はすごくゆっくりだったから、カーブの直前で教えられてもすぐに対応できるけど、実際のレースは、もっとスピードに乗って走ってるから、数メートル手前でも予告してもらえると助かるかな」

自分が真っ暗闇のなかを疾走することを想像してみた。

今にも障害物に激突するかもしれない、段差につまずくかもしれない、車にひかれるかもしれない。とてもじゃないけど、自分にはこわくてできそうになかった。たしかに、ガイドに身も心もまかせきらないと、走る以前に疲労困憊《こんぱい》してしまいそうだ。

信頼、という言葉が、亮磨の肩に重くのしかかってくる。

俺は本当にさちの信頼にこたえられるんだろうか？　そんな根本的で重大な疑問を振り払うように、亮磨は両腕を天に突き出し、大きく伸びをした。

「やっぱり、走るって、すごく気持ちいいですね」ひさしぶりに運動らしい運動をした。体の芯が温まって、そこからエネルギーがふつふつとわき上がってくるような爽快感があった。「なんだか、生きてるって感じがします」

さちが「亮磨君、大げさだなぁ」と、笑った。でも、亮磨にとってはまったく大げさな表現ではなかった。逮捕されて以来、死人のように生きてきた。テレビのバラエティーや、街中で、人が笑っているのが腹立たしかった。幸福そうなカップルに殺意をおぼえた。捲土重来の仕事を惰性でこなした。人間的な感情や生活から、あえて遠いほうへ、遠いほうへと向かっていた。

だからこそ、生きている——そう感じるたしかな手ざわりのようなものが、自分のもとにふたたびよみがえってくるとは到底思えなかったのだ。やっぱり、間違っていなかった。さちと走っていけば、最悪で最低な自分が変えられるんじゃないだろうか。

ところが、背後から廉二の冷ややかな声が響いて、亮磨はとたんに現実に引き戻された。

「じゃあ、もっと生きてるって感覚を味わわせてあげるよ」

宇宙人を思わせるひょろっと長い首を折り、伸ばす動作をしながら、廉二が近づいてくる。

「これから俺とさちが走る。一キロあたり、四分五十秒のペース走だ。四百メートルトラックを十周で四キロ。その後ろをついてこられたら、とりあえずは合格ってことにしてあげるよ」

「ちょっと、合格って何?」さちが憤りを隠さずに、声を荒らげた。「これは、オーディションとか、セレクションじゃないんだよ。そんなためすようなことして、せっかく来てくれた亮磨君に失礼でしょ」

「バスケか何かしてたんだろ?」廉二はさちの訴えにまったく耳を貸さなかった。

「だったら、根性でついてこられる距離とペースだ」

「ちょっと、聞いてるの、廉二君!」

「さちさん、大丈夫です。四キロくらいだったら、楽勝で行けると思います」廉二に向かって、はっきりと言い放った。身長と同じように、言うことも上から目線のこの男に、自分はやれるということを証明しなければならないと思った。

さちが大きくため息をついた。走る決意をかためたらしく、ウィンドブレーカーを脱いで、ピンク色の半袖ウェア一枚になる。

「亮磨君、ムリはしないでね」さちが言った。その言葉に、亮磨は「大丈夫です」とうなずいた。

さちと廉二が互いの手にロープをにぎり、ならんだ。亮磨はその後ろについた。つま先を地面につけて、ぐるりと左右の足首をまわす。

「入りはかるめで、五分ペースね。二キロ過ぎから、四分五十まで上げて、そのまま維持」廉二の指示に、さちがうなずく。静かに、走りだす。

一周目。実際に走ってみてわかったのだが、一キロ五分というタイムは、なかなか速い。さっきの軽いジョギングとは違って、切り裂く空気の流れを頬に感じる。

もし、大会でさちの伴走をするとなると、このペースで二十キロ……。

たしかに、今は自信がない。でも、猶予は四ヵ月ある。大丈夫だ、鍛《きた》えれば、きっと大丈夫なはずだと、自分に言い聞かせる。

コーナーをまわっていく。半周ですでに息が切れていた。それでも、さちと廉二の背中になんとか食らいついていった。

二周目。少しでも気を抜くと、あごが上がりそうになる。口をだらしなく開けて、目いっぱい空気を吸いこむ。自分の荒い息づかいだけしか、聞こえない。

それにしても……と、亮磨は前を見すえながら思う。二人の走りのフォームを後ろから見ていると、まったく速そうな印象をおぼえないのだ。すぐにでも追いこせそうな気がするのに、まったく差が縮まらない。ともすれば、置いていかれそうになるのを、懸命に地面を蹴って追いすがるしかない。

さちは、身長が高くないからだろう、短い歩幅を刻んで走っていく。ほとんど上下に跳ねることがなく、まるですべるように静かに進んでいく。

あまり思いきり地面を蹴っているようには見えない。余計な力が抜けているということもある。だから、はた目からは、あまり速く走っている感じがしないのかもしれない。

　ましてや、廉二のほうは、さちに合わせて、極端に歩幅を縮めている。体の大きさからして、豪快にストライドを広くとった走り方が似合いそうなのに、一歩一歩がめちゃくちゃ狭いせいで、軽いジョギングか、極端なことを言えば速めのウォーキングをしているようにしか見えないのだ。

　が、亮磨にとっては、精いっぱいのスピードだった。焦る気持ちをおさえながら、息を思いきり吸いこんで、走りつづける。先はまだ長い。

　三周目。コーナーをまわり、バックストレートに入って、廉二が左腕を上げた。時計を見る。

「四分五十五、六、七……」

　走りながら、大声で読み上げる。まったく、息が切れていない。

「オーケー、一キロ通過、五分一秒」

　ほぼ正確なペースを刻んでいることに驚いた。おそらく、体感でおおよそのスピードがわかるのだろう。

「よし！　こっから十秒分、上げてくぞ！」

　まだ、一キロか。正直、自信が揺らいでいた。楽勝だと言い放ったことを後悔していた。

しかも、ここからペースアップ……。

さちがぐんと加速した。ランニングパンツの下から出た、ひきしまった脚が回転数を上げていく。一つにしばったさちの髪の毛の先が、跳ね上がる。

二人の背中が遠ざかりかけた。あわてて亮磨も加速する。が、思うようにスピードが上がらない。自分でも、どたどたと醜い走り方になっているのがわかる。

四周目。さちのピンク色のウェアが、ちかちかとまぶしい。小さい体が躍動している。必死の思いで、背中を追いかける。

青いレーンも、反射がきつい。どこまで行っても、どこまで走っても、青、青、青だ。今になって、抜けるようなその青色が、ウザったく、まとわりついてくるように思える。

五周目。なんとか、走り終える。もはや根性のみで走っている。五分と、四分五十秒では、天と地ほどの差があった。息をむさぼるように吸っても、肺にまで届いていかない気がする。

廉二がちらっとこちらを振り返った。にやり、と笑ったような気がするが、亮磨にはもはやどうでもいいことのように感じられた。とにかく、走る。追いすがる。

廉二はすぐに前を向いた。左腕を上げ、時計を確認する。

「二キロね。今のペースが四分五十二！　あと半歩、上げていこう！」

さちがうなずき、さらに前に出る。

マジかよ……！　たった二秒のペースアップが、あまりにもキツい。キツすぎる。体がばらばらに分解してしまいそうだ。何がなんでも、という思いで、さちの背中を見すえつづけた。

六周目。視界が上下に激しくブレた。しだいに遠ざかっていくさちと廉二のアンバランスな後ろ姿が、二重に、三重にぼやけてうつる。

七周目。だんだん、自分が何をしているのかわからなくなってきた。がむしゃらに振っている腕が、自分の体にくっついている気がしない。太ももが、まったく上がらない。足がもつれて、ふらふらと蛇行《だこう》した。二人の背中がみるみるうちに遠ざかっていく。一気に五十メートルほどの差がついた。

八周目。限界だった。もう一歩も進めない。ぜえぜえと、あえぐような呼吸を繰り返した。

よろよろとトラックの内側にそれていく。走る前、楽勝だと口走ってしまった自分を呪った。

つまずいた勢いのまま、トラックの内側に倒れこんだ。インフィールドの芝生がむきだしの太ももに刺さって、ちくちくと痛かった。

早くも周回してきたさちと廉二が、すぐ近くを通過していく。さちは亮磨が脱落したことに気づいていないらしい。廉二はこちらを見向きもしなかった。規則正しい足音と呼吸音が、みるみるうちに遠ざかっていく。

かろうじて、腕で体を支えながら、むさぼるように酸素を吸う。壊れてしまうんじゃないかと思うほどのスピードで、心臓が鼓動を刻み、体中に血液を送ろうとしている。

「どうだ？　苦しくて、生きてるって感じ、すげぇ味わえただろ」

見上げると、四キロを走り終えたらしい廉二が、すぐ近くに立っていた。暗く影がさしたその顔からは、なんの感情も読みとれない。

「亮磨君！　どうしたの？」さちもすぐかたわらに立っていた。「大丈夫？」

逃げたかった。でも、立ち上がる余裕がなかった。亮磨の荒い呼吸をたよりにして、さちが手さぐりで近づいてくる。

「大丈夫？　つらかった？　ごめんね、私がとめてればよかった……」

さちが亮磨の背中を探しあてた。しゃがみこんで、さすってくれる。けれど、そのやさしさが、逆にみじめな気持ちをふくらませる。何よりも、走った直後のさちと廉二の息がほとんど切れていないことに、心の底から驚いていた。

まさか、ここまでさちが走れるとは、思っていなかったのだ。目が見えないというだけで、その障害は走力にはなんの関係もない。それは、頭ではわかっていた。けれど、さちを弱者だ、障害者だと見くびっていた気持ちは心のどこかになかっただろうかと、ひたすら自問した。

呼吸がようやく落ち着いてくると、急に胃の奥が熱くなってきた。こみあげてくるものを必死になだめ、喉の奥でとめていると、口の端から、つぅーと、唾液《だえき》がこぼれ落ちた。

「汚ねぇなぁ」頭上から、冷淡な声が降ってきた。「伴走っていうのはな、競技者よりも、ワンランクかツーランクくらい上の実力がなきゃつとまんないんだよ。走りながらつねに余裕をもって、周囲の状況を読んでいかなきゃいけないんだ」

そんなの、わかってる！　その一言が出ない。ただただ、芝生の緑を見つめて、心を落ちつけようとした。

「今度のフルマラソン、さちの目標時間は、サブ3・5――三時間半切りだ。一キロあたりのペースに換算すると、つねに五分を切るスピードで走らなければならない。つまり、このペースが君にとっては二十キロつづくんだ。しかも、指示やタイムをさちに口頭でつたえなきゃいけない。あと四ヵ月じゃ、正直言って、ムリだと思う」

「なんで、決めつけるの！」さちの声が響く。「そんなのわかんないでしょ！」

顔を上げられない。もう、いいんです。もともと、あなたのとなりを走る資格が、俺にはなかったんです――そうつたえたくて、しかし、言葉にはならなかった。口の端についた唾液を手でふいた。震える膝をなんとか両手で支え、立ち上がる。

「亮磨君！」

さちの声から逃げるように、ふらふらと歩を進めた。青いトラックに落ちる自分の影が、右に左に揺れている。

「放っておけよ！　さち！　練習するぞ」

「せっかく、来てくれたのに。ヒドすぎるよ！」

二人の言い争いが背後から聞こえてくる。かまわず歩いた。呼吸はだいぶ落ち着いてきた。かろうじて胴体にくっついている二本の足は棒のように硬直して、思いどおり動かない。

「亮磨君、待ってよ！」

さちの悲痛な声が、トラックに響きわたる。かまわず、歩いた。そのスピードは、どんどん速まった。

「お願い！　待って！」

思わず、振り返った。

白杖を持っていないさちが、危なっかしい足どりで追いかけてくる。廉二は助ける素振りを見せない。じっと、亮磨を見つめている。

「亮磨君！　どこ？　戻ってきて。ごめんね、こんなことになっちゃって」

広いトラックを、さちが不安そうな表情でわたってくる。途中、ランニングをしていた人とぶつかりかけて、「すみません！」と、大きく頭を下げた。

「亮磨君、ごめん。私、ちゃんとあやまりたいの！」

体は内側から燃え上がるように熱かった。心は冷たく死んでいた。二つの温度差は、まったくとけあうことなく、混ざりあうことなく、俺の存在に気づいてくれ、俺を助けてくれと、悲鳴を上げている。

「亮磨君！　お願い！　いっしょに走ろう！」

ともすれば、ばらばらに離れ、壊れてしまいそうになる、その二つをつなぎとめているのは、間違いなくさちの存在だった。さちの声だった。さちの笑顔だった。

目が見える。トラックの青色がまぶしい。空に雲が浮かんでいる。そんな当たり前のことが、当たり前でないという事実に、めまいがする。

だからこそ……。

「俺、さちさんの伴走、できません！　俺には、そんな資格がないんです！」

亮磨はそれだけを言い捨てると、あわてて前に向き直り、トレーニングルームに駆けこんだ。

家に帰る気には、到底なれなかった。一人になったとたんに、自分への嫌悪感に押しつぶされてしまいそうだった。

誰かと無性に話がしたかった。気をまぎらわせたかった。今日は休みなのに、仕事以外でできればあんないまいましい場所には足を踏み入れたくないのに、自然と捲土重来に自転車を向けていた。もしかしたら、当日欠勤が出て働くことを求められるかもしれないという都合のいい理由をつけて。

自分の醜態を忘れられるぶん、働いているほうがまだマシだ。結局のところ、愛がクズのたまり場だと言い放ったあの店にしか、自分の居場所はないのかもしれない。

一心に自転車のペダルを漕ぎつづけ、渋谷に向かった。途中で左足のふくらはぎが、ぴくぴくと痙攣をはじめた。信号待ちのときに、たたいてみても、もんでみても、筋肉自体が意思をもって皮膚の下でうごめいているようで、とまる気配がなかった。ごみごみした渋谷の雑踏が、余計、孤独であること、みじめであることを際立たせる気がして、早く誰か自分を知っている場所に逃げこみたかった。

きっと、今温かい言葉をかけられたら、泣いてしまうかもしれないと本気で思った。が、厨房で仕込みをしている愛の顔を見たとたん、亮磨は深く後悔していた。

「亮磨……」

愛が怪訝《けげん》そうな表情を浮かべながら振り返った。茶色い液体が満たされた大きなタッパーに、肉をひたしている。

クミの一件があってから、一言も口をきいていなかった。べつにケンカをつづけているわけじゃない。落とした鉄板焼きは最後まで片づけたし、あの日は真面目に最後まで働いた。けれど、なんとなく気まずい気持ちが先に立って、愛に視線を合わせられない。

「お前、今日、休みだろ」愛が手を洗いながら、眉をひそめた。

「あっ、そうでした。すっかり忘れてました！」間違えて出勤したふりをして、とっさに踵を返そうとした。「すいません、帰ります」

「ちょっと、待てよ！」

愛の呼びかけに立ち止まった。おそるおそる振り返る。

「昼は、まだ？」

「昼って……」

「昼メシ」

「はぁ……、まだですけど。でも……」

「なんか、今日の亮磨、すごくげっそりしてるぞ。顔色も悪いし、栄養あるもの、ちゃんと食ってんの？」

思わず、自分の頬をさすってしまった。そんなヒドい顔をしているんだろうか？

たしかに、起きてから何も食べていなかった。タッパーから甘辛いタレのにおいがただよってきて、口のなかに自然とつばがたまってきた。走っているときに途中でへばってしまったのも、空腹のせいかもしれない。ちゃんと朝食をとってくればよかったと、今さら悔やんでもあとの祭りだった。

「ちょっと、そこで待ってろ」

愛が手をふきながら、あごをしゃくってスタッフルームのほうを指し示した。今日は髪を結んでいなかったので、真っ直ぐ下ろしている黒髪が肩の上で揺れた。

「今、まかない、作ってやっから」

とくに断る理由も見つからず、亮磨はかるくうなずいて、スタッフルームに入った。愛がごく自然に話しかけてくれたので、少しほっとしていた。

部屋のなかには、社長がいた。壁のホワイトボードにプリントを貼っていた社長は、亮磨をみとめると、「あれれっ？」と、わざとらしい大声を上げた。ティアドロップ形の大きなサングラスを鼻のあたりまでずりさげて、こちらをじっと見つめてくる。

「今日出勤じゃないだろ？」

「ちょっと、うっかりして、間違えちゃって……」と答えながら、社長からいちばん遠い椅子に腰を下ろした。「今日って、誰か欠勤出てないですよね」

「今のところ、連絡は入ってないから、大丈夫だとは思うけどな……」社長が首をひねりながら言った。「でも、間違えたって言ったたって、お前、毎週月曜が休みなんだから、間違えようがないだろ」

「すいません、最近、曜日の感覚が……」と、あわててごまかした。

〈身だしなみチェックの徹底〉と題されたプリントをマグネットでおさえた社長は、口の端に笑いを浮かべながら亮磨の背後にまわりこんできた。

「遊びに来たんなら、遊びに来たって、正直に言っちゃっていいんだよぉ」そう言って、後ろから肩をもんでくる。「どうよ、どうよ。ちょっと、元気ないんじゃない」

年長の人間は、コミュニケーションをとろうとするとき、必ず後ろから肩をもんでくると思った。しかも、指の力がものすごく強い。首と顔ががくがくと揺すぶられるほどだ。はっきり言って、ウザい。

「とにかくさ、俺は絶対に亮磨の味方だから。これだけは覚えといてよ」
二、三回肩をたたいて、社長がスタッフルームから出ていった。亮磨は社長の気配が完全に消えるのを待って、深いため息をついた。到底、相談事をもちかける気にはなれなかった。
しばらくすると、太田とクミがそろって入ってきた。タイムカードを押しながら、二人でふざけて、体をつつきあっている。

「あっ、亮磨君じゃん！」クミが駆けよってきた。

「クミさん、一昨日は大丈夫でした？」亮磨はおそるおそる聞いてみた。土曜日の一件のあと、クミは早退していた。昨日の日曜日は、もともと休みだったらしい。

「もう大丈夫だよ。心配かけてごめんね」クミが笑顔で答えた。「私のせいで、亮磨君にも迷惑かけちゃったみたいだし」

「クミさんのせいじゃないっす」うつむきながら首を振った。「俺がちゃんと接客できなかったから悪いんです」

「そんなことないよ」クミはきっぱりと否定した。「亮磨君、もうちょっと自分に自信もっていいと思うよ。誰よりも真剣に仕事覚えようとしてるの、みんなちゃんとわかってるし」

お互い、がんばろう！　胸の前で拳をにぎりしめる、かなり恥ずかしいポーズを、さらっとかわいらしい顔で決めたクミは、くるりとターンして更衣室に入っていった。

太田からも、やたらと肩をもまれた。

「給料出たら、今度メシ行くぞ。おごってやっからよ」

「はぁ……」勝手に先輩面《づら》をしないでほしいと内心思った。やっぱり、ここで働いているのは、チャラくて、かるい、能天気なヤツらばっかりだ。自分が最高に沈鬱《ちんうつ》な気分になっているから、社長も、太田たちも、なおさら別世界の人間のように感じられる。うちとけて、わかりあえる気が一生わいてこない。

やっぱり、愛の低いテンションと、多少ぶっきらぼうな物言いが、自分にはちょうどいいのかもしれない。十五分ほどたって、スタッフルームに入ってきた愛は、いつの間にか髪を三つ編みに結んでいた。その上から、制服のバンダナをかぶっている。

「豚肉と卵とトマトの中華風炒め」それだけ言って、湯気の立っている皿を乱暴にテーブルに置く。

卵の黄色と、トマトの赤が、目に鮮やかだった。中華のダシのいいにおいに反応するように、腹が鳴った。

「おっ、うまそうっすね」太田が料理をのぞきこんだ。つばを飲みこんだのか、喉仏《のどぼとけ》が大きく動いている。「俺も味見してみていいすか？」

「ダメ」愛が太田の手をかるくたたいた。「亮磨に作ったんだもん」

すると、太田が意味ありげなふくみ笑いを亮磨に向けた。一人で何度もうなずきながら、「邪魔者は消えますよ」とつぶやいている。こいつ、何か勘違いしているかもしれないと亮磨は焦ったけれど、口をさしはさむ隙もなく、太田はさっさとスタッフルームを出ていった。

「トマトが余ってたから、入れてみたんだ」少し得意げに鼻の穴をふくらませた愛は、一昨日の言い争いのことには、いっさいふれなかった。亮磨としては、いったい何を言われるのだろうと、ずっとびくびくしていたのだ。

もしかしたら、何も言わないことこそが、彼女なりの思いやりの表現なんじゃないだろうかと、亮磨はふと思い至った。彼女の性格からして、批判するときは徹底的にこき下ろさないと気がすまないのだから、なおさらだ。

「亮磨はトマトが嫌いって言ってたからさ、こういう感じでシナシナになるまで炒めたら、苦手な人でも食えるんじゃないかと思って」

亮磨は、箸に伸ばしかけた手をとめた。

「あっ、あの……」

「いいから、先に食え。冷めちゃうから」

愛に言われるまま、一口食べてみる。

「ウマっ!」トマトの酸味を、卵がまろやかに、やさしく包みこんでいた。一度食べたら、箸がとまらなくなった。「意外な組み合わせだけど、すごくマッチしてます」

「よかった、よかった」愛の顔が、ほころんだ。頬骨の上に、くっきりと猫のヒゲのえくぼが浮かぶ。相変わらず、メガネのレンズには指紋や油のはねらしきあとがいっぱいついているけれど……。

コミュニケーションや、人との距離の取り方が、極端に不器用なだけなんだと思った。おそらく、愛は愛自身の完結した世界で生きている。

どうしたらよりおいしい料理を作れるか、どうしたら客がよろこぶようなメニューを提供できるか——きっと愛の頭のなかには、それしかないのだろう。だからこそ、ミーティングのとき、太田のかるはずみな発言にキレてしまったのかもしれない。

「実は……」きちんと言わなければ、料理に対して真剣に取り組んでいる愛に失礼だと思った。亮磨は箸を置いて、姿勢を正した。「俺、トマト、好きなんです」

顔を上げて、愛の反応をおそるおそるうかがう。案の定、愛は不機嫌そうな表情を浮かべている。

「すいません、嘘、ついてました」

ごくささいな嘘だったつもりなのに、吐きだしてしまうと、思いのほか胸につかえていたものが大きかったことに気づかされる。

怒鳴られることを、真剣に覚悟していた。ところが、愛は「なーんだよ、好きなのかよ」とつぶやいただけで、笑いながら亮磨のとなりの席に腰を下ろした。

「なんでそんな嘘ついてたか、よくわからんけど、まあいいや」

愛がテーブルに頬杖《ほおづえ》をつきながら、遠い目で天井を見つめる。

「でも、お母さんが言ってたことって本当だったんだな」

「えっ？」

「おいしいものを食べたときこそ、人は正直になれるんだって、素直になれるんだって、お母さんが言ってたのを思い出した。ウマいものは、ウマい。好きなものは、好きなんだって」

そう言えば、どういう家庭で育ってきたのか、どういう子ども時代を過ごしてきたのか、過去やプライベートに関することは、互いにまったく話していなかった。

「大事な商談とか、合コンとかさ、食事しながらやることって多いじゃん。あれって、ウマいもの食って、心がオープンになるからなんだろうなって、今になったらわかるんだ」

「そう言われれば、たしかにそうですね」

愛がテーブルに勢いよく両手をついて立ち上がった。

「そう言えば、メシも食う？　今、持ってくるよ」亮磨の返事も聞かず、厨房へあわただしく向かってしまう。

亮磨はもう一口、炒め物を食べてから、息を大きく吐きだした。愛の料理を食べて、活力が自然とわいてきた。頭もさえて、だいぶ落ち着きを取り戻したようだ。やっぱりきちんと食事をとらないと、体だけじゃなく、気持ちまでもがすさんできてしまうものなのかもしれない。

ポケットからスマホを取り出す。さちからメッセージがいくつか届いていることはわかっていた。

〈亮磨君、あらためてちゃんとお話がしたいです〉

愛が料理に真剣なのと同じように、さちもまた走ることに対して真摯《しんし》に取り組んでいた。今日一日で、それはよくわかった。

だからこそ、きちんと真実をつたえなければいけないと思った。正直に、素直に、自分のしてきたことを話さなければ、さちを困惑させたままにしてしまう。それが最低限、自分のなすべきことだと、愛の料理で教えられたような気がしたのだ。

駒沢公園のなかにある、小さな児童公園の前に自転車をとめた。ペンキがはげかけ、泥だらけのりすのオブジェが三匹、真っ先に目に入った。その近くのベンチに、さちの姿があった。

「お待たせしました」意を決して、さちの前に立った。彼女の顔を見ると、数時間前のみじめな気持ちが、ふたたびふくらみかけて、亮磨はとっさに謝罪の言葉を口にした。「さっきは、本当にすいませんでした」

とてもじゃないけれど、あわせる顔がない。けれど、情けなくゆがんでいるであろうこの顔を、さちに見られることは決してない。どんな表情を浮かべれば正しいのか、自分でもよくわからない。いったい、顔って、表情って何なんだろうと、戸惑う気持ちがふくらんでいく。

「こちらこそ、ごめんね」さちが立ち上がりながら言った。「私、あんなことになるとは全然思ってなくって……」

ちょうど、トラックでの練習を終えたところらしく、さちの頬が心なしか赤く上気していた。亮磨は思わず、周囲を見まわしてしまった。

その気配を感じとったのか、それとも亮磨の心中を察したのか、「廉二君は、先に帰ったから大丈夫だよ」と、さちが引き締めていた表情をくずしながら言った。もし陰から見られてたら、わからないけどねと、笑いながら冗談をつけくわえるところも、さちの気づかいのあらわれだとすぐにわかった。

ともすれば、怖気《おじけ》づきそうになる気持ちを、懸命に鼓舞《こぶ》して、さちのとなりに腰かけた。すぐ目の前のジョギングコースを、ジャージ姿の高校生が数人駆け抜けていく。その姿を無意識のうちに目で追いかけながら、亮磨は話しはじめるタイミングをうかがっていた。

「なんで、あの人が、全部伴走しないんですか？」とりあえず、いちばん気になっていたことを聞いてみた。「あれだけ走れるんだったら、フルマラソンも楽勝ですよね。伴走を二人にわけるのは、なんでなのかなぁって思って」

「もともと、大学の陸上部に入ってたらしいんだけど、膝をケガしたんだって。それで、自分の競技はあきらめざるをえなかったらしくて」

　さちが弱々しく笑った。

「きっとね、廉二君には、廉二君の悩みや苦労がたくさんあるんだと思う。なかなかおもてには出さないけどね。だから、より厳しく、厳しくっていう方向に、自分も周りも引っ張っていこうとするんだ」

　さちが顔を伏せる。両手を組んで、指の先をもじもじと動かしている。

「最近ね、廉二君のプレッシャーすごいんだよ。お前をパラリンピックに出場させるんだって言って、張りきってるから」

「パラリンピック!?」途方もない目標に、亮磨の声がうわずった。

「きっとね、夢破れた親が、子どもにおんなじ目標を押しつけるみたいな感じなんだよ」そう言って、困ったような笑顔を浮かべる。

「行けそうなんですか？」

「そんなの、わかんないよ。私自身、まったく実感ないし」さちはゆっくりと首を振った。「でもね、いつか絶対フルマラソンでサブ3《スリー》を達成したい。私の障害のカテゴリーだと、三時間を少し切ったタイムが、世界記録なんだ。リオデジャネイロのパラリンピックで視覚障害の女子フルマラソンが正式採用されたばっかりだしね」

　来年の自分すら、まったく見通せない俺とは違って、さちは着実に、一歩一歩前に進もうとしている。この人のとなりを走っていけば、今とは違う、どこか明るい場所にたどりつけるんじゃないだろうか。そう期待しかけてしまった己《おのれ》の甘い考えを、亮磨は上からムリヤリおさえつけ、封印しようとした。

「膝をケガしてても、走れるんですね」

「たぶん、廉二君からしたら、一キロ五分のペースなんて、あくびが出るくらいのスピードなんだと思うよ」

「そういうレベルの人って、本来はどのくらいのペースで走れるものなんですか？」

「一キロあたり、三分台だね」

「三分!? 人間ですか、それって」

信じられなかった。長い距離をひたすら速く走りつづけるという、いちばん単純な競技の選手が、いちばん超人的な能力を有しているように思えてくる。

「ただ、廉二君のケガの場合、やっぱり四十二キロをフルで走るっていうのはキツいみたい。だから、第二の伴走者を探してるんだけど……」

さちは、そこで一度、息を深く吸いこんだようだった。

「さっきトラックで言ってたけど、資格がないって、どういうこと？　いっしょに走るのに、資格も何もないでしょ？」

「あの……」迷っていた。ちゃんと真実をつたえなければならないと決意したはずなのに、この期に及んで話すのをためらっていた。

さちが、身をのりだすようにして、じっとこちらに顔を向けてくる。その目はたしかに、亮磨の視線とは交錯しない。どこか遠くに焦点が合っているような……。

目の前のジョギングコースにならんだ街灯が、いっせいに点灯した。十二月が近づいて、だいぶ日が短くなっている。亮磨が到着した数分前よりも、あたりはかなり薄暗くなっている。ついたり消えたりを短い間隔で繰り返した街灯は、すぐに安定して、黒いアスファルトの地面に穏やかな光の輪を落としていた。

とっさに口をついて出てきたのは、自分でも思いもよらなかった言葉だった。

「俺、捕まったこと、あるんです。警察に」

さちの肩に力が入ったことがわかった。もしかしたら、思わぬ告白におびえているのかもしれない。目が見えないのだから、緊張するのはなおさらだ。それでも、勝手にほとばしってくる自虐的な感情と言葉をとめることができなかった。

「人をだまして、老人から金をとろうとして、それで……」

さちが、膝の上で拳をにぎりしめる。

そうだ、これでいいんだと思った。

結果として、さちに嫌われればいい。となりを走りたくないと思わせれば、それでいい。ただその一心だった。

でも、そんな気持ちとは裏腹に、鼻の奥が、つーんと痛くなった。目のなかに涙がたまってくる。視界のなかで、街灯の光がにじんで、ぼやけた。

「きっかけは、すごく簡単なことでした」亮磨の意識は、高校三年生の五月にまでさかのぼった。

大宮駅の周辺を歩いていたら、中学時代の先輩に声をかけられた。同じバスケ部で、亮磨が一年生のとき、その黒崎という先輩が三年生だった。亮磨は、東京の私立高校に進学したので、つながりはまったくなくなっていた。

当時は、あこがれの先輩だった。背が高く、ずば抜けてバスケがうまかった。中学時代は、あまり話をした記憶はなかった。だから、親しげに呼びとめられて、最初は戸惑ったのだ。そして、それ以上に相手の見た目が、すっかり不良っぽく変わっていることに驚いた。

「カラオケ行くけど、このあとヒマなら行こうぜ。おごってやるからさ」

さすがに断った。けれど、しつこく誘われて、一回だけならと参加した。おそるおそる顔を出すと、中学時代の知っている顔もあり、知らない顔もあった。本当に黒崎はその日のカラオケ代を、亮磨の分だけ、こっそりおごってくれた。

連絡先を交換し、その日以来、何度か遊んだ。黒崎は見た目とは違って、口調も態度もやわらかかった。ヤバそうだったら、抜ければいいと単純に思っていた。

金がないときは、黒崎が貸してくれた。いつでもいいからと、気前よく一万円札を渡されたこともある。でも、それこそが黒崎の狙いだったんだと、あとになって気がついた。

ある日、ラインが来た。

〈ちょっと、金がいるんだけどさ、俺に借りてる三万、全部返せないかな？〉

あくまで、向こうの物腰は優しかった。脅《おど》されるようなことはいっさいなかった。今は厳しいとあやまると、すぐに返事が来た。

〈じゃあさ金稼ぎたくね？　いい仕事があるんだけど。一気に返してお釣りがくるぜ〉

とくに深く考えもせず、〈わかりました〉と返事した。たしか、その一週間後だったと記憶している。あのファミリータイプのワゴンが家の前につけられたのは。

乗りこむと、運転席に見知らぬ男がいた。黒崎と遊んでいたときも、見なかった顔だ。黒崎に言われるがまま、亮磨は車内で与えられたスーツに着替えさせられた。

「なんで、スーツなんですか？」

「いいから、早く着替えろ。失礼があっちゃいけないんだ」

曖昧な返事に不審はつのった。けれど、それ以上追及することができなかった。車内の空気があまりにもピリピリしていたからだ。

大宮駅に向かう道すがら、車内で黒崎からひととおり説明を受けた。その内容を何度も反芻《はんすう》させられた。亮磨はもちろん、特殊詐欺の可能性に途中から気づいていた。でも、交番に駆けこむことができなかった。

言われるがまま、ワゴンを降り、真っ直ぐ大宮駅に向かった。説明のとおり、待ち合わせ場所には老婆が立っていた。その手に、白い紙袋がにぎられていた。

「松野さんですか？」

「はい、そうです。あなたは？」

「山田の部下の高橋です。確実にシゲルさんにお届けしますので」

自分の声も、相手の声も震えていた。紙袋を差し出した老婆の視線が、亮磨から、別の方向へすっと流れる。亮磨はその視線を追いかけた。

待ち合わせをよそおっていた男たちが、いっせいに躍りかかってくる。亮磨はとっさにその網をかいくぐって、東口方向へ逃げ出した。

が、実際に逃げられた時間は数秒くらいだったと思う。後ろから思いきりタックルをかまされ、地面に押し倒された。駅の床のタイルが頬にあたった。手錠《てじょう》は氷のように冷たかった。その瞬間、すべての未来が閉ざされた。今まで積み上げてきたものが、一気に崩壊した。

「ああ、終わったって思いました」

さちの横顔をそっとうかがった。うつむきながら、じっと亮磨の話に耳を傾けている。頬がこわばっているようにも見える。

「そんでもって、走馬灯も見えました。マジで」はは、と乾いた笑いがもれたけれど、まるで自分が発した声のように聞こえなかった。「両親の顔も見えました。妹の顔も見えました。だから、僕にとっては、死とおんなじだったってことなんだと思います」

さちが顔を上げた。何を言おうか迷っている様子で、一度口を開きかける。

「でも……」

下唇を噛んでから、さちはふたたびしぼり出すように言葉を継いだ。

「でもさ、何も知らなかったんでしょ、亮磨君は。だまされただけなんだから」

「たとえ、だまされたとしても、受け子をしてしまった以上、罪は罪です。どんな言い訳をしても、それはくつがえらないんです。すぐに取調べがはじまって……」

逮捕されてはじめて、黒崎ですら、詐欺グループとは直接のかかわりがないことを知った。リクルーターと呼ばれる、人材斡旋業者のようなブローカーとつながっていただけで、黒崎は受け子になりそうな駒をスカウトする役目にすぎなかった。

そのあとは、家庭裁判所にかけられた。何も知らず、だまされただけということ、犯罪の前歴がないこと、すべての事情を話し、反省していることから、検察に逆送はされず、そのまま保護観察処分になった。

しかし、代償はあまりに大きかった。学校は退学処分。地元では詐欺グループの一員という噂が広がり、白い目で見られる。家では腫《は》れ物のように扱われる。ただ、飯を食って、あとは寝て過ごした。何をする気も起きなかった。

「で、厄介払いです。保護司の知り合いに、今働いている居酒屋の社長がいたんで、都内で一人暮らしをはじめました」

まばたきを繰り返していたら、目頭にたまっていた涙が自然と頰をつたっていった。さちにこの涙を見られないことが、せめてもの救いだった。洟《はな》をすすらないように、嗚咽《おえつ》をもらさないように、さちに気づかれないようにするので精いっぱいだった。

これで、さちはきっと俺のことを嫌いになるだろう。亮磨は覚悟した。うつむいたまま、唇をぎゅっと嚙みしめた。

「悪あがきするしかないんだよ……」

しかし、さちは言ったのだった。亮磨の手を探しだし、強くにぎりしめる。やわらかく、ほんのりと温かい手だった。

「結局ね、全部、悪あがきでしかないと思う」

感情を押し殺した低い声は、細かく震えているように聞こえた。亮磨は、はっと息をのんだ。

「私はね、走るのは、好きなの。大好きなの。でもね、ときどき、思うんだ。ぐるぐる、走って、走って、トラックを走って、駒沢公園のジョギングコースを、何周も走って、それでも走って、でも、私はどこへたどりつくわけでもない。目が見えてたころに、戻れるわけじゃない」

まばたきを繰り返しながら、さちは目を伏せた。長いまつげが、ふさふさと動く。泣いているような、しかし、笑っているような、微妙な表情で話をつづける。

「ときどき、本当にうんざりする。嫌になる。朝起きて、自分の目が見えないことを忘れてて、あれ？　見えないって、どうしようって、パニックになることもある」

さちが、もう一方の手を重ねた。

「でもね、亮磨君、悪あがきしつづけるしかないんだよ、私たち」

さちの小さな両手も震えていた。こちらをはげまそうとしてくれているのと同時に、さち自身も何かにすがりつこうとしているかのようだった。

何も言葉を返すことができなかった。自分だけが、つらい目にあっている、世界はみんな敵なんだ、そう思いこんで生きてきた。そんな自分を深く恥じていた。

「犯罪をしたからって、いっしょに走る資格がないなんて、思わないで」

　さちは、ぽんぽんと、かるくたたいてから、亮磨の手を離した。

「私ね、来年の四月から、高校生をやり直そうと思ってる。盲学校に行くことに決めたんだ。二十一歳で、ピカピカの高校一年生」

　そう言って、前を向く。

「このあいだ、見学させてもらったんだけど、盲学校って、目が見えない先生がいっぱいいるんだよ」

　背筋をぴんと伸ばして、さちは胸を張った。

「だから、私も将来大学に入って、盲学校の先生になりたい。私も、走るよろこびを、見えない子たちに教えてあげたい。見えなくても、思いっきり走ることができるんだよって」

　さちににぎりしめてもらった手に、まだほのかな温もりが残っている。さちの体温が、やさしさが、冷え切った体と心にじんわりと浸透していくようだった。亮磨はさちに気づかれないように、そっと手の甲で涙をふいた。

「すごくいい夢だと思います。絶対、かなうと思います」

　その一方で、こんなはずじゃなかったという焦りを感じていないわけではなかった。さちを倒したことを正直に話すつもりだったのに、完全にタイミングを失っていた。やっぱり、俺はいざというときに逃げ出してしまうダメな人間なんだと痛感した。

けれど、もしかしたら、さちとともに走ることで臆病で怠惰《たいだ》な自分を変えられるかもしれない。さちを助けて走ることで、俺自身も救われるかもしれない。一縷《いちる》の望みにすがるように、亮磨はさちの力のこもった目を見つめた。

「私たち、いっしょの遠まわり組だよ。亮磨君も私より若いんだから、おそすぎるなんてことは絶対ないよ。勉強し直して大学に入ることだってできるんだし」

さちが「よし！」と、小さくつぶやいて、立ち上がる。

「だからね、亮磨君」

か細い腕をおそるおそる伸ばして、亮磨の肩をさぐる。そっと、手をかける。

「いっしょに走ろうよ、亮磨君。意味のある、悪あがきをしよう！」

# 黄色いアロハ

深夜の駒沢公園を走る。驚くべきことに、十二時を過ぎても、ジョギングコースを走っている人をちらほら見かけた。

広場に立っているオリンピックの記念塔と、陸上競技場を横目に見ながら、中央広場を過ぎる。つづいて、駒沢通りにかかった橋を渡る。眼下のバスケットコートでは、同年代の若者たちが、大声を出してはしゃいでいる。ボールをつく音と、甲高《かんだか》い喚声《かんせい》が、通りを走る車の騒音にかき消されていく。

なんとも言えない、切ない気持ちになった。孤独を感じた。感傷をひた隠しにして、真っ暗な公園を走りつづける。やがて、自分の足音と呼吸音に、世界のすべてが満たされていく。暗闇を照らす明かりは、街灯の光だけだ。

いや……、光はもう一つあった。足元に視線を落とす。

さちといっしょに買いに行った、アディダスのランニングシューズ。三本のラインが蛍光色になっていて、街灯の真下を通ると、一瞬、きらりと光る。

大きなスポーツショップで、亮磨は途方に暮れていた。初心者向けから、中級、上級者向けまで、各メーカーが様々なタイプを出している。棚には、色とりどりのシューズがところせましと飾られている。

「どれがいいんですかね？」亮磨はさちに聞いた。

「うーん、タイム的にはサブフォーを目安に考えたほうがいいはずだから……」

どうやら、目標タイム別に機能がわかれているらしい。速さを追求すればするほどシューズは軽量化していくけれど、それだけクッション性は失われてしまう。

初心者は足を痛めやすいので、なるべくクッション性を軽視しないほうがいい。何十キロもアスファルトを蹴り、着地を繰り返すわけだから、足への衝撃と負担は想像以上に過酷になってくる。とくにビギナーは軽いから優れていると思いがちだが、しっかりと筋肉が腿《もも》や膝まわりにつき、走りが安定するまではより反発力のあるものを選んだほうがいいらしい。

結局、さちの勧めもあって、サブフォーランナー向けの、クッション性の高いタイプを購入した。自分一人では何がなんだかわからず、到底選びきれなかっただろう。

汗を吸収しやすい速乾性のウェアも、上下買った。手袋、耐寒のアンダーウェアまでそろえると、かなりの出費になった。けれど、家賃や光熱費以外、ほとんど三ヵ月分の給料を使うことがなかったので、貯金にはまだ余裕がある。

スポーツショップを出ると、時間は昼の一時半過ぎだった。亮磨がバイトに行くまで、今後のランニングの方針を決めようとさちが提案した。駒沢大学駅のジョナサンに入る。

亮磨は緊張していた。目の見えない相手をきちんとエスコートできる自信がまったくなかったのだ。メニューをどうやって決めるのだろう、どうやって食事をするのだろう？　これまで、さちの日常生活をまったく考えたことがなかった。

とりあえず、さちを席まで案内し、ソファーの背もたれに手をふれてもらう。座席を確認したさちが、ソファーに腰を下ろす。自分のすぐ横に、白杖を立てかけた。

「日替わりランチは、和風が豆腐ハンバーグで、洋のほうはてりやきチキンとアジフライですね。あと、ちょっと高くなるんですけどロコモコプレートもあります」

「じゃあ、私、豆腐ハンバーグにしようかな」

とりあえず、メニュー決めの第一関門はクリアーだ。問題は、どう食べるか、だ。見えないのだから、どこに何が置かれているかもわからないはずだ。

料理はすぐに届けられた。まさか、一口一口、俺が食べさせるのか……と、まで思いつめていたところに、さちが「亮磨君」と、呼びかけた。

「じゃあ、テーブルに何があるのか、クロックポジションで教えてください」

「クロックポジション？」

「そう。テーブルを上から見た状態と、時計の文字盤を重ねあわせて考えてみて。何時の方向に、何が置かれているかあらかじめ説明してもらえると助かります」

戦争映画で、「十二時方向に敵艦発見」というようなセリフを聞いた覚えがある。ようするに、あれと同じことなんだろうと亮磨は解釈した。

「えぇっと……、三時の方向に味噌汁があって、九時にサラダで」亮磨は頭のなかに時計の文字盤を思い浮かべながら、テーブル上の料理の配置を説明した。「メインのお皿の上には、豆腐ハンバーグと、ひじきの煮物と、豆の煮物がのっています」

さちに箸を手渡して、いざ食べようというところで、さちの絶叫が響いた。

「熱っ！」

さちが味噌汁のなかに、親指をつっこんでいた。周囲のテーブルの客たちが、何事かといっせいにこちらを見やる。

「だ……、大丈夫ですか!?」

「亮磨君！　私、今、すごい不意打ち食らって、驚いてます！」さちがお冷《ひや》のグラスで左手の親指を冷やしながら言った。「そっちの位置から見た方向を、そのまんま言ったでしょ。亮磨君の三時は、私から見たら九時だよ」

「あっ！」向かいあわせで座っていることを、まったく考えに入れていなかった。

「ごめんなさい！」

「大丈夫だよ。こぼさなくてよかったけど、私、リアクション芸人じゃないんだからね。そういう前フリいらないからね」

もぉ！　と、叫びながら、さちが右手の拳を頭上に振り上げるようなしぐさをした。けれど、本気で怒っているわけではなさそうだ。「ごめんなさい」と、ふたたびあやまりながら、亮磨はつい笑ってしまった。気まずい空気は、一瞬にしてとけて消えていった。

この人を守りたい。この人のとなりを走っていきたい。そんな感情をとめることができない。さちの夢や決意を聞いてしまったので、なおさら胸が締めつけられ、心がひかれていく。

「さちさんと、廉二さんって、どういうふうに出会ったんですか？」自分の感情があらぬ方向に転がっていく前に、亮磨はあわててあたりさわりのない話題を見つけた。

「私たち、同じマンションに住んでるんだけど」サラダを器用に口に運びながら、さちが答えた。「公園のすぐ近くだよ」

「えぇっ！」衝撃を受けた。ふたたび、不穏な感情がむくむくとわき上がってくる。

「ど、同棲ですか？」

ぽかんと口を開けていたさちが、大声で笑いだした。

「お互い、実家暮らしだよ。たまたま同じ建物っていうだけだよ。私が六階で、廉二君が三階に住んでる」

「そういうことですね……」ほっと胸をなでおろしている自分に、どうしようもない嫌悪を感じた。

そんな亮磨の反応を、ただの早とちりだと思ったらしく、さちは話をつづけた。

「この前も言ったと思うけど、事故の直後は本当に家から一歩も出なくて、しばらく引きこもってたんだ。でも、ようやく両親の勧めで、外に出るようになったの。中途失明者緊急生活訓練っていう制度があって、白杖を使った歩行訓練を訓練士の人がしてくれるのね」

さちが窓の外に顔を向けた。まるで、まぶしさを感じているように、ぐっと目を細める。

「で、だいぶ慣れてきたから、最初は自分の家の周りを散歩してみようと思って、一人で家を出たんだ。なんていったって、生まれてからずっと住んでた地域だから、目をつむっても歩けると思ってた。でもね、家に帰るときに、困りはてちゃって」

「どうしたんですか？」

「マンションの入り口がわからなくなっちゃったんだ。どこをどう探しても、エントランスが見つからなくって。そのときは、スマホも持ってなかったから、電話もかけられないし。通りかかる人にも、恥ずかしすぎて助けなんか求められなかった」

テーブルの上に手を落として、六時の方向にある、手前のご飯を取り上げる。茶碗を持ち上げたまま、何かを思い出すように、瞳を上のほうに動かした。見えていたころのクセはそのまま残っているのかもしれない。

「そしたらね、『どうしました？　何かお困りですか？』っていう声が聞こえてきて、それが、同じマンションに住んでた廉二君だったんだ」

「神の声ですか？」亮磨は、なるべく冗談めかして言ってみた。

「そう。神の声。とくに、廉二君の場合、声がすごい上から降ってきたから、まさしく天からの助けだと思ったよ」

「もともと廉二さんのこと、知ってたんですか？　その……、目が見えなくなる前から」

「すごくデカい同年代の人をマンションで見かけた記憶はなんとなくあるんだけど、はっきり廉二君だとは断言できないなぁ」と、さちは首を傾けた。「でね、たぶん、私、そのとき本気で死にそうな顔してたんだと思う。廉二君に、大丈夫ですかって、めちゃくちゃ心配されちゃって」

　更衣室での会話を思い出した。はじめて会ったとき、さちは暗いオーラを放っていたと、廉二は話していた。

「で、ランニングしてみたら、気が晴れるかもしれないからって勧められたの」

「いきなりですか？」

「そうだね。考えてみたら、いきなりだったね」

なんだよ、自分だってほぼ初対面で、無茶苦茶な誘いをしてんじゃねぇかよと思った。そんな亮磨の不満を感じとったのか、さちが「ふふっ」と、短く笑ってから、話をつづけた。

「は？　走れるわけないでしょって、私、思ったんだ。自分の家さえ見つけられないのにさ。絶対、この人、からかってるんだって思った」

最初は半信半疑だったさちも、駒沢公園をランニングして、そのおもしろさに目覚めた。めきめきとタイムが伸びて、逆に廉二の闘志に火をつけてしまったらしい。

「今年、はじめてハーフマラソンに出場してみて、これならフルも走れるって、自信がついたんだ」ハンバーグを一口大に切ってから、さちは前を向いた。「廉二君に会わなかったら、亮磨君と走ることもなかったわけだし。感謝、だね」

少し太くて、一直線の眉毛を、ぐっと持ち上げて笑う。亮磨は素直に返事ができなかった。

さちが、小首をかしげる。亮磨の沈黙に不審を感じているようだ。

たぶん、さちは食事をしながら、会話をしながら、細心の注意をはらってこちらの反応をたしかめているに違いない。亮磨は今さらながら、そのことに気づかされた。目が見えれば、細かな表情の変化や、リアクションで、相手が何を考えているのか想像することができる。怒っているのか、悲しんでいるのか、それとも笑顔を浮かべているのか、瞬時にわかる。口元を観察していれば、相手がしゃべりだすタイミングもだいたいつかめる。会話の間もとりやすい。

でも、さちはそれができないから、こちらの発する空気のようなものに、全神経を集中させている。それが、ひしひしとつたわってくる。

きっと、ものすごく疲れるだろう。慣れていない人間となら、なおさらだ。そもそも、食事をとることだって、こぼさないように、ヤケドをしないように、かなりの労力を使っているはずなのに。

「ですよね。感謝ですね」亮磨はあわてて返事をした。けれど、不自然にあいてしまった間が、電線にひっかかった風船のように、いつまでも消えることなく違和感を残して空中に浮かんでいるような気がした。

しばらく無言で食事をした。早く食べ終えてしまったほうが、さちも話がしやすいんじゃないかと思って、亮磨はムリヤリご飯をかきこんだ。

「何か飲みます？」さちのコップが空になっていたので、ドリンクバーを取りに行こうと思った。いったん席をはずして、気まずさをリセットしたかったということもある。「同じのでいいですか？」

「ありがとう」と、さちがうなずく。

氷なしの野菜ジュース。自分も同じものにした。これから本格的に走るのだ。コーラばかり飲んでいられない。もっと、体を気づかうべきだと思った。

「やっぱ、食べるものとか、飲み物とか気をつけてます？」さちの手元に直接コップを手渡しながら聞いた。

「お肉もお野菜もバランスよくとったほうがいいよね。でも、一人暮らしだと大変だよね。お仕事もあるし」

「まかないは一食つくんですけど、それ以外となると、ロクなもの食べてないなぁって」

「でも、亮磨君、えらいなぁ。その歳でちゃんと働いてさ。お給料もらって、自分一人で生活してるんだから」

「いや、そんなことないっす……」

さちの言葉に、一つ一つリアクションを返していくことを心がける。ほめ言葉にまで律義に反応するのは、かなり気恥ずかしい。でも、さちを不安にさせないためにも、必要なことだと思った。

日常会話で、相手の言葉をそのまま無反応で流していることって、頻繁《ひんぱん》にあるんだなぁと、逆に気づかされる。社長に言われたことなんか、ほぼスルーしている。ちょっと申し訳ないなと、亮磨は反省した。

ランチタイムということもあって、店のなかは混雑していた。それぞれの食事や会話に夢中で、誰もさちや亮磨の様子に注意を払う人はいない。

さちは、一口一口、たしかめるように食べている。豆腐ハンバーグののった皿には、ひじきや、豆の煮物がそえられている。その皿に顔を近づけたさちが、箸を迷いなく出して、ひじきの煮物をつかんだ。

亮磨はさちの動きを思わず注視した。あきらかに、その箸の出し方は、どこに何があるか見えている人の所作のように感じられたのだ。

いや、クロックポジションで教えたときに、メインの皿の上に何が配置されているかまでつたえたのだ。実際、豆腐ハンバーグだって、箸でかるく表面を探ってから、端を小さくちぎって口に運んでいる。人の食べる様子をじっと観察しているなんて、なんだか失礼だと思って、亮磨はあわてて目をそらし、自分の食事に集中した。

「ごちそうさまです！」さちが、手を合わせた。料理はすっかりきれいに片づけられている。

ウェイトレスが皿を下げてから、亮磨はここ数日ずっと考えてきたことを打ち明けた。

「あの……、しばらくは、一人で練習させてもらってもいいですか？」

「えっ、なんで？」さちが困惑した表情を浮かべる。

「足を引っ張りたくないんです。この前みたいに、脱落して迷惑をかけたくないんです。ある程度、スタミナがついてからさちさんの伴走ができればと思って」

プライドが許さないから、というわけではない。廉二に認めてもらえるだけの走力を最低限つけなければ、この前のトラックでの一件のように、またさちを心配させる事態になりかねないと思った。

もちろん、さちのためなら、どんな苦痛でも、屈辱でも耐えるつもりでいた。命をかける、命を削る、とまで言ったら大げさかもしれないけれど、自分のしたことをつぐなうには、そのくらいの覚悟と信念が必要だと感じていた。

「私はちっとも迷惑だなんて思わないよ」さちが表情を曇らせた。野菜ジュースの入ったコップを両手で包んでいる。「でも、亮磨君がそうしたいって言うなら、あえて反対はしないけど……」

「二週間ください」亮磨は自分を追いこむため、退路を断つために、具体的な数字を出した。「二週間で、体力を戻してきます」

「わかったよ」さちが、うなずく。「でも、ムリはしないでね。あんまり走りこみすぎると、ケガするから」

そのあとは、二人の共通点である、バスケの話題で盛り上がった。

「亮磨君も、ポジションはガードだったの？」

「はい。俺も背が高くないんで、やっぱり速攻で走って、レイアップっていうのが、恥ずかしいことに、いちばん決まる確率が高かったですね」

「私もそうだった！　すばしっこい人の特権みたいなもんだよね」

時間を忘れて、しゃべった。笑った。互いのことを知った。窓の外から、初冬のやわらかい陽光がさしこんで、二人をつつむ。ふと、妄想《もうそう》をする。

俺たちは、ごくふつうの大学生で、サークルか何かに所属していて、さちはその先輩で、はじめてこうして二人きりで話をして……。

亮磨はかるく首を振った。ありえない過去、ありえない現在、ありえない未来が、自分の周囲に無数に浮かんでいる気がする。そんな可能性たちが風船のように膨《ふく》らんで、圧迫し、視界をさえぎろうとする。それを一つ、一つ、針でつぶして、今を見すえなければと思った。

「あっ、俺、そろそろ行かないと」亮磨は時間を確認した。一度帰って、買ったものを置いてから、バイトに行こうと思った。さちを送ることを考えたら、ぎりぎりだ。

亮磨は伝票を取り上げた。

「あっ」と、さちが財布を取り出した。「ここは、私が払うから」

「いやいや！　それは悪いです」亮磨はあわててさちをとめた。

「いいの、いいの。気にしないで。亮磨君、いっぱいお金使っちゃったし。これから、伴走してもらうんだから、ねっ」

「でも……」

「たかだか千円ちょっとで、じたばたしない！」さちがめずらしく、ぴしゃりと言った。

「ありがとうございます。じゃあ、お言葉に甘えます。ごちそうさまです」

「ジョナサンって、電子マネー使えるでしょ？」さちがスイカを取り出して、亮磨に手渡した。「亮磨君、これでピッてやって」

さちに腕をとらせて、出口に向かう。レジで伝票を出し、カードを機械にかざした。けれど、決済が済んだときの、気持ちのいい「ピッ」という音が鳴らない。

「すみません」店員が申し訳なさそうに頭を下げた。「残高が足りないんですが……」

「あぁっ！」さちが焦った様子で、白杖を小脇に抱え、財布を取り出した。「いくら足りません？」

「百二十二円です」

さちが、小銭を探る。硬貨を種類別にしているのか、小銭入れの部分は三つにわかれている。が、なかなか百円玉が出てこない。

「あの……、細かいのがないんなら、俺が出しますから」

「嫌だぁ！」さちが、泣きそうな顔で紙幣に手をかけようとした。「私、カッコ悪すぎるじゃん！」

「そんなことないですって！　本当に大丈夫ですから、百円ちょっとくらい」

「ごめん……亮磨君」さちが恥ずかしそうにうつむいた。

「いやいや、全然！」

今日の夜からさっそく走ろうと思った。この人のために走るんだ。

あの日に買ったウェアとシューズ、手袋を身につけて、深夜の駒沢公園をひた走る。さちとの約束から、もうすぐ二週間。今では、五周——約十キロを走りきれるまで体力が戻りはじめている。一キロ五分のペースには程遠い、ジョギング程度のスピードではあったけれど、心と体が一致している、そんな感覚がたしかにある。

背後から、とてつもないスピードの足音が聞こえてきたのは、橋の終わりのスロープを下りきったところだった。背後に風を感じて、思わず横を向いてしまう。足音の主は、見上げるほどの高身長だった。

「あ……」と、口に出た瞬間、抜き去られている。

街灯に浮かぶ人影は、急にスピードを落として、こちらにくるりと向き直った。

「やっぱ、君だったか」廉二だった。「ご苦労様です。こんな夜中に」

とくに感情が波立つことはなかった。ランニングで忍耐力がつくというのは、本当らしい。バイトで嫌な相手を接客するときにも、笑顔を失うことはなくなっていた。

「仕事上がりだと、こんな時間になっちゃうんで」呼吸の隙間に説明した。そこまで息は切れていない。たいした進歩だと、自分でも思う。

ただ、唯一くやしいのは、後ろ向きに走る廉二と、同じスピードしか出せないことだ。これ以上速く走ると、あと三周耐えられそうにない。

「まずは、最低限、練習についていけるだけの体力をつけなきゃいけないって思いまして」

「さちから聞いてるよ」と、廉二はあくまで上から目線だ。「いい心がけだね」

ひょろりと長い手足を器用に動かしながら、後ろ走りをしつづける。本当に膝をケガしているんだろうかと思うほどの、軽快な動きだ。

「君、ちょっといい顔になってきたと思うよ」廉二は亮磨の顔をのぞきこんだ。「引き締まってきたというか、覚悟が決まってきたというか、すごく精悍《せいかん》になってきたよね。これ、嫌味じゃないよ。本当だよ」

「そうですかね」と、素直に返事しながら、邪魔しないでほしいと切に思った。

「はじめて会ったときは、かなり病的な感じがしたんだけどね。そうとう思いつめてんな、この子って思ったもん。世界の全部が俺を殺そうとするんです、助けてください、みたいな切迫した感じでさ」

相変わらず、話が大げさで、ウザったい。

「やっぱりね、そういう心って、顔にもあらわれちゃうもんなんだよね」

そう言われても、まったく実感はなかった。たしかに、少し痩《や》せはじめてきたとは思うけれど、顔の変化までは感じない。

「でもね、フォームがダメなんだよなぁ。すごくダサいランニングフォームだよな。これ以上ムリして走ったら、そのうちどっか痛めちゃうよ。このまま距離を多く踏んで、スピードをつり上げてくと、俺みたいになっちゃうよ」

廉二はどこまでも無表情だった。街灯のそばを走り過ぎるたび、全身の影がぐるっと半円を描きながら、一瞬大きく伸びて、ふたたび縮み、消えていく。

「まず、姿勢だよ。姿勢。君の上半身は、めっちゃ後ろに傾いてるんだよ。自覚はないと思うけど。せっかく生まれたスピードを自分で殺してる」そう言って、大きな口をゆがめて笑った。「もしかしたら、後ろ向きの心が、そのまま体にあらわれてんのかな」

無反応、無視が、この男に対するいちばんの対処法だと己に言い聞かせる。しかし、フォームは大きな問題だと、自分でもしっかり心得ていた。

走りはじめる前には、ランニングフォームについてじっくり考えたことなどなかった。走るといえば、ただ腕を振って、地面を蹴る以外に方法はないと思っていた。

しかし、昼間、混雑しているジョギングコースを走っていると、嫌でも気づかされるのだ。本当に人によって、走り方は千差万別だった。素人目から見ても、この人、ちょっとヒドいフォームで走っているなということがわかる。あきらかに、右側の肩が落ちて傾いている人、短距離を走るように、地面をムダに蹴り上げている人。

結局のところ、自分のことがいちばんわからない。走っている最中に鏡は見られないし、自分一人でムービーを撮ることもできない。この男に手ほどきを受けるのもなんだか癪《しゃく》にさわる。少し意識して、上半身を前傾させてみた。とたんに、苦しくなってもとに戻した。

やがて、コースはゆるやかな下り坂にさしかかる。ゆるやか、とは言っても、走っていると、それなりの傾斜を感じる。スピードに乗って、一気に下っていく。

こちらを向いて、後ろ走りしていた廉二の姿勢が、一瞬ぐらついた。コケろ――心のなかで念を送った。ところが、すんなりと体勢を立て直した廉二は、前を向いて走りだした。

その背中を追いかけるかたちになる。早く消えてくれと願わずにはいられない。けれど、本格的にさちの伴走をつとめるとなると、どうしてもこの苦手な男とコミュニケーションをとっていかなければならないのだ。先が思いやられる。

廉二はジャージの上に、ぴったりと体にフィットするタイプのリュックサックを背負っていた。走りながら、リュックのヒモを肩からはずす。そのまま体の前に持ってきて、何やらなかをまさぐっている。

「はい。これ、あげる」ふたたび後ろ向きになった廉二が、いきなり紙切れの束《たば》を差し出してきた。「まず体幹を鍛えないと、君の場合ダメだな。このメニューは、毎日やってかまわないから。ってか、毎日やれ」

何がなんだかわからないまま、紙切れを受けとる。街灯の真下で確認すると、腹筋や背筋、スクワットのやり方や回数が箇条書きで書かれている。どうやら、筋トレのメニューらしい。

「体幹を鍛えると、自分でもびっくりするくらい楽に走れるようになるよ。そのうえで、適切なフォームを身につける予定だから」

予定……？　走りながら、首をかしげる。そもそも、俺は廉二のテストに落ちたんじゃないのか？　廉二とはあの日、トラックで別れて以来、一度も話をしていない。

「理想は、若干前のめりになるような姿勢だ。スピードが削《そ》がれず、その分、前に進む推進力になる」

トレーニングルームの入り口を通過した。橋の下をくぐる。

「けどね、やっぱり体幹がしっかり鍛えられていないと、その前傾姿勢を何十キロも保ちつづけられない」

なるほど、と素直に思う。さちの走りに、とくに感じるのは、天からぴんと糸で吊《つ》られているような姿勢の良さだ。体の内側に、たしかな芯が一本きちんと通っている。きっと、さちも廉二に言われて体幹を鍛えているに違いない。

「ということで、じゃあ」かるく片手を上げて、廉二が加速した。あっという間に、細長い鉛筆のようなシルエットが、闇のなかにとけて、消えていく。

手元に残された紙の束が、やけに重たく感じられた。

家に帰ると、不審な人影が、アパートの入り口に立っていた。どうやら、小柄な女性のようだ。心がふわっと浮き立った。

さちさん！　思わず叫びそうになる。自制の気持ちを懸命にはたらかせながら、小走りで駆けよった。

「おい、亮磨！」甲高い声が住宅街に響いた。

とたんに、足どりが鈍った。さちがこんな時間に、こんな場所にいるわけがない。地球の重力が、急に増した気がした。体が重たい。

「何やってんだよ！　おせぇよ！　いつまで待たせんだよ！」

それを言ったら、愛がここにいることだっておかしい。家の場所を教えた覚えはまったくない。

「ってか、電話、出ろよ！」愛が腕組みをして、怒鳴り声を上げた。足元には、ぱんぱんにふくらんだスーパーのレジ袋が二つ置かれている。

「すいません。携帯、家に置きっぱなしにしてたんで」

仕事帰りですぐ着替えて、走りに出たところだった。余計なものは何も持っていない。

「お前、何やってたんだよ。汗だくじゃねぇかよ。信じらんねぇよ」

悪態をついた愛は、両腕を体の前で抱えるようにして、がたがた震えている。それもそのはずだ。亮磨は目を疑った。半袖のアロハシャツ一枚で出かけるような気候じゃない。

「もう、十二月ですよ」なかば、あきれながら言った。深夜の寒空に、アロハシャツの黄色い色彩とパイナップルの絵柄は、あまりにも痛々しく映る。「もうちょっと、着るものを考えたほうがいいと思うんですけど」

「そう？」

「いやいや、震えてるじゃないすか！」

「とにかく、入れてくださいよ。たのみますよ」

亮磨の返事も聞かず、スーパーの袋を一つ持ち、アパートの階段をさっさと上がっていく。もう一つは持て、ということらしい。

「そっち、卵入ってるから、気ぃつけてよ」

ぎっしり食品がつまった袋を、しかたなく持ち上げて、愛のあとにつづく。目の前で黒いロングスカートが揺れている。アロハにロングスカートというとりあわせも、首をかしげざるをえない。東京に来て以来、愛といい、廉二といい、変な人間ばかりに目をつけられている気がする。

「ってか、愛さん、なんでここがわかったんすか？」

「社長に聞いたら、すんなり教えてくれた」

マジで余計なことをしてくれる。経営者なら、個人情報の管理をしっかりしろと、心のなかで社長のテンガロンハットを思いきり蹴飛ばした。

ポケットから鍵を取り出して開ける。靴を脱いで上がりこんだ愛は、真っ先にキッチンに向かった。勝手に冷蔵庫を開けて、食材をつめていく。

「何しに来たんすか？　もう、二時過ぎてんですよ」電気をつけながら、少し語気を強めて聞いた。廉二からもらった筋トレメニューを座卓の上に放り投げる。スマホを確認すると、不在着信が四十一回になっていた。見たこともないその数に絶句した。

風呂に入って、さっさと寝てしまいたい。週五日立ち仕事で働いて、週六日走っている。体の芯には、ずっしりと重たい疲労がたまっていた。

「なんかさ、亮磨、最近痩せてないか？」

「まあ、そんな気はします。体重計がないんで、わからないですけど」腹のあたりをさすりながら答えた。

「お前、さては運動してるだろ」

「さっきも、走ってましたけど」

「なんのために？」冷蔵庫の前にかがんでいた愛が、居間に立つ亮磨を振り返った。まるで、犯罪者を告発するような目で射ぬかれる。

あまりにストレートな質問をぶつけられて、亮磨は思わず口ごもった。

「わざわざ、ムダなエネルギーを使って、なぜ走る？　バカじゃないか？」

たしかに、少し前までは趣味でランニングをしている人間を、バカな人種だと思っていた。ムダな努力ご苦労様と、さげすんでいた。愛と同じだった。

でも、今は違う。つねに、心のなかにはさちがいる。さちの笑顔を思い出すと、胸が締めつけられる。悲しませたくない、力になってあげたいと、心の底から思う。こんな感覚になるのは、亮磨にとって生まれてはじめてのことだった。

愛の執拗《しつよう》な追及から逃れるために、着替えを持って、洗面台のある脱衣所に逃げこんだ。汗で濡れたシャツやトランクスを脱いで、洗濯機に放りこむ。このまま風呂に入ろうかどうか迷っていると、いきなり背後の扉が開いた。

「お前は、どう考えても、そっち側の人間じゃねえだろ」愛が隙間から顔をのぞかせて言った。

「ちょっと……！」あわててパンツをはいた。ケツの半分くらいは見られた気がする。「そっち側って、どっち側ですか！」

「明るいほうの側。健康的な側」そう言い放って、愛はふたたび扉を閉める。扉の向こうから、なおも声が響いてくる。「先、風呂入っていいよ。そのあいだに、ちゃちゃっと作っちゃうからさ」

料理を作りに来たのか？　思わずため息がもれた。今は、深夜の二時半だ。明日は──というか、日付の上では今日、二人とも休みだとはいえ、いくらなんでも非常識すぎる。

けれど、あの底抜けに陽気なアロハシャツを考えると、どんな常識も愛には通用しないような気がしてくる。それは、今までの経験上、よくわかっている。

一度身につけた洗いたてのトランクスを脱いだ。今さら追い返すわけにもいかないし、早く汗を流してすっきりしたい。結局、愛の言いなりになるしかなさそうだった。いつもなら、ゆっくり湯船につかるのだが、今日はシャワーですませた。自分の部屋で愛が好き勝手暴れまわっていると考えると、気が気じゃない。手早く髪と体を洗う。

途中、シャワーをとめて、耳をすませてみると、軽快な包丁とまな板の音が聞こえてきた。一日仕事で料理をして、他人の家にまでわざわざ作りにきて、うんざりしないものなのだろうかと思う。

ふと、愛の言い放った、「そっち側」という言葉が頭をよぎった。シャワーから、水滴がぽたぽたと落ちて、頭を打つ。顔が変わってきた、という廉二の言葉も同時に思い出した。俺は、愛の言う、そっち側へ足を踏み出しかけているんだろうか？

いや、そんな言い方は大げさだ。警察に捕まる前の自分に、なんとか戻ろうとしているだけだ。ごくごくまっとうで、平凡な人生を送るはずだった自分に戻ろうとしているだけだ。

顔まで洗って、急いで風呂場を出た。食欲をそそるいいにおいが、1Kの狭い部屋に充満している。あまり稼働することのなかった、キッチンの換気扇《かんきせん》がうなり声を上げている。

「早いな」コンロのスイッチをひねりながら、愛が振り返った。「もうちょっとかかるから、座って待っててておくれ」

なんだ、この状況はと、亮磨はバスタオルで頭をふきながら、今さら呆然としている。まるで店の厨房のように、自分の部屋のキッチンに愛がいる違和感。まるで恋人のように、我が物顔で愛が立ち働いている違和感。深夜、二時半。黄色いアロハシャツ。非日常の光景を前にして、ぞわっと腕に鳥肌が立った。

髪をドライヤーで手早く乾かしてから、座卓の前に座る。廉二にもらった筋トレのメニューを見るともなしに眺めた。あくびがもれる。早く布団《ふとん》にもぐりこみたい。

「はい、お疲れ」愛が料理を手に、居間に入ってきた。「揚げ出しナス」

湯気が立つ料理を前にして、つばを飲みこんだ。ナスの上で、かつお節が踊っている。食欲が、眠気に勝っていく。取り皿にとって、一口食べてみた。

「ウマい……」香ばしく揚げられた肉厚のナスに、めんつゆのうまみがしみとおっている。大根おろしも、ぴりりときいた辛味でナスの渋みを引き立てている。

「全部、食っちゃっていいよ」キッチンに戻った愛が言った。「私、食べないからさ」

遠慮なくいただくことにした。ものの三分ほどで、全部たいらげた。そのあいだに、愛が次の料理を運んでくる。

「切り干し大根の煮物」

今までは、切り干し大根なんて、年寄りの食べ物だと思っていた。家で出されても、子どものころから見向きもしなかったと思う。なんでそんなイメージを抱いたのかは覚えていないけれど、古い旅館の座布団のにおいを連想してしまう。

おそるおそる大根の切れ端を口にふくんだ。そのとたん、箸がとまらなくなった。

油揚げにしみた煮汁が、じわっと口のなかに広がっていく。疲れた体に、ダシのきいたうまみが、やさしく浸透していくようだった。

「もうすぐ、ご飯炊《た》けるから、ちと待ってて」

キッチンから、揚げ物の油の音が響いてくる。この音を聞くと、なんだか心がそわそわしてくる。小学生のとき、外で遊んで、五時過ぎに家に帰り、揚げ物のジューッという音を聞くと、やった！　と、心が浮き立った。香ばしいにおいをかぎながら、トンカツだろうか、唐揚げだろうか、エビフライだろうかと考えながら、お腹を空かせて食卓についたことを思い出す。

ふと、なつかしさが、こみ上げてくる。母親の料理を思い出す。閑散とした独り暮らしの部屋が、急に味気ないものに感じられてきた。ようやく自由になれた、やっと両親の干渉から解放されたと、あれだけよろこんだのに……。

さびしくなった。あわててリモコンを取り上げて、テレビをつけた。深夜のバラエティーがうるさく、ボリュームを極端に下げる。

「お待たせ」愛が、茶碗いっぱいのご飯と、唐揚げを運んできた。

自然と口のなかにつばがたまってくる。しばらく、湯気の立つ焦げ茶色の塊の山を眺めていた。

「どうしたんだよ」愛が座卓の向かいに座った。「早く食えよ。冷めちゃうよ」

唐揚げをかじり、ご飯をかきこんだ。唐揚げから熱い肉汁がほとばしって、ヤケドしそうになったけれど、浮かんできた涙をごまかすようにかまわず頬張った。そんな亮磨の様子を、愛は座卓に頬杖をついて、ただ見つめている。

「本当に食べないんですか？」亮磨は心配になって聞いた。皿には唐揚げが山のように積まれている。「やっぱ、愛さんも夜中に食べるとか、気にするんすか？」

「いや、私はいいんだ」愛は首を振った。「料理をおいしそうに食べてる君が、好きなんだ」

喉がつまるかと思った。あわてて、立ち上がってキッチンに向かう。冷蔵庫から、麦茶を入れた容器を取り出した。一口飲んで、気持ちを整理する。

「愛さんも飲みますか、麦茶」

「うん、ちょうだい」

愛の返事には、何も変わったところは感じられなかった。見るともなしに、テレビを眺めている。亮磨はコップを二つ持って戻った。愛の前にそっと麦茶を置く。

「そう言えば、寒くないですか？ 暖房つけますか？」話題を強引にそらした。ぶるぶる震えていた愛を思い出すと、さすがに心配になってくる。

「あのさ、この前さ、テレビ見てたんだ」ところが、愛は亮磨の質問には答えず、音のしぼられたテレビを眺めたまま唐突に話をはじめた。「そうしたらさ、誰か女の人が言ってたんだ。好きな男がいたら、まずその人の胃袋をつかめって」

「えっ？」ちょうどご飯を食べようとしていたところで、箸がとまった。ついでに、心臓もとまるかと思った。

「私ね、ちょっとテレビ苦手なんだけど、社長に勉強になるからって言われて、買ったんだ。人間っていう生き物が、どういうこと考えてるか、わかるからって」

こいつは、宇宙人かと思った。愛なら、べつの惑星から来たと言われても、たぶん驚かないけれど。

「胃袋つかんだら死んじゃうじゃんって思ったんだ、私。でもね、社長にそれってどういう意味かって聞いたら、胃袋をつかむっていうのは、おいしい手料理を食べさせて、相手を虜《とりこ》にしろっていうことだって教わった。亮磨、それ知ってた？」愛が頬杖をついたまま、亮磨をじっと見つめる。

日本人なら、意味はたいがい知ってる。だが、聞きたいのはそこじゃない。いろいろな感情がせめぎあって、空中で茶碗をとめたままかたまっている。

「いや……、あの、ちょっと待ってください」茶碗を置いた。かわりにコップを取り上げて、麦茶をさらに一口飲む。

「社長がね、亮磨はウチのまかないくらいでしか、まともなものを食ってないはずだから、家行って、何か作ってやれって言われて。それで、今日、来た」

社長のほくそ笑む表情が、目の前に浮かんでくるような気がする。あのクソ革ジャン野郎、絶対けしかけて、楽しんでやがる。

「社長にね、好きってどういうことなのかってのも聞いた。社長はね、その相手のあれこれを、ずっと考えてしまうことだって言ってた。社長もそういうことあるのかって聞いたら、若いころはいっぱいあったって言ってた。さすがに、今はないって」

テレビを消した。体に変な汗をかいている。暑い。暖房でなく、冷房をかけたい。

でも、好きという感情がわからないのは、俺も同じなんじゃないかと、ふと考えた。最近は、いつもいつもさちのことを考えている。走っているときはとくに。苦しいときはとくに。

でも、さちを好きになってしまったのかと自問すると、そんなことはありえないと思う。もしかしたら、知らず知らずのうちに自分の気持ちにブレーキをかけているのかもしれない。俺には、そんな資格はない、と。ただ、さちを補助して走ることだけが、俺の使命なんだ、と。

いやいや、その前に、愛の告白ともとれる言葉が大問題だ。愛はまったく恥ずかしがる様子がない。ふざけているようにも見えない。思わせぶりなことを言って、亮磨の反応をためしているようにも見えない。そんな高等技術は、好きという感情すらわからない愛には到底、使いこなせないだろう。

おそるおそる愛を見てみる。目が合った。急にかわいく思えてきた。これで、メガネのレンズがきれいだったら完璧なのに。おしゃれでなくていいから、せめて初冬にアロハでなく、ふつうの服装であってくれれば完璧なのに。

唐揚げをかじりながら、はっとする。愛の料理のウマさに、洗脳されかけている自分がいる。それこそ、胃袋をつかまれかけている。

「だから、もっと食え」愛が笑う。頬にくっきりと、猫のヒゲのえくぼが浮かぶ。ヤバい。翻弄《ほんろう》されるって、まさしくこのことだ。とにかく、愛を早く帰して、一人になりたい。一人でじっくり考えたい。が、すぐに愕然とした。

愛の家は、たしか代々木上原《よよぎうえはら》だ。ここまでは自転車で来ているはずだ。駒沢から代々木上原。帰れない距離じゃない。送る？　一人で帰す？　いや、こんな夜中だし、危険だ。

どこをどうひっくり返してみても、ここに泊めるという選択肢は、頭に浮かばなかった。そこで、名案を思いついた。社長に迎えに来させよう。どうせ、社長がまいた種だ。あいつに責任をとらせればいい。

電話をかけようと、唐揚げをつまみながらスマホを取り上げた。連絡先から社長の携帯を探しはじめると、愛が大きく伸びをしながら、あくびをもらした。

「疲れちゃった。ちょっと、寝るね」

「ちょっと、布団借りる」

「は?」

愛は当然のように、敷きっぱなしの布団に、アロハシャツのままもぐりこんだ。寝床に戻る犬みたいなしぐさだった。

おいおい、嘘だろ。はじめから、こうするつもりだったのか?

いや、愛の場合、意図というものが、そもそも存在しないような気がしてくる。食べさせたいから、料理を作る。眠いから、その場で寝る。ただ、それだけのことのようにも思えた。

「せめて顔洗ったり、着替えたりしましょうよ。部屋着貸しますよ」

愛がメガネをはずして、枕元に置いた。聞いていない。完全に意識がオフになっている。

立ち上がって、おそるおそる愛をのぞきこんでみる。すぐに寝息が響いてきた。ぎゅっと目をつむって、胎児《たいじ》のように横向きに縮こまっている。急に愛がいじらしく、かわいらしく思えてきてしまって、かけ布団を肩口のあたりまでそっと引き上げた。

そのとたん、何をやってるんだ俺は、と冷静さを取り戻した。絶望的な状況に、ため息がもれた。あとには、大量の唐揚げと、大量の洗い物が残された。思わず、文句を言うために社長に電話をかけてしまった。

「どうした、亮磨」不機嫌そうな声が響いてくる。

「どういうことですか！」かまわず、怒鳴った。「俺の布団で愛さんが寝はじめたんですけど！　迎えに来てください」

「男になれ、亮磨」電話がぶつりと途切れた。

スマホを床にたたきつけたくなる衝動を、ようやくの思いでおさえつけた。

「なんで、このランニングシューズにした？」亮磨の前にかがんでいた廉二が突然聞いてきた。

「えっ？」ただ理由を聞かれているだけなのに、亮磨はなぜだかすでに叱《しか》られているような気分にさせられている。「なんでって……？」

「だから、理由だよ。さちが勧めたのはわかったけど、君自身が、なんでこの靴を選んだのかって聞いてるんだけど」

「えぇっと、なんとなく、見た目がカッコいいかなぁって……」

「はい？」

廉二の剣幕に、びくっとした。思わず腕の振りをとめてしまう。ほら、もっと振れ、もっと速く振れと、廉二がすかさず注意する。

亮磨は立った状態から、スキーのジャンプのように、全身を前に傾けていた。上半身を廉二に支えてもらう。地面についているのは、つま先だけだ。

二人して、まるで「人」の字のような格好をしている。前傾姿勢を保ったまま、走っているときのように、腕を振りつづける。

駒沢公園の陸上競技場だった。周回する市民ランナーたちが、いったい何をやっているのかといぶかしむように、亮磨と廉二を見やる。今日は曇り空ということもあって、トラックの青も目にまぶしくない。予報は夜から雨だった。

「デザインがいいからって、速く走れるわけじゃないだろ。もしそうだったら、みんなこぞって最新モデルに飛びつくぞ」

気の滅入《めい》るような説教はつづく。亮磨は心を無にして、斜めの状態のまま腕を振った。丹田《たんでん》という、おへその真下の部分に、体の中心をおくようなイメージを保ちつづける。

「おい、さちはなんでこれを勧めた？」今度は、その矛先がさちに向けられた。「どこがいいと思ったんだ？　いっしょに選んだ人の意見を聞きたいな」

「えっ？」と、さちが戸惑った表情を見せる。

しかし、廉二の追及はとまらない。どうなの？　なんで勧めたの？　と、ねちっこく、芝生に座っているさちに問いかける。

「亮磨君は、ランニングに関しては初心者だから、クッション性の高いものを選んだつもり。あと、いきなりレース用の超軽量みたいなのを選んでもどうかなって思ったから、サブフォー向けの中級者のをって思ったんだけど……」さちがおそるおそる答えた。

「まあ、間違ってない、かな」廉二は大きい体をかがめ、もたれかかる亮磨を片手で支えながら、もう片方の手で亮磨の靴をつかんだ。長い指が、甲の部分や、爪先を這いまわる。「本人の気持ちが上がるものを選ぶっていう、モチベーションの部分も初心者にとっては重要だろうしさ。横幅もフィットしてるから、サイズも問題ないだろうし」

そう言って、今度は亮磨の腹を無遠慮にさわる。

「うん、腹筋もだいぶ締まってきたみたいだね。最初のときは、ふにゃふにゃで、猫背で、姿勢悪くて、軟体動物みたいだったけど、真面目に筋トレしてるみたいだね」

悪態をつく余裕は、今の亮磨にはない。斜めにした体を一直線に保っているので、徐々に腹部が熱くなってくる。両腕を勢いよく振っているせいで、負荷はなおさら腹筋と背筋にかかってくる。

たしかに、体幹は重要だ。廉二に言われて以来、基礎的な筋トレを毎日やっているけれど、走っているときだけでなく、立ち仕事もだいぶ楽になってきているのを、日々実感している。

「ちょっと大げさかもしれないけど、後ろ向きの亮磨君は、走ってるときもこのくらい前に傾いてる意識でいくとちょうどいいと思うよ」

次は、トラックの外で、実際に走りながらフォームをたしかめることになった。しかし、いざ走りだすと、どこに意識を集中していいかわからず、動きがぎくしゃくしてしまう。

「違う、違う！　胸から前に出すんじゃない！　君は鳩《はと》か！　骨盤《こつばん》から出すんだ！さっきの丹田を意識して！」廉二が怒鳴る。

亮磨は何往復もトラックの外側を走らされた。骨盤からと言われても、骨を動かすことができないから、よくわからない。腰に手をあてて、骨盤をぐっと前にせりだすようなイメージを思い浮かべてみる。

「ほら！　腕振り、忘れてる！　今度はあごが出てきたぞ。骨盤、骨盤！」

相変わらず口うるさいけれど、廉二は走ることに真摯なだけなのだと、ようやくわかってきた。さちのために走りたいという気持ちも、おそらく同じだ。今度こそ、なんとか食らいついていきたい――そんな気持ちが、闘志が、亮磨を前に進ませる。

「よし、じゃあさちと走ってみよう。リベンジだ。今日は五分ペースで十周」廉二が挑発的な視線で亮磨を見下ろす。「ランニング初心者の君の場合、まず基本的なペースを体にたたきこまなきゃいけない。体への負荷、風景の流れるスピードで、時計を見ないでも、だいたいの速度がわかるようになってほしい」

亮磨は、かたくうなずいた。やれるだろうか？　この前のように、脱落しないだろうか？　そんな気弱な考えを頭から放りだすように、一つ疑問に思っていることを聞いてみた。

「廉二さんって、さちさんと走ってるとき、まったく手足を合わせてないですよね？」

この前、後ろから二人を追いかけていて思ったのだ。さちと廉二の手足の動きはばらばらだった。廉二はロープをつかんだ右手をほとんど振っていなかったと思う。そのぶん、さちが思いきり左腕を振っても、ロープはつねにたわんでいた。

ストライドもそうだ。廉二は極端に歩幅を狭めて、細かく刻むように走っていた。当然、二人の足は、二人三脚のように、鏡でうつしたように、ぴったり動くことはなかった。足を踏み出すタイミングはばらばらだったのだ。

「逆に聞きたいけどさ、俺とさちの動きが合わせられると思うか？」廉二がさちの真横にならんだ。さちの頭に手を置く。

さちは、うっとうしそうに、その手を無言で払いのけた。廉二がまた置く。さちが払いのける。さちは迷惑そうな表情を浮かべながらも、どこか楽しそうだ。

何なんだ、このかけあいは……。まるで、夫婦《めおと》漫才を見せつけられているみたいだった。自分でも理解に苦しむ、嫉妬《しっと》のような感情が渦巻いているのを感じて、亮磨はあわてて廉二の質問に答えた。

「ま……、まあ、お二人の身長差からして、合うとは思わないですね」

百八十五センチ以上はありそうな長身の廉二と、百五十センチのさち。どうがんばったって、合いそうにない。手足の長さも、まるで違う。

「君の身長は百六十くらいだろ？」

「百六十五です」五センチは、大事だ。

が、廉二は、「ふん」と、鼻で笑うだけだった。

ぶん殴りたくなった。拳をにぎりしめて、ようやく耐えた。

「まあ、身長はさておき、今のところ、君の走力はさちにだいぶ劣るわけだ」

「はぁ……」それは否定できなかった。「もちろん、痛感してます」

「俺ってこう見えても、けっこう走れちゃうからさ」と、優越感たっぷりの笑みを亮磨に向ける。「自分のフォームを崩して走っても平気なんだけど」

「廉二君の伴走ってすごいんだよ。影みたい」と、さちがすかさず言った。「本当に一人で走ってるみたいなんだよ」

たしかに、自分の動きを極端に殺してしまえば、さちも走りやすいだろう。まさに、影だ。それこそが、理想の伴走者かもしれない。でも、廉二の言うとおり、それは走力がある人間だけにできる芸当だ。

「とりあえず今のところ、君はしっかり腕を振って、地面を蹴って、全力を出しながら、さちと並走しなきゃいけない。さちのほうが、走力が上なんだから当たり前だ」

　ということは……と、廉二がつづける。

「よほどぴったりと動きを重ねあわせないと、さちの伴走はできないな。シンクロ率、百パーセントを目指さないと、さちの力は十全に引き出せない。わかるか？」

　亮磨はうなずいた。けれど、とたんに自信がなくなってきた。全力で走り、さちと手足の動きを二人三脚で完全に合わせ、冷静に周囲を見わたし、指示も口頭で出す。そんなことが、俺にできるのだろうか？　亮磨は思わず、さちに視線を向けた。

　さちが髪を一つに結ぶ。かたちのいい、とがった耳があらわになる。

「大丈夫。できるよ」さちは言った。ポケットから伴走用のロープを取り出して、差し出す。にこりと笑う。「心を一つにしよう。いっしょに走ろう」

　亮磨は空を見上げた。自分の心をそのまま映したような、降るのか、降らないのかよくわからない、煮えきらない雲が一面に広がっている。

「私はできると思う。亮磨君となら、できる」

　真っ赤なロープが揺れている。ぐるぐる走っているだけで、どこにもたどりつけない、うんざりする――さちの本音をふと思い出す。

亮磨は思いきってロープをつかんだ。

せめて、そのうんざり、を少しでも、ほんのちょっとでも、わけあえたならと思った。いっしょに、悪あがきができたならと思った。

「よし、行くよ！」

気合いのにじんだ、さちの声がとなりから響いてくる。

「今日が、いよいよ私たちのスタートだよ！」

真っ青なトラックの上に、亮磨はさちとならんで降り立った。

亮磨はさちと廉二との練習後、その足でバイトに向かった。トレーニングルームの更衣室に、シャワーがついているのはありがたい。ざっと汗を流して、トレーニングがてら、自転車で捲土重来に向かった。首都高の真下、２４６号線を急ぐ。最初にさちと走った日、痙攣が起こったのとは大違いで、まだまだ足は軽い。体力にも余裕が感じられる。
今日は十二月の全店舗合同ミーティングだった。ただでさえ、四店舗のスタッフが渋谷本店に集まってざわつくのに、店のなかはいつもより落ち着きがなかった。
それも、そのはずだ。レジの前に、見慣れない男たちが四、五人輪をつくっている
のが見えた。それぞれ、テレビカメラや、長い棒のついたマイクを持っている。いち

ばん年長らしき男が、紙を持ちながら指示を出している。

「お疲れさまっす」近くにいたクミに聞いた。「どうしたんすか？」

「亮磨君、知らなかった？　今日ね、撮影が入るんだって」

クミと目が合って、ぎょっとした。いつもより、メイクがだいぶ濃い。唇がグロスでテカテカに光っている。

「夕方のニュースの特集だって。ほら、万引きGメンとか、地元で人気の定食屋とか、大家族とかやってるでしょ？　その取材だって」

「ときどき見ますけど、まさか、ウチが？」

「すごいよ。若者の夢を応援する居酒屋だって」

どうりでクミの化粧がやたら濃いわけだと納得した。美容院に行きたてらしく、キャラメル色の髪もつやつやで、毛先がゆるくカールしている。

「絶対真っ先に、お前をあてるから、しっかりアピールしろって、社長に言われて」

亮磨の視線に気がついたのか、クミが毛先をいじりながら言った。「これって、チャンスだよね」

女優志望のクミだけじゃない。どうせ、このあと制服に着替えることになるのに、いつもより過剰なおしゃれに身を包んでいるスタッフがちらほらと見受けられた。原色が多いせいで、目がちかちかする。

スタッフルームから出てきた太田に、亮磨は度肝《どぎも》を抜かれた。

「太田さん、服、すごいっすね」

「おう！　なんてったって、全国放送だからな」

太田は金色《こんじき》の千手観音《せんじゅかんのん》像がプリントされた、黒いタンクトップを着ていた。肩口のところに彫られたタトゥーがちらっと見えている。シルバーの髑髏《どくろ》のネックレスに、ごつい指輪という重装備が、太田の気合いを物語っていた。

ふと、考えた。

太田には過去の因縁《いんねん》はないんだろうか？　地元に残してきた、禍根《かこん》や、後腐《あとくさ》れはないんだろうか？　人を殺しそうになったこともあると、豪語していたのだ。

もし俺が全国放送のテレビに映ったら……。考えただけで寒気がした。むかしの友人たち──今は大学生活を謳歌《おうか》している友人たちは、俺の落ちぶれた姿を見てきっと笑うだろう。

そういえば、愛はどうしたのだろう？　亮磨は店内を見まわした。けれど、その姿はどこにもなかった。

「愛さんって、今日、来るんですよね？」

「それが、ウケるんだけどさ」と、太田は手をたたいて笑った。「社長が、今日は開店時間ぎりぎりに来ていいよって、愛さんに言ったらしいんだよ。最近、疲れてるだろうから、準備は俺がやっとくからって。あの人来たら、それこそミーティングめちゃくちゃにされちゃうからな」

先月のミーティングのことを考えると、最善の選択だと思った。愛だってテレビは苦手だと言っていたし、取材にはなんの興味もないはずだ。

二週間前、突然押しかけられ、告白まがいのことを言われて以来、愛が家に来ることはなかった。仕事でも、業務上の会話を交わすだけだ。ほっとしている半面、ちょっと物足りなさも感じている。自分の気持ちは、いまだによくわからない。愛に対する感情も、さちに対する感情も、ごちゃごちゃに混ざりあって整理がついていない。日々、ひたすら走ることで、心の底から無際限にわきあがってくる得体のしれない衝動をごまかそうとしている。

「じゃあ、社長さんのインタビューからいくんで、すいませんが、少しのあいだ静粛にお願いします！」ディレクターが、手に持っていた紙を輪にして口にあて、大声で呼びかけた。「そのあと、ミーティングを撮影させていただきますんで！」

社長にライトがあたった。大きなマイクが、その頭上にさしかけられる。カウンター席に座った社長は、思わせぶりに足を組んで、話をはじめた。テンガロンハットと、革ジャンというトレードマークはいつもどおりだ。

「僕自身も、若いときは、社会からはじき出されて、行き場を失ってたんです。でも、むかしよりも、確実に今の社会のほうが生きづらい。だからこそ、現代の若者たちの、たしかな居場所をつくってあげたかった」

いつも以上に、舌がなめらかだ。重々しい口調でありながら、言葉の端々にやさしさをにじませている。

「今の若いコは、カッコつけすぎなんだと思うんですよね。そんなウマいこと、人生いかないんだから。ダサくても、カッコ悪くてもいいからさ、もっと真正面からぶつかって、あがいて、もがいて、失敗をどんどんするべきだと思うんだよね」

カウンターに片肘をつきながら、カメラに向かって意味ありげな流し目をする。

「にっちもさっちもいかなくなったら、僕のところへ来ればいいからさ。そのための、捲土重来なんですよ。だから、あきらめることないよ、僕が味方だよって、今の若いコたちには言ってあげたいですよね」

胡散臭さがいつも以上に暴走している。これで客が激減したら社長のせいだと考えていたところに、まるで自分の心の声を代弁するような怒号が響いて、亮磨はとっさに振り返った。

「アホか！」聞きなれた甲高い声が、撮影中の張りつめた空気を切り裂いた。「そんなこと言って、これ以上、バカが集まったらどうしてくれんだよ！」

アロハシャツ姿の愛が入り口に立っていた。怒りに我を忘れているのか、フーフーと肩で息をして、拳をにぎりしめている。ああ、またか、というあきらめの空気がたちどころにホール全体に広がった。

すかさず「カット！」の声がかかった。ディレクターと、ヘッドホンを耳からはずした音声が、何事かを話しはじめる。

「カレンダーに今日はミーティングって書いてあったから、早く来たんだけど」愛が社長をにらむ。「なんだよ、この騒ぎは」

社長がテンガロンハットをとって、頭をかきむしった。太田が心配そうな表情を浮かべている。タンクトップに描かれた千手観音だけが、周囲に穏やかな笑みを振りまいていた。

「社長さん、もうインタビューはじゅうぶん撮れたんで、さっそく話題のミーティング風景、いっちゃいましょう」

「本当ですか？」愛に思わぬ横やりを入れられて、社長は不満そうだった。「まだ、いろいろ言いたいことはあるんですが……」

「もう、バッチリですよ」と、ディレクターははっきりそれとわかる愛想笑いを浮かべた。「また、お話は、流れのなかでおいおいうかがっていくんで」

社長が気を取り直した様子で集合を命じた。

捲土重来のスタッフたちが、わらわらと前方に集まっていく。なかでも、クミをはじめとした、目立とうと必死になっている連中たちは、我先に最前列に集中した。押しあいへしあいの争いが勃発《ぼっぱつ》している。

「念のために、みなさんにお聞きしたいんですけど、もし映りこんだ場合、顔にモザイクをかけてほしい、なんていう要望があったら、今のうちにお願いします」ホールの熱気に早くもたじたじになりながら、ディレクターが説明した。

当然の配慮だろうと亮磨は思った。太田のように前科のある人間だっている。イジメや不登校をのりこえて働いている人、うつ病を抱えながら懸命に捲土重来に根を下ろそうと頑張っている人もいる。

後方に集まっていた数人が、ばらばらと手を挙げた。いつもは、積極的に発言していても、撮影に及び腰のスタッフはいるようだ。

いくら社長が、社会からはずれた人間の居場所をつくったところで、ここは心地よい巣のなかだ。捲土重来では、前科は問われないし、陰湿なイジメもないし、病気を抱えていても手厚くフォローされる。善良な人たちにかこまれて、ぬくぬくとぬるま湯につかっていられる。

でも、一歩外に出たとたん、厳しい現実を突きつけられる。前科を問われないように、ふたたびイジメられないように、顔をモザイクで隠したくなる。

もちろん社長は、捲土重来で働くことこそが、立ち直るきっかけになればと考えているのだろう。ここでリハビリをし、社会への耐性をつけて、巣立っていってほしいと願っているはずだ。

それは間違っていないと、亮磨は認めている。自分もそのうちの一人だ。けれど、前列に陣取っている、クミのような明るい夢を持った連中と、部外者が入っただけでとたんにしおらしくなり、隅のほうで縮こまっているワケありの後列の連中とでは、明確な断絶があるように思われた。

一枚岩のように見えた捲土重来も、実は愛の言うように、人目をさけるために海の底に沈んでそれをよしと思っている人間と、太陽の光の届く海面に住みたいと願う人間の、二種類が生息しているのかもしれない。

俺は……？　俺はどうする？　手を挙げるかどうか迷いつづけていた。

沈みつづけるのか？　浮上したいのか？　そんな自問を繰り返しているときに、必ずと言っていいほど思い浮かぶのは、さちの明るい笑顔だった。太陽みたいなさちの笑みに吸いよせられるようにして、海面から顔を出す——そんな自分をつい想像してしまう。

「あとは、モザイク希望の方、いらっしゃいませんか？」

「はい」愛が勢いよく手を挙げた。「はっきり言いますが、すんげー迷惑です」

「はは」と、社長は乾いた笑いで、気まずい雰囲気を強引にごまかした。「ふだんから、素直に本音を言うことは、いいことだって教えてるもんで」

「じゃあ、準備ができたらいきましょうか。みなさん、カメラを意識せず、いつもどおりの感じでお願いします」ディレクターも、はは、と同じような笑いを返して、撮影クルーに指示を出した。

結局、手を挙げるタイミングを逸してしまった。最後列で隠れていれば、そうそう映りこまないだろうと思った。

「はい、まわりました！」カメラマンが告げた。肩に担《かつ》いだカメラの赤いランプが点灯する。どうぞ、と言うように、ディレクターが社長にキューを出した。

「これより、捲土重来、十二月の全店舗合同ミーティングを行います」いつもより厳《おごそ》かな口調で、社長が話しだした。「将来の夢や、希望、また、悩みなど、言いたいことがあればなんでもかまいません。では、発言したい人は？」

「はい！」捲土重来のスタッフたちが、いっせいに挙手をする。じりじりと、社長につめよっていく。後列にひかえている、モザイク希望のスタッフたちも、ミーティングの熱狂的な空気を壊したら悪いと考えているのか、いちおうひかえめに手を挙げている。

相変わらず、亮磨と愛だけが無反応をつらぬいていた。

「じゃあ、クミ！　いってみよう！」社長が約束どおり、真っ先にクミを指名した。

「はい！」まさに躍り出るという言葉がぴったりな勢いで、クミが社長のとなりに立った。「それでは、お話しさせていただきます！」

カメラマンが、レンズを向ける。一礼したクミは、あきらかにカメラを意識した様子で、舞台上の役者のように、大げさに胸に手をあててしゃべりはじめた。

「私、女優をしてます！　夢は朝ドラヒロインです！」

スピーチというよりも、完全にアピールの場にしている。趣味や特技、これまでの出演歴を披露していく。まるでオーディションの自己紹介のようだ。これでカットされたら悲惨だなと、亮磨は人垣に隠れながら思わず苦笑いしてしまった。

ミーティングはなごやかに進んでいった。次々と、前列に陣取ったスタッフたちが指名されていく。明るい、希望のある夢が披露されるたびに、どっと笑いが起こったり、拍手やハイタッチがそこかしこでわき上がったりした。熱気とテンションが、いつも以上にものすごい。

次にあてられたのは、太田だった。タンクトップから出た太い腕を、もてあますように体の前で抱えながら、かるくお辞儀をする。顔を上げると、大きく息を吸って話しはじめた。

「みんな信じられないかもしれないけど、俺、小学校、中学校とすげぇイジメられっ子だったんす」

ええ〜、と素直な驚きの反応が、スタッフのあいだから起こる。信じられない、ウソでしょと、口々に叫ばれる声を、太田が手を上げて制した。

「いやいや、ホントだから！　全然背が高くなくて、ひょろひょろで、もやしみたいだったんです。地元がけっこう荒れてるところで、カツアゲされたり、金出さないと、殴られたりって感じで、マジで死にたいって思いつめたこともあったたっけ……」

太田はもじもじと、手元のごつい指輪を指先でいじっていた。けれど、すぐに視線を上げた。その顔からは、笑みが消えていた。唇をぐっと真横に引き結んでから、ゆっくりと口を開く。

「でも、高校入ったら、不思議なもんで、急に体が大きくなって、一気に不良グループの仲間入りっす。で、小中のときの、自分をイジメてたヤツに、ソッコーお礼参りしちゃいました」

こんなこと、カメラの前で話していいものなのだろうかと亮磨は焦った。けれど、誰もとめようとする人はいない。太田の思いつめた表情に、みんな何かを感じとっている様子だ。社長もじっと太田を見つめて話を聞いている。

「まあ、何を言いたいかっていうと、俺、子どものころ母ちゃんに捨てられて、ばあちゃんに引き取られたんですけど」

太田がふたたびうつむいた。刃物の切り傷で欠けがあるという右の眉を、何かを思い出すように、一度指の先でなでた。

「イジメられてたときも、非行に走ったときも、いつだってばあちゃんは俺の味方だったんだなぁって、今になってようやくわかってきて。警察に頭下げたり、万引きした店の店長にあやまったり。アンタの育て方が悪いんだ、親じゃなきゃダメなんだって散々ののしられても、ただただ笑顔浮かべて、すみませんでしたって頭下げつづけて……」

　腫れぼったい太田の目が、みるみるうちに赤くなっていった。

「俺、その当時は、そんなばあちゃんが嫌で、嫌で。クラスメートにはやさしい両親がいるのに、なんで俺だけババアなんだよって。でも、七十過ぎたばあちゃんに、ヒドく当り散らしてたことを、今になってはじめて、すげぇ後悔してて……」

　亮磨は気がついた。人を殺しそうになったこともある――そう冗談まじりで、卑屈そうに話していた一ヵ月前とは、太田の顔つきがだいぶ変わっていることに。

　思わず、自分の頰をさすってみた。廉二に、いい顔になってきたと言われたことをふと思い出したのだ。

　太田の顔の、どこがどう変化したかは、なかなか言いがたい。べつに痩せたわけでもないし、決定的に人相がやわらかくなったとか、逆に険しくなったわけでもない。でも、ふだんいっしょに働いているからわかる。何かが太田のなかで変わりはじめている。

念願のキッチンに入って、責任感が生まれたのかもしれない。料理人になりたいという夢を、大勢の前で語ったことで、迷いが吹っ切れたのかもしれない。

この人にモザイクをかける必要はないなと思った。また一人、深海の底から、光の射すほうへ浮上していくんだと考えると、少しさびしくも、またうれしくもあった。

「ばあちゃん、俺、ようやくキッチンに入ることができたよって、言いたいです。でも、まだまだ皿洗いです。早く一人前になって、故郷に帰って、ばあちゃんにウマい料理、作ってあげたいんす。ばあちゃん、俺が食べなくても、いつもいつも作ってばっかりだったんで、今度は俺が作ってあげたい」

ははは、と、照れをごまかすように、太田が一人で笑う。

亮磨は思わず、横に立つ愛をうかがった。だまっている。壁によりかかって、腕組みし、目をつむっている。

「正直、自分の過去の罪が消えるとは思わないっす。でも、俺、あきらめたくないっす。ばあちゃんが死ぬ前に、絶対に自分の手で作った料理、食べさせてやりたいっす！」

太田が腰を九十度に曲げて、深々と礼をした。大きな拍手がホールに鳴り響いた。

亮磨は正直、ほっとしていた。結局、最後まで愛が口をさしはさむことはなかった。

さすがに空気を読んだのかもしれない。

どうも、どうも、と恥ずかしそうに手を振りながら、太田が捲土重来のスタッフの輪のなかに戻っていく。その背中をたたいて歓迎するのは、たくさんの仲間たちだ。カメラマンが、その様子をとらえている。

「じゃあ、次は……」社長が背伸びをして、ホールを見わたした。

その瞬間、亮磨は驚いて、となりに目を向けた。

愛が手を挙げていた。細い腕をぴんと伸ばし、前を見すえている。

ウソだろ……！　叫び声を上げる寸前のところでこらえた。その声にならない声がつたわったわけではないだろうけれど、真っ先に社長が異変に気づいた。ハットのつばの下の目が、丸々と見開かれている。

「はい！」愛が社長の指名をうながすように怒鳴った。

社長の視線の先を追って、次々とスタッフたちが振り返っていく。最後列で挙手をする愛を見て、驚愕《きょうがく》の波紋が広がった。予想外の事態に、全員がかたまっている。

当然、誰もが抱いているであろう嫌な予感を、亮磨は愛のとなりで、人一倍感じていた。愚痴《ぐち》や文句は、俺のとなりでつぶやいていればいいんだと、亮磨は本気で心配した。わざわざ前に出て言う必要はない。一ヵ月前は、偽善を蹴散らしてくれ、何もかもぶっ壊してくれと、心のなかで愛にけしかけていたのに、俺も変わったもんだと、自嘲《じちよう》気味に考えた。

となりに立つ愛のオーラが、ゆらゆらと燃えているようだった。太田のタンクトップの千手観音のごとく、後光が見える気がする。あきらかに、愛は何かに怒っている。顔が険しい。はたして、太田に対して怒りを感じているのか、撮影クルーに対してなのか、社長に対してなのかは、わからなかったけれど……。

この人にしゃべらせれば確実に場が荒れる。べつに指名する必要はないんだ。あてなければ、穏やかで、なごやかなミーティングのまま終わるはずだと、社長に念じつづけた。

ところが、愛の気迫に押されるように、ついに社長はその名前を呼んでしまった。

「あ……愛さん、こちらへどうぞ」

愛が満足そうにうなずいて、手を下ろした。ゆっくりと、前に進み出る。まるで、海が割れるみたいに、すぅっと人垣が真ん中でわかれていく。そのあいだを、愛が肩で風を切りながら歩いていく。

亮磨の家に来たときとまったく同じ服装だった。パイナップルがプリントされた黄色いアロハシャツに、黒いロングスカート。十二月に入っても上着は着ていない。最前列に到達した愛が、くるりとこちらに向き直った。丸メガネの奥の瞳が、ぐっと細められる。

「一つ、言いたいことができた」

捲土重来のスタッフたちが、固唾をのんで見守る。嵐の前の静けさだ。

「な、なんでしょう?」つばを飲み下す、社長の喉仏の動きがはっきりと見えた。

「太田を……」

そう言って、愛は太田を指さした。

「太田を私が一人前にしてやる。——以上」

静寂がホールに満ちた。唖然《あぜん》としているスタッフたちを怪訝そうな表情で見つめ、愛は小首をかしげる。

「あれ? なんか、私、おかしなこと言ったかな?」

「い……、いえ、全然!」と、社長があわてた様子で、首をぶんぶん振った。テンガロンハットが、頭の上で不安定に揺れる。

「愛ちゃん……」と、真っ先に泣きそうな声でつぶやいたのは、副店長の柴崎だった。両手を口にあてて、わなわなと震えている。

一瞬の静寂ののち、爆発的な歓声と拍手が起こった。ピューッと甲高い口笛が鳴り響く。

まるでお祭り騒ぎだった。そこかしこで、ハイタッチが起こっている。社長も感極まった様子で、唇を嚙みしめている。

愛の変化が信じられなかった。太田の本気の覚悟に、愛の動物的な部分が感応したのかもしれない。それとも、愛自身も、変わらなければならないと、願い、焦り、もがいているんだろうか？

「あ……、愛さん……」太田が愛に向けて手を伸ばそうとした。さっきのスピーチのときよりも、目が真っ赤になっている。「俺、とことん愛さんについていきます！」

愛は急に太田に関心を失った様子で、そっぽを向いた。キッチンに向かって歩いていく。

「仕込みがあるので、先に行く」

「俺も行きます！」太田が愛を追いかけていく。「一から教えてください！」

背の高い太田と、その肩ほども身長のない愛が、キッチンに吸いこまれていく。その背中に、盛大な拍手が投げかけられる。まるで、ハネムーンに旅立つ新婚夫婦を送りだすような盛り上がりようだった。

しかし、亮磨は一人、物思いに沈んでいた。

身長の高い太田と、百五十センチの愛の、アンバランスな後ろ姿を見て、亮磨はとっさにさちと廉二を思い浮かべてしまった。

シンクロ率、百パーセントを目指せ――廉二の言葉が両肩にのしかかってくるような気がする。その意味をずっと考えつづけている。さちとぴったり心を重ねることができるのは、やっぱり廉二だけなんじゃないだろうか？

走りのフォームだけじゃない。きっと、さちの思考や、感情にまでよりそっていかなければ、完璧な伴走はできないのだ。はたして、そんなことが俺にできるんだろうか？　できる、という以前に、許されるんだろうか？

さちを倒し、置き去りにした一件ももちろん心に引っかかっている。でも、それ以上に、亮磨の胸を締めつけ、ちくちくと責めさいなむのは、自分でも理解しがたい、まったく別の感情だった。

耐えきれずに、目をぎゅっとつむる。ホールの喧騒が、すうっと遠ざかっていく。目の前に、真っ青な四百メートルトラックがよみがえってきた。つい数時間前、そこでさちといっしょに走っていたことが、どうにも信じられない。

十周、四キロ。一キロあたり五分のペース走――。

「心を一つにしよう。いっしょに走ろう」

さちの声が、すぐそこに――耳元に聞こえてくるような気がする。

「私はできると思う。亮磨君となら、できる」

真っ赤なロープと、さちの笑顔が浮かんでくる。

「今日が、いよいよ私たちのスタートだよ！」

さちが差し出すロープを、思いきってつかんだ。

さちが、冗談めかして、体をぐっとかがめる。

「位置についてぇ……」

「よーい、どん！」

亮磨はさちとともに、真っ青なトラックを走りだした。

徐々にスピードに乗ってきて、着地の瞬間の負荷が大きくなる。

「オーケー！　このくらいでキープしよう！」さちが亮磨のほうへかるく顔を向け、うなずいた。「いいペースだよ！」

一キロ五分のペースは、走りなれているさちにまかせて、とりあえず手足の動きに集中することだけを考える。

「あと五メートルでコーナーです！」

順調だ。頰が風を切る。少し冷たい気温が心地よい。息も切れていない。青い地面と、白いラインが足元をスムーズに流れていく。

さちとの動きは完璧に合っている。二周――八百メートルまでは、あっという間だった。三周目のコーナーをまわって、バックストレートへ。

もうすぐ、一キロ。スタート地点から、芝生を突っ切り、反対側に移動してきた廉二が、タイムを読み上げてくれる。

「五分ちょうど！」廉二が大きく一度手をたたく。「いいね！　その調子で行こう！」

廉二の叱咤《しった》の声と、打ち鳴らされる手の音が、急速に背後へ退いていく。何かをつかんだ気がした。意識しないでも、さちのリズムが自分のリズムになっていく。心が空っぽになって、自動的に手足が回転していく。

亮磨君、と突然呼びかけられたのは、コーナーの手前だった。

「このまま聞いててほしいんだけど……」さちの息はまったく切れていなかった。「亮磨君はキツかったら、しゃべらなくていいからね」

いったい、なんだろう？　亮磨は思わず、となりを走るさちを見やった。前髪が揺れている。心と体のバランスを平静に保ちながら、さちの言葉を待つ。

「亮磨君を誘って、本当によかったなぁって思って。ありがとね」

「えっ？」つい、コーナーの指示を忘れてしまった。けれど、さちはスムーズに体重移動を行って、亮磨の走りについていく。

「亮磨君を誘ったときね、私、本当にドキドキしたんだよ」呼吸の合間に笑う。「やっぱり、相手の表情がわからないからさ、私の場合。ああいうときって、すごい不安になってくる」

直線に入った。もうすぐ、三周。一・二キロを過ぎる。

「亮磨君、最近、ドキドキしたことある？」と、聞きながら、さちはすぐに自分で話を進めてしまう。「私はね、目が見えなくなってから、もうドキドキすることが多くて、大変なの。たとえばね……」

思わず、苦笑いしてしまった。おしゃべりな、さちらしい。

「たとえば、歩いてるときに、いきなり後ろから肩をたたかれることが多くて。介助を申し出てくれる人が大半なんだけど、私、歩くことだけに集中してるから、ホントにびくっと体が跳ね上がるよね」

調子はよさそうだ。スムーズな走りと同調して、口もなめらかにすべっていくようだった。

「まだまだ、いっぱいあるよ。でもね、あんなにドキドキしたのって、目が見えなくなったあとで思い起こしてみると……」さちが、短く「ふっ」と笑う。「ホントにびっくりしたんだけど、走っててへとへとになってるときさぁ、廉二君にいきなり、好きだって告白されたときがあって、それがいちば……」

そこまで言いかけて、さちが急に口をつぐんだ。互いの呼吸の音が、沈黙を逆に際立たせる。

亮磨はごまかすように怒鳴り声を上げた。

「……三周目、終わります！」

おそらく、緊張している亮磨をリラックスさせるために、さちは声をかけつづけてくれた。本来の競技者と伴走者の役目からしたらまったく逆なのに。亮磨君とは、楽しく走りたい――さちの言葉を思い出す。その心づかいは本当にありがたかった。

けれど、言わなくてもいいことまで、思わず口走ってしまったらしい。さちの気まずそうな表情を目の当たりにして、亮磨は複雑な気分にさせられた。体の中心が燃えるように熱くなった。そのわりに、体の表面はからからに乾燥した冬の風に吹かれて冷えきっていた。一度言いかけたなら、ちゃんと言ってほしい。それとも、まだまだプライベートなことを話すほどの仲ではないと思われているんだろうか？

こんなに近くを並走しているのに、互いのうめがたい距離感を思い知らされた。そんなさみしさもあった。だけど、それ以上に、おぞましくて、醜くて、どろどろしていて、真っ黒い嫉妬の感情がわいてくるのをとめることができない。

俺がさちの伴走をつとめるのが許されるとしても、そんなよこしまな感情を抱くことだけは絶対に許されないのに。けれど、気持ちよく流れる周囲の風景のようには、さちの言葉は亮磨の心のなかでうまく消え去ってくれなかった。むしろ、忘れようとすればするほど、トラックを走っているように、ぐるぐると同じところに立ち返ってしまう。

「廉二君もね、亮磨君のこと、だんだん認めはじめてるんだよ」さちがようやくつぶやいた。「厳しいことも言うけど、それも期待の裏返しだからさ」

それっきり、さちはふたたびだまりこんでしまった。廉二の告白に対して、さちがどう返事をしたのか、今はどういう関係なのかということは、宙に浮いたまま、うやむやにされてしまった。

四キロは長いようで短かった。短いようで長かった。結果的に、亮磨とさちは二十分三秒という、ほぼ完璧なペースを守ってゴールした。

「だいぶよくなったな！　フォームも適切だと思う」はじめてほめてくれた廉二の視線から、とっさに逃れた。

まだまだ走れた。むしろ、このまま一人でどこまでも走っていきたかった。達成感はまったくわいてこなかった。

これから、はじまる。さちとともに走る、四月への道のりが、はじまってしまう。

「じゃあ、次に発言したい人！」

社長の威勢のいい声で我に返った。撮影のライトが目にまぶしかった。亮磨は迷いなく右手を突き上げていた。

愛に感化されたわけではない。光の届く海面に浮上したいわけでもない。

退却不可能なところまで、自分を追いこむしかないと思った。みんなの前で、しかもテレビカメラの前で話してしまえば、既成事実ができあがる。俺がどんな感情を抱こうと、どんなに後ろめたさを抱こうと、さちといっしょに走るしかなくなる。

社長と目が合った。またもや、驚愕の表情を浮かべている。

「亮磨！」社長の声でいっせいにスタッフたちが後方を振り返る。やはり、みな一様に驚いているようだ。

たくさんの視線が降り注ぐなかを、前に進む。もう、物怖じはしなかった。覚悟を決めた。

「僕、夢ができました」

なるべく大きな声を心がけて話しだした。捲土重来のスタッフたちの目も、テレビカメラの圧力も気にならない。

「来年、フルマラソンに出たいと思っています」

おぉ〜と、歓声が上がる。柴崎が胸の前で小さく拍手するのが見える。

「しかも、ふつうのマラソンじゃないんです。視覚障害の方をガイドして、並走するんです」

マジで⁉と、素直な反応が返ってくる。クミの「すごい！」という声も聞こえる。

「輪になったロープを互いににぎりあって、となりを走るんです。僕はもう一人の伴走者と分担して、二十キロを走る予定です」

ただ事実だけを淡々と語った。ここまでスムーズに言葉が出てくることに、自分でも驚いていた。腹がすわっていた。

「いっしょに走る視覚障害の方の目標は三時間半です。僕は、ランニングは初心者で、今はまだはっきり言って自信がありません。でも、これから練習を重ねて、なんとかその時間を切れるように、がんばりたいと思います」

頭を下げた。拍手が降り注いだ。

「いやぁ、今日はいい日だ！　なんていい日なんだ！」

社長が肩を抱いてくる。強引にゆすぶられるまま、うつむいた。

「俺、この店やっててよかったよ！　ホントによかったよぉ！」

クミがハイタッチを求めてきた。伏し目がちのまま、手と手を打ち鳴らす。そのあとは、次々と渋谷本店のスタッフたちとハイタッチを交わした。仕込みに入った愛がこの場にいないことが救いだった。

とにかく、一歩も引けない崖っぷちに立たされたことだけはたしかだった。自分の気持ちがかき消せないのなら、この気恥ずかしさも、さちへの恋愛感情も、罪悪感も、すべて背負って、走っていくしかないと思った。

ミーティングは無事に終了した。撮影はいったん中断したけれど、どうやら営業中もつづけられるらしい。スタッフたちの立ち働く様子を撮るそうだ。

亮磨は着替えるために、厨房の前を横切った。

「見損なったよ」

突然、愛の声がした。「白根愛専用踏み台」の上から、亮磨をキッと見下ろしてくる。

「お前の声、ここまでしっかり聞こえてたぞ。お前はそっち側の人間じゃないって言っただろ」

だから、そっち側って、どっちだよ！　思わず声を荒らげそうになった。けれど、相手にする必要はないと、すぐに思いとどまった。亮磨は無視して、愛の横を通り過ぎようとした。

「なんのために走るんだ？　なんのために、目が見えない人を助けて走る必要があるんだ？　たのむから、教えてくれよ」

立ち止まった。なんのため……？　自分でも、もうよくわからなくなっている。

愛が踏み台から降りた。今度は下から見上げるように、ねめつけてくる。

「お前、笑ってたよな。ボランティアを、偽善だって。お前は、偽善者か？」

あまりの至近距離に耐えきれず、この場から立ち去ろうとした。が、愛が袖をつかんでくる。

「立派だって、えらいねって、誰かにみとめられたいのか？」

そう言って、袖を左右に揺さぶる。

「だったら、私がいるじゃないか。君がそこにいるってことを、私はみとめてる。亮磨がただここにいてくれるだけで、私はいい。走る必要なんかない。ただ、ここに存在して、生きているってことだけを、みとめてる」

つかまれている袖口から、稲妻《いなずま》がつたわって、全身に電撃が走ったような気がした。亮磨は、そっと愛を見下ろした。

下唇を噛みしめている愛の、魅力的な言葉に、心が、体が、ズズッと引っ張られていく。たしかに、愛の言うとおり、あんなに苦しい思いをしなくてもいいじゃないか。

さちのとなりを走るのは、二重に苦しい。

体が単純に苦しい。芝生に倒れこみ、酸素をあえぐように吸ったときの、あの苦痛。

そして、何より心が苦しい。さちを倒したことを偽りつづけている事実。さちを好きになってしまった、この気持ちを押し隠しながら、彼女の呼吸がすぐそこに聞こえるほどの至近距離で並走しなければならない、もどかしさ。やり場のなさ。

このまま、愛と捲土重来でつつましく働いていけば、そんな苦しい思いをしないですむ。二人で、チューブワームのように心地のいい深海に沈んだまま、浮上していく人たちを見送るのだ。調理師免許をとって、独り立ちする太田を見送る。質素な朝食を食べながら、朝ドラに出ているクミを笑顔で見送る。それでいいじゃないか。それの何が不満なんだ?

亮磨君!

突然、さちの声が聞こえた気がした。

いっしょに走ろう。意味のある悪あがきをしよう!

「すいません!」

亮磨はとっさに、袖口をつかむ愛の手を振り払った。

「亮磨……」愛が泣きそうな顔で見上げた。「私、亮磨のことが……」

「すいません!」足早に立ち去った。

バカ!　バカ野郎!　男子用の更衣室に飛びこんで、後ろ手でドアを閉めた。荒い呼吸を繰り返しながら、何度も何度も、自分の太ももをたたいた。感覚がなくなるまでたたきつづけた。

# 黒いマフラー

年が明けた。さちが出場する、「かすみがうらマラソン兼国際盲人マラソン2016」は、四月中旬に開催される予定だ。十二月に三人のエントリーを終え、もう後戻りのできないところまで追いこまれていた。

居酒屋のほうは、クリスマス、忘年会シーズンを過ぎ、新年会の予約が次々と舞いこんでいた。亮磨は生まれてはじめて、忙しい、という感覚を味わった。体はもちろんキツかったけれど、何も考えなくてすむという点では、ありがたかった。

働き、走り、筋トレし、眠るときは数秒で、闇の底にたたきこまれる。疲労がずっしりと体にたまっていて、家にいるときは、愛のことも、さちのことも、そのほかの余計なことも思考にのぼらない。

とはいえ、働いているときには、愛がキッチンにいる。走るときには、さちがすぐ手の届くところにいる。亮磨は心を無にし、自分がなすべきことだけに集中しようとした。

一人でランニングするときや、さちと二人で走るときは、ジョギングコースを周回した。廉二がくわわり、三人で練習するときは、必ずトラックを利用した。

心肺機能を高める、スピード系のトレーニングを行うには、競技場の四百メートルトラックを使ったほうがやりやすい。距離が一目瞭然だし、ジョギングコースと違って通行人もいないので、走ることだけに集中できる。けれど、スピード系、というだけあって、体への負荷はとてつもなく大きい。なかでもインターバル走と呼ばれる練習がいちばんつらかった。

「じゃあ、四分のペースで行くぞ！」スタートラインに立った廉二が振り返って叫ぶ。

亮磨はうなずいて、さちの差し出すロープをにぎった。さすがのさちも、この練習は苦手らしく、表情がこわばっている。

廉二が一人で先頭を走り、ペースメークする。亮磨とさちが並走し、そのあとをついていく。一キロ四分という、亮磨にとってはかなり速いペースで一キロを走り、残り二百メートルを、速度を落としてジョギングする。その間に呼吸を整え、次の一キロにそなえる。このワンセットで、トラック三周分だ。これを五セット行う。

最初に説明を聞いたときは、なんだ、たった六キロ走ればすむのかと思っていた。

それなりに距離を踏んで、自分の走りに対する自信もついていたし、四分のペースとはいえ、二百メートルはジョグで休めるのだ。五セットくらいなんとか耐えられるだろうと思った。

「よーい、スタート!」廉二が時計のスイッチを押しながら叫んだ。その瞬間に、はじかれるようにして走りだす。亮磨はさちの手足の動きに集中しながら、廉二の背中に食らいついていった。

四分ペースとなると、疾走、という言葉がぴったりくるほど速かった。流れる景色のスピード、頬にあたる風圧が断然違う。フォームを崩さないように、丹田を意識しながら、風を切り裂いて走る。

一セット目はまだ余裕があった。一キロを走りきって、さすがに息は切れているけれど、二百メートルのジョギングでリカバリーする。目いっぱい酸素を吸いこみ、二酸化炭素を吐きだす。

けれど、二セット目、三、四セット目と、徐々にキツくなってくる。視界がかすんできた。まさに天国と地獄で、二百メートルのジョギングは、まるで温泉につかっているかのような、空中にふわふわと浮かんでいるような恍惚《こうこつ》感に包まれる。もうすぐそこに、地獄の苦しみが待ち受けている。

さちの呼吸も荒い。口を大きく開けて、肩で息をしている。

「コラ！　いくらなんでもおそいぞ！」廉二が走りながら、振り返った。「ジョギングだぞ！　ここでサボると、本番のいざというときに跳ね返ってくるぞ！」

頭に怒鳴り声がガンガン響いてくる。二百メートルが終わってしまうのが、とてつもない恐怖だ。息はほとんど整っていない。ドクッ、ドクッと、心臓がありえないほどのスピードでビートを刻んでいる。手袋を脱ぎ捨てたい。寒風が頰と耳だけを切りつけるように吹きすさぶ。

「はい、最終セット！」ふたたびスタートラインに戻ってきて、廉二がぱんと手を打ち鳴らした。「気合い入れて行こう！」

ため息を漏らす余裕もなかった。さちとともに、廉二の背中を必死で追いかける。

さちも余裕はなさそうだ。となりをぴったりと、激しい呼吸音が並走していく。ちらっと横をうかがうと、頰だけが真っ赤になっている。

「オーケー！」五セット目を走り切って、廉二が叫んだ。「じゃあ、ジョグで戻るぞ！」

最後のジョギングは、さちとともによろよろと走った。もはや手足の動きはばらばらで、合わせる気力も残っていない。

スタート地点に戻ると、さちを安全な場所まで誘導した。ロープを離し、芝生に倒れこむ。肺の呼吸だけでは足らず、まるで皮膚の表面からも酸素をとりこんでいるかのように、全身がはげしく脈打っている。

　さちも息が絶え絶えだ。膝に手をついて、速い呼吸を繰り返している。

「これからセット数を徐々に増やしていくつもりだから、そのつもりでいてね」と、廉二が妙にやさしい口調で言った。一キロ三分台で走ることのできる心臓と肺を持っているのだ。四分ならまだまだ余裕があるのだろう。「じゃあ、ちょっと休んだら、もう一本やりましょうか」

「えぇっ！」さちが荒い呼吸の合間に叫んだ。「鬼！」

「そろそろ、さちも自覚を持ったほうがいいぞ」と、廉二は意に介さない。

「ねぇ、亮磨君、何か言ってよ、この鬼教官に！」

「ま……まあ」亮磨は芝生からようやく起き上がった。心を殺しながら答える。「必要な練習かなと思います。とくに僕は、ただでさえ初心者なんで」

「真面目だなぁ、亮磨君は」と、さちは感心した様子で言った。「でも、キツくない？　ムリしてない？　最近、めっちゃ寒いし、私はちょっとサボりたい気分だよ」

「ちゃんと、やりましょう、マジで」思わず声が冷たくなってしまった。しまった、と焦った。けれど、おそかった。

　さちが、恥ずかしそうにうつむく。頰が赤いのは、寒いなかを走ったせいなのか、亮磨の放った冷たい言葉のせいなのかはわからない。

さちは、たぶん俺のことを気づかって、わざとやる気のないような発言をしているんだ。そんなことは、ちゃんと心得ている。このなかで、いちばん体力と走力がないのは、俺なんだから。

でも、その気づかいこそが、亮磨にとっては、苦しみの元凶にほかならなかった。今は、さちのやさしい心から、遠く、遠く、離れるほうへ向かいたいと願っている。

「おいおいおい、亮磨君がさちといっしょになって、鬼とか、悪魔とか言ってくれないと、俺のキャラが生きないんだけどなぁ」

廉二がすかさずフォローにまわった。一見、変人のようだけれど、廉二は愛とは違って空気も読めるし、さちが困惑しているのもしっかり感じとっている。

「君まで、陸上バカみたいなキャラになったら、俺とかぶっちゃうぞ」

「そうだよ！　二人も陸上バカはいらないよ」さちも、なんとか場を明るくしようとしている。「私、四十二キロ、ずっと二人も熱い人をとなりにして、走りつづけなきゃいけなくなっちゃうよ」

「俺は、ただ練習したいだけです！」思わず、怒鳴り声を上げてしまった。

「どうしたの？　亮磨君、疲れてる？」

さちが、亮磨のほうに一歩近づいた。亮磨はそっと退いた。その気配を感じたのか、さちは立ちどまり、悲しそうな顔を廉二のほうに向けた。

「いちばん年下なのにさ、亮磨君、私たちと違って毎日、働いてるんだから。しかも立ち仕事だよ。ちょっと、廉二君、練習メニューも考えてあげないと」

「そ……そうだな」廉二が、さかんにうなずきながら、腕を組んだ。「あんまり根をつめてやっても、余計な疲労をためるだけだからな」

「いや、もう一本やりましょう。せっかく、三人で集まってるんですし」

これでいい、これでいいんだと、必死に自分に言い聞かせた。

「ねぇ、亮磨君、たまには気分転換でもしない？　今日、お休みでしょ？　これ終わったら、三人で、お茶とか、ご飯とか、どう？」

「すいません……」亮磨はきっぱりとさちに言った。「俺、このあと、用事あるんで」

「そっか……」さちが、一直線の太い眉をぐっと下げた。「それじゃあ、しかたないね」

練習後は、手早く着替えて、自転車に飛び乗った。

あの二人から適切な距離をとろうと決意していた。さちのとなりを走る機械と化せば、余計な苦しみを感じなくてすむ。ただただ、手足を合わせて走り、指示を出し、ゴールまで導く伴走マシーンになればいい。

一心に自転車を漕いだ。上半身を極端に前に傾ける。自分が流線型のスポーツカーになったような気分で、ひたすらペダルを回転させた。前から後ろへと過ぎていく空気の流れが見えるような、そんな気がした。

　さちさん……。

　思わず、心のなかでつぶやいてしまった。

「さちさん……」今度は口をついて、呼びたくない名前が、出てきてしまう。どうしようもなく、切なくなった。

　涙がにじんで、視界がぼやけた。乾燥した一月の冷たい風が、目にたまった水分をさらって、すっかりかわかしてくれるのを、待つしかなかった。

　愛ちゃんが勇気をふりしぼって告白したのに、亮磨はフッたらしい。しかも手ひどくフッたらしい――そんな噂が捲土重来で流れているのを知ったのは、翌日のことだった。

　太田に「まあ、わからんでもないけど、もうちょっとやり方があっただろ、仮にも女の子から告白されたんだから」と、突然言われて、なんのことかわからず、問いつめた。太田いわく、その噂は渋谷本店のほとんど全員が知っているらしい。

「だって、手を振り払って逃げたんだろ？」と、太田は細く整えた眉毛のあいだにしわをよせた。「愛さんも、あれですげぇ繊細なところがあるんだからさ。俺、ときどき、あの人のことが、小鹿とか、野ウサギとか、そういうか弱い動物に見えるときがあんだよ」

いったい事実がどう曲げられてつたわっているのか、こわくて噂の詳細をたしかめることはできなかった。そもそも、告白はされていない——と、思う。その前に、逃げ出したのだから。

しかし、誰が話を広めたのだろう？　愛本人が、誰彼かまわず自分のことを話すとは到底思えない。

すぐに、一人の人物に思い至った。社長だ。愛は、なぜか社長には、なんでも相談しているらしい。不思議な関係だと思う。職場の上司と部下という関係以上の親密さを感じるのだ。とはいえ、親子のような感じでもない。いい歳した女の子が、父親に恋愛の相談などしないだろう。ましてや、友達というのも違う。社長と愛が親友というのも、なんだか吐き気がする。

愛が家に突然押しかけてきた件だって、きっかけは社長の差し金なのだ。とにかく、一度文句を言わなければ気がすまない。

そんなことを考えながら、大きく息を吐きだして、スタッフルームを開けた。

「どうした？　ため息なんかついて」

聞きなれた声が部屋のなかから聞こえてきて、思わず扉を開ける手をとめた。おそるおそるなかをのぞきこむ。だぼだぼのコック服を着た愛が、テーブルに肘をついて、こちらを見ていた。今さら引き返すのも不自然だ。亮磨はあきらめて、休憩用の大きなテーブルの、愛からいちばん遠い対角線上の場所に座った。

いくらうまくさけていても、同じ店に勤めている以上、どうしても接点はできてしまう。「亮磨君、今のうちに、休憩行っちゃって」——そう言った柴崎が、やたらとにやついていたのを思い出した。あの半笑いは、絶対に愛が休憩中なのを把握《はあく》している表情だった。

敵は社長だけじゃなかった。なんで、こんなにも俺と愛をくっつけたがるのか……。

二人きりだった。愛がじっとこちらを見つめている気配がつたわってくる。視線は合わせられない。無言に耐えきれず、更衣室から取ってきたスマホをいじった。

そういえば、ランニング用の腕時計を買わなければいけないと思い立って、ネットで調べはじめる。やっぱり、GPS機能がついているものは高い。どれにしようかと迷っていると、スマホが震えた。さちからのラインだった。

〈昨日、様子がおかしかったから、大丈夫かなって思って。本当に疲れてない？　大丈夫？〉

少し迷ってから、〈大丈夫です〉と、簡潔に返事をした。すぐに既読が表示された。さちが真っ暗な部屋のなか、ボイスオーバーの読み上げ機能で「大丈夫です」という冷たい言葉を聞いている、そんな情景をつい想像してしまう。

ふたたび、大きなため息をついた。愛がそばにいることを忘れていた。顔を上げて、そっと斜め前方をうかがう。目と目が合ってしまった。

「月9っていうのを、観てるんだけどさ、最近」愛が唐突にしゃべりはじめた。「今まで仲良くしてた男と女がさ、いきなりよそよそしくなっちゃったんだけど、どういうことかわかる？」

「えっ？」亮磨は言葉につまった。かろうじて、答える。「ちょっと、そのドラマは観てないんでなんとも言えないんですけど……」

わざとこんな話題を振ったのだろうかと、少しいらついた。まるで当てつけのようじゃないか。とはいえ、愛のことだから、純粋に疑問に思って聞いているのだと、わかってもいた。

「女の人が、男の人にキスをするんだ。それで、すごくいい感じで仲良くなったんだけど、なぜか次の日には、男の人はすげぇ冷たく接して……」

愛がたどたどしく説明しているのを聞きながら、さちから返ってきたラインを確認する。

〈大丈夫ならよかった。亮磨君の真剣さはすごいつたわってきたよ。よかったらつぎの休みの日に二十キロ走ろう。亮磨君は二十キロはじめてだよね。廉二君もそろそろ

いいだろうって言ってくれたから〉

〈了解です。よろしくお願いします〉と、ふたたび簡単に返事する。

「でねでね……」と、そのあいだにも愛の話はつづいていた。「男の人は、べつの女の人といちゃいちゃしだして、つきあおうってことになって、もともと仲良かった女の人は、なんで冷たく接してくるのか、全然わかってなくてさ、すごい戸惑って、泣いて……」

愛のメガネが曇っている。いつものように、指紋や油のはねで汚れている。

「それって、どういうことなのかな？　なんで、いきなり、男は冷たくなるの？」

「ちょっと、メガネ貸してもらっていいですか？」

「メガネ？」愛が素直に丸いフレームのメガネをはずして、亮磨に手渡した。

亮磨は丸い油の玉の浮いたレンズに息を吐きかけた。一枚、箱からティッシュを抜き取って、丁寧にふく。しつこい汚れは、なかなか落ちなかった。

自分でもなんでこんなことをしているのかわからなかった。愛のために、ふと何かをしてあげたいと思ったのだ。

「これで、きれいになりました」

メガネをかけ直した愛が、叫び声を上げた。

「すげぇ！　世界がきらきらして見える！」

いったい、どれだけレンズをふいていなかったのだろう。まるで、世紀の大発見をしたような、本当にきらきらした目で見つめてくる。亮磨は無性に愛をいとおしく感じた。そんな気持ちを打ち消すように答えた。

「さっきのドラマの話ですけど、それはフィクションですよ」

「フィクション？」

「しょせん、つくりものなんです。だから、ドラマで人間の感情や生活を知ろうっていうのはムリなんじゃないですかね」

「そっか……」愛が何度もうなずく。「そうだよなぁ。だって人間が頭でつくってる話だもんな。あやうくバカ社長にだまされるところだったよ」

愛はきれいなレンズで、世界のありのままを見つめる。その心には、一点の曇りもない。

手ににぎったスマホが震えた。〈こちらこそ、よろしく！〉。ラインは開かず、待機状態のディスプレイに表示されただけの、さちの返事を一瞥した。

「やっぱ、亮磨は社長と違って頭いいなぁ。もし前科がなかったら、大学行けるのになぁ」愛が感心したように笑う。

「あの……、前にも説明したと思うんですけど、保護観察だから、前科はないんです」

「でもさ、これからもし大学入ったら、ボランティアサークルに入っちゃうんだろ？」

「そんなサークル、入らないですって！」

思わず亮磨も笑ってしまった。愛が自分を笑わせるために、ギャグのようなものを発したということが信じられなかった。もしかしたら、俺、すげぇ辛気くさい顔つきをしていたのかもしれないと、ふと気がつく。愛にまで気をつかわせてしまうなんて、よっぽどひどい表情をしていたのだろう。

心を殺すのは、さちの前だけでじゅうぶんだ。亮磨は自分にそう言い聞かせた。

二十キロ――いつかは、走らなければならない、未知の距離。いくら頭で考えてみても、想像はつかなかった。走りきれる自信もあまりない。

「一周が約二・一キロだから、厳密にいうと、十周で二十一キロになるんだけどね」

と、さちも髪の毛をしばりながら、緊張した面持ちで言った。「LSDだから、走りきることだけを目標にしよう。今のうちから二十キロ走れるってことが、必ず自信につながるから」

「はい」と、亮磨はかたくうなずいた。LSDはロング・スロー・ディスタンスという練習法だ。ゆっくりと、長い距離を走るトレーニングで、持久力をつけるのが目的らしい。

競技場のトラックで、準備運動とアップを入念に行ってから、トレーニングルームの入り口を起点に出発した。ペースを度外視したおそいスピードで、完走を目標にする。

時刻は二時だった。平日でも、多くの市民ランナーが走っている。ジョギングコースはレーンがくぎられているけれど、周囲には歩行者や自転車がさかんに行き交っている。気をつかわなければならないことは多かった。

「ちょっと、速度落としましょう。自転車をやり過ごしてから行きます」

「犬、平気ですか？　さちさんのほう、犬のすぐそばを通ります」

だんだんと周りが見えてきた気がする。もちろん、一キロあたり六分半ほどのゆったりとしたペースで走っているので、指示や注意もつたえやすいし、右によけるか、左によけるかなどを判断する、時間的な余裕もある。

日差しもあって、一月のわりには、ぽかぽかと暖かい陽気だった。長袖のウィンドブレーカーを着ているのだが、すでに全身にうっすらと汗をかきはじめている。心地よいスピードと温度に、思わず気が緩んでしまった。

「あっ、凧《たこ》！」

余計なことまで口走ってしまった。中央広場の上空に、無数の凧が上がっていた。

「タコ？　もう、お正月だいぶ過ぎてるけどね」

「けっこう本気のやつですね」

「本気？　できれば、どんな感じか教えてくれる？　亮磨君なりの言葉でいいから」

「そうですね……」亮磨は走りながら、顔を上げた。「遊びっていう感じじゃないですね。おじさんたちが、すごい高くまで上げてます」

「どのくらい？」

「一番高いのは、たぶんビル、四、五階分くらいはあるんじゃないかなぁ。手元から白い糸がすぅっと伸びて、それが見えなくなって、青い空にぽつんと豆粒くらいの凧が浮かんでます」

「そっかぁ」さちは顔を上げて、まるではるか上空を見透かすように、目を細めた。

「いいなぁ」

何に対する「いいなぁ」なのかは、わからなかった。凧を上げている人に対してなのか、それが見える亮磨に対してなのか、もっと漠然と、青空に凧が上がっている情景そのものに対して発せられた言葉なのか……。

でも、この抜けるような冬のきれいな青空も、そこに浮かぶ凧も、広場で元気にかけまわる子どもたちも、さちの目にうつることはないんだ。同情しているわけじゃない。ただ単純に、目の前の風景を共有できないことがさびしかった。

亮磨は今さらながら、さちのおかれている状況を思い知らされた。

さちは、ただひたすら暗闇のなかを走りつづけている。コースを自分の目で確認することはもちろんできない。尻尾を振りながら、散歩するかわいい犬を眺めることもできない。公園に咲く、季節の草花を楽しむこともできない。

目隠しをされた状態で、二時間も、三時間も、ルームランナーを走らされると考えるとぞっとする。でも、さちのことを考えたとき、それは決して大げさな想像じゃないのだ。

「あのね、できればでいいし、もちろん余裕がある状態のときでいいんだけど」と、さちが遠慮がちに言った。「走ってる最中に、何か目をひくような景色とか、きれいなものとかがあったら、簡単でいいから、教えてくれると助かるかも」

そう言われた瞬間、ぱっとひらめくように理解した。目が見えない相手でも、景色は共有できるんだ。俺がありのままをつたえればいいんだ。俺の言葉によって、さちをとりまく暗闇に、ほんの少しでもいろどりがくわわれば……。

「私って、わがままかな？」さちが、走りながら、不安そうに首を傾ける。「やっぱり、大変？」

「いや、そんなことないです！」

視覚障害の競技者を、できるだけ快適に走らせるのも伴走者の役目なんだ。景色や、咲いている花や、変わった情景を教えて、気分転換させたり、テンションを上げてもらったりすることも大切なんだ。

「俺がさちさんの目になりますから！」

心を殺して伴走マシーンになる――そう誓った矢先に、感情的なことを口走ってしまった。あわてて、つけくわえた。

「もちろん……、廉二さんもいるわけですし」

亮磨とさちの足音は、寸分のくるいもなく、重なっている。もはや意識しないでも、ぴったりと腕の振りとストライドは一致させられる。いっしょに何キロも走っていると、ときどき、変な感覚におちいることがある。

二人で走っているのに、一人で走っているような、さちの体が自分の体の延長と化していくような、不思議な一体感を感じる。まるで、何年もいっしょにこうしてとなりを走ってきたかのような……。

ちらっととなりを走るさちを見た。髪を一つにしばっている。あらわになったうなじの後れ毛が、汗で濡れている。亮磨はあわてて、顔を前方に向けた。

だからこそ、感情を消さなければならない。余計な私情はさしはさまない。ちょっとでも心を許せば、あらぬ方向へ気持ちが傾いてしまいそうだった。さちを好きだと一瞬でも感じてしまったあのときの気持ちに。

「ありがとう」という、さちの言葉に、「いえ」と、短く返す。気持ちを引き締めなおした。

亮磨は前を見た。階段の横にスロープが設置されている。ジョギングコースはそのスロープを下らなければならない。狭いうえに、急な下り坂なので注意が必要だ。

「あと五メートルで、橋が終わります。スロープの下り坂です！」

いくらさちが駒沢公園を毎日のように走っているとはいえ、ここがいちばん危険なのは間違いない。

「三、二、一！」

目測で、距離を読む。

「はい！　下ります！」

勢いを殺すことなく、一気にスロープを駆けていく。平坦な道に出てから、さちが感慨深そうに言った。

「うまくなったねぇ。指示がスムーズになった。すごい安心感」

何も答えられなかった。べつに呼吸が苦しいわけじゃない。ありがとうございます、という、その一言が、喉の奥で引っかかる。それっきり、さちもだまりこんでしまう。

それにしても、あまりにもよそよそしすぎて、不審に思われるんじゃないかと考えた。この前も、廉二を巻きこんで、三人の空気をかなりぎこちなくしてしまった。感情を殺すにしても、もっと穏便な方法はあるはずだ。さちには、心地よく走ってほしい。たとえ暗闇のなかを走るとしても、楽しく走ってほしい。俺が心から願うのはそれだけだ。

少なくとも、走っているときだけは、明るく、楽しく接しようと思った。適当な話題を見つけようと焦っていたら、あらぬ言葉が飛び出てきて、自分でも驚いた。

「廉二さんと……」

「廉二君がどうした？」

「つきあってるんですか？」

バカか、俺は！　何、バカなこと聞いてんだよ！

さちの顔が、真っ赤になる。

「すいません！」亮磨はとっさにあやまった。「今の、忘れてください」

高校の制服を着たカップルが、手をつないで歩いている。赤ちゃんの乗ったバギーを押しながら、颯爽とスレンダーな母親がランニングしている。世界はこんなにも光り輝いている。それなのに、なぜ俺は使い古された廃油みたいな、どす黒い、破滅的な感情を体のなかにためこんだまま、走る、という健康的な動作をしているのだろう？　心と体が、空中分解して、ばらばらになりそうだった。

さちがおずおずと答えた。

「今度のフルマラソン、目標を達成できたら、お願いしますって答えた、半年前。それまで待ってって、私は言った。廉二君は、わかったって」

さちの曖昧な言葉を、亮磨は頭のなかで整理した。

「つまり、三時間半を切れたら……ってことですよね？」

「そのつもりなんだけど……」

空き缶を靴の裏で押しつぶすように、嫉妬の感情を強く強く圧縮して、何も感じないようにした。それよりも、煮えきらないさちの態度のほうが気にかかる。亮磨はさちの言葉を待った。

「でもね、最近、廉二君、急によそよそしくなって」

「廉二さんが？」

一周を走り終え、ふたたびトレーニングルームの入り口に戻ってきた。あと、九周。ガラス張りになったトレーニングルームのなかで、エアロビクスのような体操をしている女性たちが見えた。亮磨はさちの心中を察して、なるべく明るい調子で答えた。

「大会も近くなってるし、きっと練習のときは伴走者として、一線引こうと思ったんじゃないですかね？　陸上に関しては、バカ真面目な性格ですし」

「いや、プライベートでも、廉二君、すごく冷たくなった。最近ね、あの人がいったい何考えてるのか、正直、わからないんだ。もちろん、もともと私が表情をうかがうことができないっていうのもあるかもしれないけどさ」

ドラマなんて、しょせんフィクションだ、つくりものなんだと愛には答えてしまった。けれど、もしかしたら私生活で起こる細かい感情の機微みたいなものを、映画やドラマやマンガは誇張して描いているだけで、根本はあまり変わりがないのかもしれない。まともな恋愛経験もない、未成年の自分が訳知り顔で答えてしまったことを深く恥じた。

人に急に冷たくあたってしまうことも、たとえ自分のなかでは整合性があったとしても、その相手にとっては理不尽で、不可解極まりない行動にうつってしまうものなのかもしれない。俺がさちと必要以上に仲良くなるのをさけようと決意したのも、自分のなかでは正しい選択だと思っている。でも、きちんと理由を説明しなければ、さちには到底理解ができない。でも、俺はその理由を言うことができない。俺も苦しい。さちも苦しい。結局、何も生み出さない。

「たぶん、廉二君、ほかに好きな人ができたんだと思う。それに、やっぱりさ、私は障害者だから荷が重くなったんじゃないかな」

「そんな、まさか……」これ以上、さちを悲しませるのは、俺が絶対許さないから

——廉二の吐いた言葉を思い出して、亮磨はいらついた。もしかしたら、廉二もさちに対して何らかの後ろめたさや悩みを抱えているのかもしれないと考えた。さちは、それが理解できず、わかりやすい理由を見つけて、納得しようとしている。ほかに好きな人ができたから、私は障害者だから、と。互いの気持ちは離れていく一方だ。

「廉二君は、ケガする前は、もともと陸上で実業団に入るつもりだったらしいんだけど、四月から四年で、自分の夢をあきらめて、ふつうに就活をはじめたみたい。だから、きっと出会いもたくさんあるだろうし、ね」

さちさんを、泣かせたくない。絶対に。自分のしでかした罪を忘れかけて、そう純粋に願いはじめている。右手のロープをぎゅっとにぎりしめながら、亮磨は腕を振りつづけた。

「私自身もね、目が見えなくなってから、好きっていうのが、いったいどういうことなのかわからなくなっちゃって」

なんで、俺たちはもっと器用に生きられないのだろう？　亮磨は叫びだしたくなる衝動を必死でこらえていた。ただ、前を見すえて走りつづけた。

「だって、顔がわからないんだもん。声とか、その人の雰囲気——やさしそうだなとか、とげとげしてるなとか、そういう判断基準しかないから」

さちが、やわらかくまぶたを閉じた。

「生まれつき目が見えなかったら、顔が見えない相手をどう好きになるのかっていう判断基準がしっかりあるのかもしれないけど、私の場合、つい数年前に見えなくなったわけだから、もう何がなんだかわからなくなっちゃって……」

さちの息が少しだけはずんでいた。

「小鳥が卵から出て、最初に見た動くものを親って思うみたいにさ、私が廉二君のことをいいなって思ったのは、外に出てはじめて助けてもらった人だからかもしれないって。そんなことを疑っちゃう自分がすごく、すごく嫌になる」

返すべき答えが見つからなかった。そんなことはないですと、目の見える自分が言うのも、おかしい気がした。結局のところ、俺たちは深いところではわかりあえない。そんなあきらめの感情が深く手足をしばりつけている。

「とにかく……」何か言わなければいけないと焦り、あわてて口を開いた。「とにかく、かすみがうらで、三時間半を切りましょう。すべては、それからです。あと、三ヵ月がんばりましょう」

もし、達成できなかったら？　俺が足を引っ張ってしまったら？　気弱な考えはとめどなくあふれてくる。そんなネガティブな思考を、一つ一つ、ふりほどくようにして、俺たちは走っていくしかないと思った。

「そうだね」さちがうなずいた。「がんばるしかないね」

それっきり、互いにだまりこんだ。しばらく無言で走っていると、前方を走る、二十人くらいの集団を見つけた。

「あ、ランニング合コンだ」

「合コン?」亮磨の声に、さちが反応した。

「若い男女がたくさん、列をなして走ってますね。楽しそうにおしゃべりしながら。おそろいのTシャツを着てるから、社会人サークルみたいなものかもしれないです」

「なんか、ムカつく。どうせ、このあとバーベキューとかやりだしちゃうやつでしょ。一気に追いこすよ」右手を突き上げ、さちがおどけた口調で吐き捨てた。「亮磨殿、今こそ格の違いを見せつけてやろうぞ!」

「了解です!」亮磨は笑って答えた。

さちが急にギアを上げた。亮磨も食らいついた。若い男女の集団を風のように追いこした。

「ヤツら、目をみはってましたよ、俺たちのことを見て」

「あはは。すっきりしたぁ!」

そう言って笑いながらも、さちの笑顔がむなしそうに見えたのは、気のせいだったのだろうか?

二十キロは、意外にもあっという間だった。呼吸の苦しさはまったく感じなかった。多少、膝や股関節がきしむような感覚はあったけれど、とくに気にするほどの痛みはなかった。ただ、両足の裏だけは、じんじんと熱をもったように脈打っていた。

十周を終えて、トレーニングルームの入り口に帰ってくると、さちが右手を高く上げて亮磨に向けた。

「タッチ！」

亮磨は凍りついたように、動けなかった。どんなに心のなかでさちへの気持ちをシャットアウトしても、二十キロもの距離を、すぐとなりでならんで走った達成感と一体感は消し去りようがない。

ついに本番と同じ二十キロを走った。さちと走りきった。こみ上げてくる衝動に突き動かされるようにして、亮磨はさちと右手を打ちあわせた。

はじめてこの競技のおもしろさがわかってきたような気がした。今までは、さちの手足に合わせるのと、自分の走りに必死で、周りを見る余裕がまったくなかった。けれど、今日は違った。さちと景色を共有する楽しみを知った。つらさや悲しみをわけあう、心強さを知った。となりを走ってくれる人がいるだけで、こんなにも自分は強くなれるのだと知った。

徐々に慣れていくしかないと思った。さちが、当たり前のようにとなりにいる、この痛みにも似た感覚に。

そのあとは、ふたたびトラックに入って、ダウンとストレッチを入念に行った。着替えを終え、トレーニングルームを出ると、すでに冬の太陽は西の空に傾きかけていた。亮磨は大きく伸びをした。一月の凍えるような冷気でさえ、心地いいものに感じられた。

「あっ、そうそう、亮磨君に渡したいものがあって」さちがリュックをまさぐった。「ランニングの本なんだけど、参考になるかなぁって思って」

そう言って、一冊の本を差し出してくる。表紙には、『誰でもサブ4達成できる！』という、派手な文字が躍っている。ちょうど、自分でもマラソンの本を探そうとしていたところだったので助かった。

「ありが……」受けとろうとした、その手が一瞬かたまった。一つの疑問が、亮磨を強くとらえていた。

さちが本から手を離す。まったく力の入っていない亮磨の手から、本がすべり落ちた。そのまま、ばさっと大きな音をたてて地面に落下する。

「あっ、ごめん！」さちがすぐにかがんで、足元を手探りした。本はすぐに見つかった。表面をかるくたたいてホコリを払い、ふたたび亮磨のほうに向けて差し出す。

亮磨はかろうじて、その本に手をかけた。が、頭のなかは極度に混乱していた。本⁉　いったい、どういうことだ……？

「これって、さちさんが買って、読んでるんですよね」

「そうだけど」さちが首をかしげた。「それがどうかした？」

「点字じゃないんですか？」

「私、点字は読めないよ。習ったこともないし。そもそも、拡大読書器とか、ルーペとか使えば、ふつうの本が読めるから」

「えっ、ちょっと、待ってください。さちさんって……」

「あれ？　言ってなかったっけ？　私、ほんのちょっとだけど、見えるんだよ」

その瞬間、亮磨は、自分自身こそが、暗闇の底にたたき落とされるような感覚におちいっていた。背中をどんと押されて、暗い海に落下し、深く深く沈んでいくように、周囲の物音が、急にくぐもって聞こえてきた。

混乱して、頭が働かない。亮磨は懸命にざわつく気持ちをしずめようとした。ともすれば、心の動揺をさちに感づかれそうで、音も出さずに深呼吸を繰り返す。

たしかに、全盲だと、さちの口からはっきり聞いたわけではなかった。今までの彼女の様子や、しぐさから、勝手にそう思いこんでいただけだ。

「左目は色や形が、ぼんやりとわかるくらい。右目は０・０１くらいで、左にくらべたら見えるんだけど、視野がものすごく狭くなってるの」と、さちが視力検診のように左目を手でおさえながら説明した。「そうだな。鍵穴から部屋のなかをのぞいてるってたとえたら、わかってもらえるかもしれないな。歩いてるときは、足元だけに集中して、二、三歩先は白杖を使って障害物がないかどうかたしかめなきゃいけないんだ。読書はね、文字の大きさにもよるけど、だいたい五文字くらいしか視野に入らないかな」

視野が極端に狭いのなら、手元を離れた白杖を手さぐりしていたことも納得できる。

「スマホは……？　音声で動かしてましたよね」

「スマホってすごく見にくいんだよね。光るものって、ちかちかしちゃって、すごくまぶしく感じられるし、わざわざルーペ使うのも面倒だし」

「人の顔は？」

「何でもそうなんだけど、全体像を把握するのは難しいんだ。いきなり初対面の人に、思いっきり顔を近づけて観察するなんてこと、できるわけないから」

なんで、俺はさちを問いつめるような真似をしてるんだ……！　まったく見えないよりも、さちに少しでも視力があったほうが——変な言い方かもしれないけれど——そっちのほうが、断然いいに決まってる。ほんのわずかだとしても、手元が見えていれば、生活のしやすさの度合いが、まったく違うだろう。

それなのに、俺は……！

やはり、さちを置き去りにしたあの瞬間からは、どうあがこうと逃れられないのだと悟った。過去の犯罪を告白して、自分の気持ちをごまかしたつもりになっていたけれど、それはさちと自分との関係においては、何の意味ももたなかった。

あのときは……？　あのとき、自分を倒した男の顔を見ましたか？　思わず、聞いてしまいそうになった。ようやくの思いで、踏みとどまった。

「どうしたの、亮磨君？」さちが、不安そうに聞く。「やっぱり、二十キロ、キツかった？」

「いえ……」

その瞬間、はっと気がついた。問題は顔なんかじゃない。亮磨は、さちを倒したあの金曜日の夜の、自分の服装を思い起こした。

鮮明に覚えている。青いチェックのシャツ。かなり目立つ、明るい青だった。靴は……？

今履いているスニーカーだった。赤に、黒のラインが入ったナイキの、一見して特徴的な靴。

厚手のコートの内側で、じっとりと汗をかきはじめている。顔がわからないにしても、同じ靴を履き、同じ服を着た人間が、自分を倒し、ふたたび何食わぬ顔をして助けに戻って来たということは、少しでも視力があれば一目瞭然なんじゃないだろうか？

体と体がぶつかったのだ。いくら視野が狭くても、気が動転していたとしても、相手の服の色くらいは瞬時にわかるだろう。

まさか、と思う。そんなはずはない、と思う。けれど、さちのやさしさが、さちの視線が、今はとてつもなくおそろしく感じられる。

「あ……俺……」呼吸が、はげしくなった。「俺……」

しどろもどろになって、自分が自分でなくなるような、地面に足がついていないような放心状態におちいっていた。そのくせ、二十キロを走りきった足の裏は、熱をもって脈打ち、自分がたしかに生きて、さちの前に立っている、立たされているという事実を、はっきりとつたえてくる。

「すいません、俺……」今すぐ真実を話すべきなのに、できなかった。

冬の陽が沈むのは早かった。あっという間にあたりは薄暗くなっていった。

「亮磨君……」さちが、おずおずと手を伸ばす。「ねぇ、急にどうしたの？」

「やっぱり、俺、さちさんの伴走者にはなれそうにないです」

それだけを言い捨てると、逃げるように立ち去った。駒沢大学駅のホームで、さちを押し倒したあのときのように。けれど、今回ばかりは、考えをひるがえして踵を返すことはできなかった。

さちの目が見えていると知ってしまったからだ。

亮磨は練習に参加することをやめた。さちの目がこわくなった。そして、それ以上に自分自身がこわくなったのだ。

罪の上に、さらに罪を重ねてきた。歩きスマホでさちを押し倒し、善意の第三者のふりをして助けた。それをひた隠しにして、伴走を引き受けた。彼女が真実に気づいているかどうか戦々恐々としながらも、あろうことかさちが全盲であることを期待して、勝手にそう思いこんで一人安心していた。

さちからは、何度もラインが来た。

〈私悪いことしたかな？　亮磨君とまた走りたいよ。連絡ください〉

〈さちさんが悪いわけでは決してありません。これは、僕自身の問題なんです。申し訳ないですが、新しい伴走者を探してください〉──この返事を最後に、無視をつらぬきとおした。さちからのトークの吹き出しが、一方通行で増えていくだけだった。

〈もし、走るのがつらいのなら、伴走をやめてもいいから。亮磨君と友達になりたいです〉

だから、それがつらいんです！　そんな言葉を、ようやくの思いでのみこんだ。はじめてラインを便利だと思った。既読スルーで、拒絶の意思がはっきりとつたえられるからだ。

もちろん、責任をもって四月の大会まで伴走をつとめることも考えた。でも、さちにこれ以上迷惑をかけるわけにはいかないという思いのほうがまさっていた。こんなあさましい気持ちを抱いたまま伴走をしていたら、絶対にさちの足を引っ張るだけだ。

人は、そうそう簡単に変われない、ということだ。

「おう、亮磨、最近元気ないな」更衣室で太田に肩をたたかれた。さちのメッセージが表示されたスマホを、あわててロッカーのなかに放りこむ。

「マジすか？　そんなことないと思いますけど」店の同僚たちには、ふだんどおり接しようと思っていた。ここを出たら、本当に行くところがなくなってしまう。

「そういえば、テレビの放送観たか？　お前のスピーチのところ、ばっちり流れてたよな」

「はっ？」亮磨は耳を疑った。「嘘ですよね？」

「なんだ、観てないのかよ、俺様の雄姿を。ブルーレイに落としといたから、貸そうか？」

ディレクターに気に入られた太田が、仕事中の撮影でピックアップされていたことは知っていたけれど、まさか自分のスピーチが使われるとは思っていなかった。

「笑っちゃうのは、クミのしゃべったところが、全カット」と、太田が両手の人差し指と中指を立てて、はさみで切るようなしぐさをした。「ものすごい気合い入れてたのにな、あの人」

「はは」と、短く笑いながらも、気が気じゃなかった。伴走をやめた矢先に、そんな映像が全国放送されてしまうなんて、最悪だ……。

でも、もう二度とさちと廉二に会うこともないだろう。さちの笑顔に苦しめられることもない。体力の面でも、精神の面でも、心臓が張り裂けそうなほどの苦痛を味わうことはなくなったのだ。

「そういや、愛さんも心配してたぞ。亮磨の顔が死んでるって」トランクス一丁の太田が、亮磨に言った。「今日あたり、メシ行かね？　ほら、ずっと言ってただろ。給料出たら、行こうって」

「はい、ぜひ」亮磨は、太田の肩に彫られた幾何学的なタトゥーから目をそらしながらうなずいた。「行きましょう」

さちの伴走をやめて、肩の荷がどっと下りた。結局、クソみたいな自分には不相応な役割だったということだ。愛の言うとおり、深海の底に沈みながら、ひっそりと生きていくのが、俺にはふさわしい。

深夜営業の安い焼肉屋が渋谷駅の近くにあるという。仕事が終わってから、タイムカードを押し、スタッフルームで太田を待つ。やはり、キッチンのスタッフのほうが、後片づけや掃除が長くかかるようだ。

「おう、待たせたな」顔をのぞかせた太田の向こうに、愛が立っていた。ある程度予期はしていたから、驚くことはなかった。

愛はアロハシャツに薄手のカーディガンを羽織《はお》っていた。コートを着こむような季節には、やっぱり薄着過ぎる。

「だって、代々木上原から自転車で来ると、すげぇ暑くなるよ」とは言うけれど、店を出た瞬間に、愛は全身を震わせている。皮膚の表面を切りつけるような冷気が、ビルの隙間を通ることで、より威力を増している。

亮磨は無言でコートを脱いで、愛に着せてやった。下に着ていたパーカーのポケットに、両手をつっこんで歩く。

「亮磨のにおいがする」襟《えり》ぐりに顔をうずめて、愛がつぶやいた。「あったけぇ」

太田がその様子をだまって見つめていた。腫れぼったい一重まぶたをさらに細めて、意味ありげな視線を亮磨に送り、先に立って歩いていく。

平日の深夜ということもあって、店はすいていた。日本語になまりのある店員が働く、本場の焼肉屋だった。だまっていても、キムチやナムルが次々と出てくる。飲食店で働いた直後に、自分が飲食店で食事をするのも不思議な感じがしたけれど、亮磨はここ最近の鬱憤《うっぷん》を晴らすように食べた。

肉はもっぱら、愛が焼いた。煙の向こう側から、愛のとろんとした眼差《まなざ》しが垣間見える。眠いのかもしれない。

「愛さんも、食いましょうよ」トングを手にした太田が、愛の皿に肉をのせた。「しばらく俺が焼きますから」

「社長に聞いたんだけど、お前、クミとつきあいはじめたらしいな」愛が銀色の鉄箸を取りながら、太田をにらみつける。

ブホッと太田がせきこんだ。片手にトングをにぎったまま、生ビールを飲み干している。間髪を入れずに、愛が追い打ちをかけた。

「セックスはしたのか?」

「ま……まあ」太田が、大きい体をちぢめてうなずいた。

「セックスって気持ちいいものなのか?」

「愛さん」と、太田が神妙な面持ちで、居ずまいを正した。「お願いですから、同じ質問をクミにしないでくださいよ。これで、クミの反応がかんばしくなかったら、俺、生きていけないっすから」

サンチュで巻いた肉を、愛が一口で頬張る。口の端から、葉っぱがはみだしている。少しのあいだ、もごもごと咀嚼《そしゃく》しながら、愛は何かを必死に考えているようだ。

きっと、愛は太田の言ったことの意味が、理解できていないんだろうなと思った。最近では、愛の思考パターンが、ほとんど手にとるようにわかってしまう。愛は、単純に生物としての興味で、セックスが気持ちいいものなのかどうか質問しているだけなんだ。

「べつにクミには聞こうと思ってなかったけど、明日、さっそく聞いてみる」

「ちょっと！　マジでカンベンしてくださいよ！」

「お前は、どうなんだよ」

「そら、最高に気持ちいいですけどね」

「えげつねぇ。最高にえげつねぇわ」

思わず笑ってしまった。この愛すべき、クソみたいな人たちのことが、どうしようもなく好きになっている。もう、背伸びするのはやめた。開き直れば、これほど楽なことはなかった。しょせん、俺は俺だ。等身大の場所で生きていくしかないと亮磨は思った。

太田が気まずさをごまかすように、生ビールをおかわりする。愛と亮磨も、コーラをたのんだ。もう、食べ物にも、飲み物にも、気をつかわずにすむ。

煙と、香辛料のにおいと、喧騒に満たされた深夜の焼肉屋が、妙に居心地よく感じられた。客と店員のやりとりは、韓国語が多かった。となりのテーブルの中年の男たちが、焼酎をビールで割り、一気飲みしている。

二時間ほど飲み食いして、バカな話をして、盛り上がった。太田が伝票をとると、愛がすかさず紙を奪い取った。

「いちばん上の人間が払うものだって、社長が言ってたから」

「いや、でも……」

「大丈夫。貯金が二百九十八万あるからさ」

「そんなにあるんすか？」太田が目を丸くした。「すげぇな」

「だって、全然使わないもん」愛が、パンダの顔のがま口を取り出した。そこから、小さく折りたたんだ一万円札を無造作に抜き取る。たしかに、愛は服に興味がないし、趣味もなさそうだし、金は貯まっていく一方だろう。ワリカンにしようと言っても、絶対に聞き入れないはずだ。亮磨はおとなしくご馳走になることにした。

店を出ると、まるで自分の家に誘うように、愛が「亮磨んち、行こうぜ」と、太田の肩をたたいた。

「いや、俺、クミの家に行くんで、すいません」太田が、やはり意味ありげな視線を亮磨に送ってくる。「恵比寿《えびす》なんで、ここから近いんで」

「おいおい、つれねぇなぁ」愛は他人が空気を読んでいることすら読めないらしい。うらめしそうな顔で、「これから、セックスかぁ」と、つぶやいている。

ゴミであふれかえった渋谷の街に消えていく太田に「お疲れ様です」と、声をかけた。酔っぱらっている若者たちのあいだを縫《ぬ》って、愛と二人、東口に向かう。

ちょうど、東急の深夜バスが出る時間だったので、自転車を捲土重来に置いていくことにした。平日ということもあって、バスはすいていた。愛とならんで後方の二人掛けのシートに座る。

あくびで涙が浮かんだ視界に、２４６号線を走る車のヘッドライトと、テールライトが淡くにじんだ。バスは車線のいちばん左側を、鈍重に、マイペースで進んでいく。

亮磨のコートを着た愛は、襟に顔をうずめて、うたた寝をはじめた。駒沢はすぐだ。愛を揺り起こして、ふたたび真冬の深夜の街に降り立った。吐く息が白い。愛のまぶたはほとんど開いていない。

「あっ、ちょっと待っててもらっていいですか？」

途中にあったコンビニで、飲み物を買うついでに、手袋とマフラーを買った。黒一色のいちばん地味なものを選ぶ。もちろん安物だけど、ないよりはマシだろうと思う。値札を取って、ゴミ箱に捨てた。さっそく愛にマフラーを巻いてあげる。

愛は、首をしめられると思ったのか、一瞬、おびえた表情でぎゅっと目をつむった。けれど、すぐに顔を輝かせて、マフラーの端をにぎりしめた。

「おごってもらった、お礼です」

「亮磨……」愛は口のあたりまで、マフラーを持ち上げた。吐く息がメガネにあたって、レンズが曇っている。「うれしい……です、すごく」

手袋もはめてあげる。愛は亮磨の素手を心配そうに眺めている。

「俺は大丈夫ですから。寒いの、強いですし」

「こうすれば、あったけぇよ」愛は片方の手袋をはずして、亮磨の右手にはめた。そうして、何もつけていない右手で亮磨の左手をつかみ、コートのポケットに引き入れる。「ほら、二人の手、全部、守れた」

ポケットの内側で、愛の骨ばった華奢《きゃしゃ》な手を感じた。この手には、調理でできたたくさんのヤケドの痕が浮いているはずだ。急にたまらない気持ちになってぎゅっとにぎりしめた。

「ちょっと痛い」と、言いながらも、愛もつたない力でにぎりかえしてくる。

互いの右手と左手に手袋をはめ、素手をコートのポケットの内側でにぎりあって、家路を急いだ。このままでいいんだという、不思議な充足感がじわじわと広がっていく。体の内側にたまっていた、廃油のようなどろどろした液体が、浄化されていくのを感じている。

深海の底に、厳しい生存競争はない。食べ物を求めて、あくせくする必要もない。酸素や光を求めて、もがき苦しむこともない。チューブワームは、海底温泉からわき出す硫化水素だけ吸いこんでいれば生きていける。硫化水素なんか、ほかの生物は、誰も、見向きもしないのだ。これほど楽で、平和で、心地いい世界はないと思えた。

家に帰り、布団に直行しかけた愛をとめる。

「帰ったら、まず手を洗いましょう」

「はい」

「歯磨きもしましょう。新しい歯ブラシがあるんで」

「はい」

愛は素直に、指示にしたがう。あくびをもらしながら歯磨きをするので、よだれの混じった歯磨き粉が口からたれて、黒いマフラーにしみをつくった。

「ってか、その前に、マフラーと手袋をはずしましょう」

「やだ。このままがいい」

マフラーに顔をうずめたまま、愛は敷きっぱなしの布団にもぐりこんだ。風呂に入らせることはあきらめた。亮磨も顔だけ洗い、手早く身支度をすませた。

「となり、いいすか？」

「なんで、亮磨が聞くんだよ。亮磨の家だろ」愛が自分のとなりを、ぽんぽんと手でたたきながら、招き入れる。

それも、そうだと思った。部屋着に着替えた亮磨は、愛のとなりに横たわった。小さい掛布団を二人でわけあう。電気を消すと、赤外線ヒーターの真っ赤な明かりが、ぼんやりと暗闇に浮かび上がった。

「愛さん、なんで俺……なんですか？」質問が曖昧《あいまい》すぎるかと思ったら、愛はむにゃむにゃと寝言のように答えた。

「むかし飼ってた犬に似てるんだよ、君」愛の片頬が、赤外線で赤く染まっている。

「そいつさ、メシやると、尻尾振って、めっちゃウマそうに、食いやがるんだ」

犬か……。

それも、それでいいなと思えた。好きという感情は、やっぱりいまだによくわからない。

「そういえば、まだ走ってるのか？　目の見えない人と」

「いや……」と、亮磨は枕の上で首を振った。「やめました」

「もう、やらない？」

「はい、もう二度としません」

「よかったぁ。亮磨が苦しい思いをするの、私、嫌だよ」

愛の甘いにおいを感じた。どうにも、やるせない気持ちにさせられた。

「愛さん、俺……」

上半身を起こして、愛におおいかぶさろうとした。

愛は、すでに寝息を立てていた。スー、スーと、静かな呼吸の音が聞こえてくる。ほっとしたような、でもなんだか物足りないような――まさに、おあずけを食らった犬のような、切ない気分になった。

愛の、ぷくっとふくらんだ涙袋を、親指の腹でなでた。すでに夢でも見ているのか、長いまつげがぴくぴくと動いている。

さっき買ってあげたマフラーを、愛はまだ巻いている。苦しくないように、口元まで上げられたマフラーを、静かに首のあたりまで下ろした。

翌日、愛は仕込みのため、先に家を出ていった。少し歩くたびに振り返って、はにかみながら何度も手を振る愛がいとおしくて、亮磨はしばらくアパートの玄関先に立ちつづけていた。明るい色彩のアロハと、黒いマフラーの後ろ姿が曲がり角に消えるまで見送った。

ずっと、捲土重来で働いていくものだと思っていた。ずっと、愛といっしょに、海底に沈んだまま、ひっそりと暮らしていくものだと思っていた。それはそれで、むしろ心が浮き立つようだった。

愛が作ってくれた昼ご飯の後片づけからとりかかる。皿をスポンジでこすりながら、自然と鼻歌がもれる。もう、走らなくていいと思うと、気持ちが楽だった。ついでに、掃除機をかけてから出発する。

昨日、自転車を店に置いてきたので、田園都市線に乗る。若者でにぎわう道玄坂《どうげんざか》をのぼって、捲土重来の前に立つ。

亮磨はビルの脇にとめていた自分の自転車を見た。そのとたん、目を疑った。サドルだけが抜き取られている。本来、尻を置くはずの部分には、ただ金属の棒が出っ張っているだけだ。周囲を探してみても、サドルは見あたらない。

となりに置いてある愛の自転車に異常はなさそうだ。もしかして愛のイタズラかと一瞬疑ったけれど、まさかそんな手のこんだことをするはずがないと思い直した。ただ単純に盗まれただけだ。そう言えば、中学生のとき、友人がやはりサドルだけ盗まれて、しばらく立ち漕ぎをつづけていたことを思い出した。

ため息をついた瞬間、いきなり後ろから肩に腕をまわされた。こちらの身動きを封じるように、首元にがっちりと相手の肘の内側の部分が食いこんでくる。

太い腕だった。上から体重をかけておおいかぶさってくる。相手は長身だ。まさか、サドルも太田の仕業《しわざ》かと思って、口調に少しだけ怒気をふくませながら、亮磨はかがみこんで、しつこくまとわりついてくる腕を振りほどいた。

「太田さん！　サドルが……」

笑いながら、振り返る。

相手の顔を見たとたん、凍りついた。体中の細胞という細胞が、警告を発しはじめる。逃げろ、早く、逃げろ、殺されるぞ、と。腑抜けていた心が、一気に覚醒《かくせい》した。

「よぉ！」背後に立っていた男は、吸いさしのタバコを指にはさんだまま、片手をかるく上げた。気さくな調子で、笑いかけてくる。「ひさしぶりだな！」

「黒崎……さん」膝が震えた。

冷たい駅のタイルに押し倒された瞬間、手首に感じた手錠の冷たい感触、そのすべてが、ありありとよみがえってくる。呼吸が、脈が、速くなった。拳をぎゅっとにぎりしめながら立ちすくんだ。

「お前、さてはバカだろ。あんなに堂々とテレビ出やがって」黒崎が火のついたタバコの先を亮磨に向ける。「まさか、誰も見ないと思ってたか？　こいつがたまたまつけてたテレビをあわてて録画しなきゃ、見過ごしてたからな」

黒崎の背後には、もう一人男が立っていた。間違いない。あの日、運転席にいた男だ。半笑いで亮磨をねめつける。

「お前がヘタこいて、つかまったせいで、全員これだよ、これ」黒崎が首にとんとんと手刀をあてた。顔は笑っているけれど、目にはおそろしいほど生気が感じられない。「しかも何から何まで、しゃべりやがってよ」

真っ先に頭に浮かんだのは、今、店で懸命に仕込みをしているはずの愛の顔だった。まぶたをぎゅっと閉じた、昨日の愛の寝顔だった。なんとしても守らなければならないと思った。捲土重来には、迷惑をかけられない。絶対にここで踏みとどまらなければいけない。その一心だった。

「警察は、バカじゃないんです」声を押し殺して答える。「俺がしゃべったことなんて、全部、知ってました」

「ふざけてんじゃねぇよ」タバコを地面に捨てた黒崎が、靴の先でじりじりと踏みにじった。強い風がタバコの茶色い葉をさらっていく。「お前、テレビですげぇくだらないことしゃべってたよな？　伴走？　マラソン？　お前、頭おかしくなったのか？　それで点数稼いでるつもりか？　それとも罪滅ぼしか何かか？」

「帰ってください」声がどうしようもなく震えていた。それでも、勇気をもって繰り返した。「お願いですから帰ってください！」

「おいおいおい！」黒崎が大げさに両手を広げる。「せっかく来たんだよ。これから、お前の働いてる店で飲もうと思ってんだから、追い返さないでくれよ」

亮磨は拳をにぎりしめた。手の内側に汗がにじんだ。

自分の人生をめちゃくちゃに壊したのは、目の前にいる、この男なのだ。間違いなく、この男なのだ。今度は、怒りで体が震えた。激しい憎悪が頭のてっぺんから、つま先まで、全身にくまなく浸透していくのを意識した。

やるしかないと思った。戦うしかない。たとえ、負けてもいい。逃げたくない。

「飲むんだったら、ほかの店にしてください！」

けれど、戦おうという意思とは裏腹に、耳に響いてきた自分の声が、裏返って、細かく震え、まるで子どもがダダをこねているようで、どうしようもなく情けなかった。気弱な心が、とたんに全身をしばりつける。

「お願いですから……」

どうやって戦うんだ？　二人も相手に？　絶対に勝てるわけがない。本気で殺されるかもしれない。

逃げる？　でも、逃げたところで、何も問題は解決しない。俺はどうしたらいい？　どうしたら、愛を、捲土重来を守ることができるんだ？

「お願いです！　帰ってください。いったい何が目的なんですか！」

泣き叫ぶような声に、運転席の男が失笑した。哀れむような目つきで、亮磨を見下ろしてくる。

「目的？　とくに何も」黒崎は長い髪をかき上げながら、片頬をひきつらせて笑った。「ただ、ほかの客にも教えてあげようと思ってさ」

「教えるって……？」

「この店、不良の巣窟《そうくつ》なんだろ？　テレビで流れてたぞ」黒崎は運転席の男と顔を見あわせて笑う。「それどころか、オレオレ詐欺の片棒《かたぼう》かついで、老人から金をむしり取ろうとしたヤツまで働かせてるなんて、まさか客は思ってないだろうからさ」

「お前らがだましたんだろ！」

「おいおい、言いがかりつけんなよ」黒崎が舌打ちする。首を思いきり傾けて、ゴキッと音を鳴らした。威圧的な視線で亮磨を見すえる。

にぎりしめた拳がわなわなと震えた。捲土重来を悪く言われることだけは許せなかった。愛も、太田も、クミも、柴崎も必死になって働いている。地道に、真面目に働いて、お金を稼いでいる人たちのことを、こいつらにだけは絶対に否定されたくなかった。

「店で騒がれんのが嫌なら、とりあえず、五万出せ」黒崎が片手を前に出す。「慰謝料だ。お前が、警察に何もかもバラしたせいで、俺らの未来、めちゃくちゃだ」

「そんな大金ありません」

「ＡＴＭに行こうか。話はそれからだ」

やるしかない。一歩、足を踏み出しかけた。

後ろから、肩をやさしくたたかれた。とっさに振り返ると、そこには見慣れた顔があった。

「俺のかわいい後輩に、お前ら、何やってんだ？」

太田だった。腫れぼったい目を細め、黒崎をにらみつける。押し殺した声で、低くつぶやく。

「マジで、殺すぞ、お前ら」

太田がスカジャンを脱ぎながら、ゆっくりと進み出る。黒崎たちの前に立ちはだかった。

「誰だ、お前」黒崎もにらみ返す。二人の視線が同じ高さで交錯する。

「この店で働いてるモンだけど」スカジャンをそのまま地面に投げ捨てる。千手観音のタンクトップを着た太田は、隆起した二の腕を見せつけるように、拳の骨をバキバキと鳴らした。

「あっ！　こいつ、テレビ出てたヤツだぞ」運転席の男が太田を指さした。

黒崎もすぐに気がついたらしい。バカにするような口調でわざとらしく叫んだ。

「思い出したわ。ばあちゃんに、自分の作ったメシ食わせたいとか言ってたヤツだよな。バカじゃねぇの、マジで」

二人が腹を抱えて笑う。

それでも、太田の凜とした後ろ姿は揺るがない。

「亮磨、逃げろ」振り返らずに、太田が言った。「早く」

「えっ……？」

「いいから、早く、逃げろ！」

「でも……」

唇を噛みしめた。

俺は大事なところで、また尻尾を巻いて逃げ出すのか？　しかも、他人にその尻ぬぐいを押しつけて？

「お前は、もともとこっち側に来ちゃいけない人間なんだ。まっとうな人間なんだ」

太田の訴えかけるような、切迫した声が響く。

また、だ。こっち側？　いったい、どっち側だ？　混乱する頭が、がんがんと痛む。

「お前は、これ以上、道を踏みはずすな。俺みたいになっちゃいけないんだよ！」

黒崎を見すえたまま、太田が叫ぶ。その表情は、後ろ姿からはわからない。けれど、だらんとたらした腕に、拳に、力がこもっているのがわかった。肩口のタトゥーに、ぐっとしわがよる。

「お前に何かあったら、社長にも、愛さんにも、顔向けできねぇんだよ！」

太田の怒号が、背中を押した。「すみません！」叫びながら、亮磨は踵を返した。

「待て、コラ！」黒崎が追いかける。その動きを視線の端でとらえた。かまわず、地面を蹴りだす。

太田が運転席の男をとめた。肩をつかんで、押し倒す。黒崎にも手を伸ばす。が、黒崎は、太田の腕を寸前でかわして、すり抜けていった。

「逃げろ！　お前なら、逃げきれる！」

太田の声が背後から響いた。振り返った。太田が運転席の男をおさえつけている。黒崎がダッシュをかける。ちょうど通りかかった通行人を突き飛ばしながら追いかけてくる。亮磨は視線を切った。

覚悟を決めた。腹筋に力をこめた。

混雑している歩道をさけて、車道に飛び出た。クラクションがいっせいに鳴り響く。メッセンジャーらしき自転車が、急ハンドルを切って、亮磨をよけた。

かまわず、足の回転を上げた。しばらく走っていなかったので、疲労が完全に抜けていた。驚くほど、体が軽かった。

なりふりかまってはいられなかった。自分にできることをしなければならないと思った。いったい、それは何だろう？　太田を信頼するということ、走るということ、逃げきるということ。ただただ、それだけを考えていた。

どこを、どう走ったのか、まったく記憶はなかった。無我夢中で走った。道玄坂の車道を一気に駆け下りた。転げ落ちるように走った。路上に停まっている車をさけながら、頭を突っこんで、上半身を前傾させ、腕を振った。

点滅しているスクランブル交差点の横断歩道を駆け抜けた。何度も人にぶつかって、舌打ちされ、怒鳴られ、なじられ、それでも前へ、前へ、進みつづけた。

井の頭線の高架の下を通過し、歩道橋を駆け上がった。何かの撮影と勘違いしたのか、こちらに向けてシャッターを切る外国人が視界の端にうつった。どこへ行くあてもなかった。歩道橋の階段を三段飛ばしで下り、２４６の歩道に出た。さらにペースを上げる。歩道に立つ街灯が、スピードを上げて行き過ぎていく。

走りながら、振り返った。黒崎はしつこく追いかけてきた。さすがに、バスケの強豪校に進んだだけあって、瞬発力も、体力もある。けれど、亮磨の目から見て、長距離を走るには、フォームがバラバラだった。腕も、足も、めちゃくちゃに振りながら、走ってくる。

黒崎はあごを上げて、苦しそうに肩で息をしていた。こいつ、そろそろ限界だな──亮磨は冷静に考えた。

「コラァ！　ッざけんなよ！」息も絶え絶えの黒崎が叫ぶ。足がもつれて、前につんのめりながら、それでもなんとかバランスを保っているようだ。

ふざけてんのはお前のほうだ。廉二とのスピード練習のほうが、断然キツかった。お前なんかよりも、さちさんのほうが、圧倒的に速いんだ。

そう考えて、死にたくなった。さちさん、さちさん、さちさん！　ごめんなさい！心のなかで叫びながら、逃げつづけた。

まさか、日々、鍛えてきたことが、こんなところで役に立つとは思わなかった。過去の因縁から逃げきるために、走力を鍛えてきたなんて、あまりにも皮肉なことだ。なんだか笑えてきた。吹っ切れた。黒崎があまりにもおそすぎて、笑いながら走った。むしろ、走りはじめたほうが、心臓の鼓動も落ち着き、冷静さを取り戻していることに気がつく。

やがて黒崎が力つきる。池尻大橋駅の近くだった。

「待て……！」両膝に手をつき、あえぐように激しい呼吸を繰り返している。

亮磨も足をとめた。息はほとんど切れていなかった。踵を返し、ゆっくりと黒崎のほうへ歩みよっていく。

「もう、俺たちにかかわらないでくれますか？」

汗がびっしり浮かんだ黒崎の顔を見下ろす。黒崎が、かがんだまま、視線だけを上げ、ぼそりとつぶやいた。

「お前の家族も大変だよなぁ」

「はっ？　家族？」

「妹だよ、妹」

まさか、妹のことを持ち出されるとは思ってもみなかった。黒崎の意外な言葉に、ざわつく気持ちをおさえられない。今になって、脈が上がってくる。

「地元で噂になってんだけど」ハァハァと、荒い息をつきながら、黒崎が言った。

「お前の妹、不登校になってんだってな」

「えっ？」耳を疑った。あの事件以来、妹とはまったく口をきいていない。実家を出てから、連絡もとっていない。

「お前、知らないの？」

黒崎がわざとらしく驚いた表情をつくった。ようやく、膝から手を離して、上半身を起こす。

「ひでぇイジメ受けてさ、学校に行けなくなったらしいぞ」黒崎がすぐそばに建っているマンションの外壁にもたれかかった。哀れむような、さげすむような視線を、亮磨に向けた。「さすがに、お前も知ってるもんだと思ってたけどな。やっぱ、家族のなかでも、完全に存在消されてんだな」

黒崎はちょっと肩を押せば倒れそうなほど消耗している。それなのに、黒崎の放った言葉の圧力で、亮磨のほうがぐらっとその場に倒れこみそうだった。

「お前のせいで、みんなめちゃくちゃだな」壁によりかかったまま、ずるずると膝を折って、黒崎がしゃがみこんだ。宙をにらんでいる。「お前がヘタこいて、捕まったからだ」

頭が真っ白になった。

ただの負け惜しみだ――亮磨は自分にそう言い聞かせつづけた。けれど、黒崎の言葉が、打ちのめされた体に、心に、無数の風穴を開けていった。強い空《から》っ風が隙間を吹き抜けていく。

ポケットのなかでスマホが震えた。取り出す気力も、消え果てていた。通りに響いたクラクションの音が、遠く、耳鳴りのように聞こえる。

「おい、待てよ、コラ!」叫び声を上げる黒崎をおいて、ふらふらと、歩いた。あてどなく歩きつづけた。夕闇に包まれていた街が、いつの間にか暗くなって、行き交う車にヘッドライトが灯った。目もくらむほどの光線が通りにあふれる。

246を走るたくさんの車のなかには、それぞれ名もなき人たちが乗っていて、それぞれの空間があって、いろいろな目的地へ向かっている最中なんだ――そんな当たり前のことが、どうしても当たり前に思えなかった。自分を置き去りにしてとどこおりなく進んでいく、この世界に対する違和感をぬぐいきれない。

三宿《みしゅく》を過ぎて、三軒茶屋を過ぎた。とぼとぼと、うつむきながら歩きつづけた。コートの内側で汗が冷えて、鳥肌が立った。あまりにもしつこくスマホが震えるので、途中、ガードレールに腰かけて、ポケットから取り出した。

愛や、太田や、社長から、たくさんの着信があった。ラインも入っていた。

何気なく、高崎優亜《ゆあ》と表示された妹のラインのページを開いてみる。優亜とのやりとりは、あの日以来、完全にとまっていた。

〈お兄ちゃん、ご飯食べるのかって、お母さんが聞いてるよ!!　至急答えよ!〉

それが届いた瞬間には、すでに手錠をかけられていた。すべての未来を失っていた。はじめてその一報を聞いたとき、妹はいったい何を思っただろう?

〈ごめん、大丈夫か?〉そう書きかけて、文字の列を一気に消してしまう。ひさしぶりの連絡がこんなんじゃ、絶対に優亜を不快にさせるだけだ。スマホが壊れそうなほどにぎりしめても、もちろんこの思いも感情も、妹に届くことはない。

黒崎に対する耐えがたいほどの憎悪が全身をかけめぐっていったあとには、すべてが無意味だと思えた。強烈な竜巻《たつまき》が通り抜けた街のように、そこには何も残らなかった。瓦礫《がれき》だけが、無残に積み重なっていた。

俺は家族に捨てられたんだと考えていたけれど、実際は逆だった。俺が両親から逃げてきたのだ。妹から逃げてきたのだ。家族と向きあうことが、どうしてもできなかった。

さらに、一駅分ふらふらと歩いた。駒沢大学駅前の交差点を左に曲がる。自由通りをしばらく進んで、真っ暗な公園に入って行く。目的もないままに、ジョギングコースをたどっていく。なんだか、なつかしい気分にさせられた。ここで、さちと二十キロを走りきったことが、遠いむかしの出来事のように思えてくる。

りすの公園に設置されている、りすの小さなオブジェに腰をかけた。時間は、もう八時を過ぎていた。歩きすぎて、足がかたまっていた。

真冬の夜でも、やはりジョギングをするランナーの足音が聞こえてくる。テンポのいい、軽快な走りだった。伴走をやめた今でも、他人の走り方やリズムが気になってしまうのは皮肉なことだった。

亮磨はそのリズムに合わせて、無意識のうちに、とんとんとつま先を地面に打ち鳴らしていた。首をひねった。夜道に響く足音に違和感をおぼえたのだ。亮磨は、思わず立ち上がった。その音が聞こえてくる方向に視線を向ける。

違和感じゃない。むしろ、耳に心地よく、なじみのあるリズムだと気がついた。

目を閉じて、聴覚に集中した。聞き覚えのある、身近な足音だった。ひたひたと、静かで、しかし力強い――このリズムに合わせようと、毎日必死になって走ってきたことを思い出す。

「さちさん？」

きっと廉二と走っているのだろうと思った。顔をあわせたくない。あわてて逃げようとして、踏み出しかけた足が、ふたたびかたまる。やはり、最初に胸に抱いた違和感は、ぬぐいきれなかった。

「一人……だよな?」

廉二はさちとストライドを合わせないので、足音は二人分になるはずだ。でも、地面から響いてくる細かいピッチ走法のリズムは、たった一つ。いくら廉二が気配を消す達人だからといって、完全に接地の音を消すことはできないはずだ。

いったい、どういうことなのかまったく理解できない。でも、足音がつたえている。さちは一人きりで走っている。

暗闇のなかで、目をこらした。遠くから、小さな人影がこちらに向かってくる。

街灯の真下に来て、その顔がはっきりと認識できた。やっぱり、さちだ。さちが、誰も伴走をつけずに走っている。ピンク色のウェアが、街灯の光を反射して、一瞬明るくきらめく。すぐに暗い影がその顔にさして、細かい表情までは読みとれない。

亮磨は、息を殺し、近づいてくるさちをやり過ごそうとした。

もちろん、さちは気づかない。公園の前で、くるりとターンして、ふたたびもと来た道を戻っていく。白杖はいちばん小さく折って、右手ににぎっていた。その足どりに、迷いや躊躇は感じられない。伴走をつけて走っているときと変わらない軽快な速度で、彼女の背中があっという間に遠ざかっていく。

さちは、本当は完全に目が見えるんじゃないか……？　そんな不穏なことを考えた。俺はずっとだまされていたんじゃないか？

さちは、いつもより若干斜め上を向いて走っていた。亮磨もつられて頭上を見上げた。

さちが、なぜ一人でも走れるのか——亮磨はすぐに気がついた。その理由がわかると、胸にふつふつとこみ上げてくる感情が、しだいにおさえきれなくなっていった。

さちはコースに等間隔でならんでいる街灯の光だけを道しるべにして走っているんじゃないだろうか……？

さちが、はるか向こう、トレーニングルームの入り口あたりで、Uターンする。ふたたび、こちらに向けて走ってくる。

りす公園から、トレーニングルーム入り口までは、道が比較的、一直線に伸びている。およそ三、四百メートル。その道端にぽつり、ぽつりと立つ街灯。トンネルの天井に設置されているライトと同じように、おそらくさちの視界のなかでは、この夜の暗闇のなか、街灯の光だけがたどるべきたしかな道筋を浮かび上がらせている。

それにしても、危険だ……。

足元に何が落ちているかわからない。どこで、誰が見ているかもさちにはわからない。今だって、俺が息をひそめて見ていることに気がついていないじゃないか。

亮磨は唇を嚙みしめた。浮かんできた涙で、街灯のオレンジ色が淡くにじんだ。ごしごしと服の袖でふいた。ぐるぐる走りつづけても、どこにもたどりつけない、目が見えてたころに戻れるわけじゃない――そう話していたさちの、泣き笑いの表情を思い出した。

それでも、さちは走っている。頭上の街灯の光だけをよすがにして、延々と往復を繰り返している。暗闇のなかにぽつんと浮かぶ希望の光を一つ、一つ、追いかけ、たどっていくように、たった一人、戦いつづけている。

すぐ目前に、さちが迫ってくる。顔を上げて、街灯の光をたしかめている。もしかしたら、何個目の光で折り返すと決め、心のなかで数えているのかもしれない。それ以外の周囲の状況は、視野の極端に狭いさちには、わかりようがないはずだ。

その顔が明るく照らし出される。額に汗が浮かんでいる。眉と眉のあいだにしわをよせて、それでも速度を緩めない。瞳が、黒く、深く、うるんでいる。口をかるく開けて、規則正しい呼吸を繰り返している。

思わず名前を呼んでしまいそうになるのを、必死でこらえつづけた。亮磨は両手で口をおおった。気配を消した。絶対に、絶対に、何がなんでも気づかれてはならない。伴走はやめたんだ。さちの足を引っ張ることはできないんだ。俺はさちの視界に入ることすら許されない人間なんだ。

もう、帰ろう。もう、二度と会うことはない——ぐちゃぐちゃになって、自分でも訳のわからない感情を必死で上からおさえつけた。

それでも、あふれ出してくる感情をとめることができない。黒崎にずたずたにされた心が悲鳴を上げていた。さちに一言、たった一言でいいから、温かい言葉をかけてもらいたくて、でも、もうそれはかなわないことで、悲しくて、さみしくて、肩を震わせて泣いてしまった。ひっく、ひっくと、自分でも情けない声で泣いた。こんな泣き方をしたのは、小学生のとき以来かもしれない。聞きわけのない子どものように、しゃくりあげるように泣いた。

さちが、突然、立ち止まった。

首をかしげる。くるりと振り返る。

さちのミーアキャットのような立ち姿。前にせりだして、少しとがった耳が、こちらを向く。何度もまばたきを繰り返して、こちらの気配を精いっぱい探ろうとしている。

亮磨はゆっくりと踵を返した。足音をたてないよう歩いていく。声を出して泣いているのに、意味はないのに、足をしのばせてそっとこの場を離れようとした。

「亮磨君？」

さちが、ためらいがちに名前を呼んだ。

「ねぇ、亮磨君でしょ？」

思わず、振り返ってしまった。さちが、手を伸ばす。一歩近づいてくる。

「そこにいるんでしょ？　ねぇ、亮磨君！」

さちが手に持っていた白杖を長く伸ばした。りす公園の段差をこえて、こちらに歩いてくる。その足どりに迷いはない。真っ直ぐこちらに向かってくる。

亮磨はとっさに息をとめた。嗚咽がもれた。

「一人は、こわいよ！　いっしょに走りたいよ、亮磨君！」

さちも泣いていた。亮磨はうつむいた。地面にぽつぽつと涙のしずくが落ちた。

もう耐えきれなかった。もう二度と呼ばないと心に誓ったその名前を、ついに呼んでしまった。

「さちさん……！」

「亮磨君！」さちが手を伸ばす。

「さちさん……」さちの手をがっちりとにぎりしめた。「俺、自分が、情けなくて、情けなくて……」

さちが、抱きしめた。背伸びして、抱きしめてくれた。

直前まで走っていたせいか、さちの体は熱かった。冷え切っていた心が隅々まで温まっていくのを感じていた。

この温もりだ……。抱きしめてしまったら最後、もうあとには戻れない気がした。

りす公園のベンチに、二人ならんで座った。

「絶対、危ないですって！」泣いたときの興奮がまだ体の内側に残っていて、思わずとがめるような口調になってしまう。「こんなおそくに走って、何かあったらどうするんですか！」

「いちおう、走る前に白杖を使って歩いて、何も落ちてないかたしかめてるし、夜おそいほうが人も少ないから……」

「でも……！」

「だって、亮磨君がいっしょに走ってくれなくなったからだよ」

そう言われて、怒りの感情が急速にしぼんでいく。申し訳ない気持ちで、いっぱいになった。

「すみません……」

「いや、冗談だから、冗談！」ムリに笑いながら、さちが亮磨の背中をたたいた。笑った拍子に、白い息が浮かび上がり、すぐに消えていく。

汗が冷えると思って、亮磨は着ていたコートを脱いだ。そっと、さちの肩にかける。

「汗で濡れちゃうよ」さちは体をこわばらせて、抵抗した。「ダメだよ」

「いいんです」コートを広げて、少し強引にさちの上半身をおおった。「風邪《かぜ》引いちゃいますから」

「ありがとう」さちが、胸元をかき抱く。「あったかいよ……」

「あの……、聞かないんですか？　僕が急に連絡しなくなった理由を」

一月中旬に降った大雪が、まだジョギングコースの脇のほう、日中でも陽のあたりにくい場所にとけ残っていた。泥をかぶって、黒くすすけた雪のかたまりのように、自分の心の片隅にも、わだかまり、消化しきれない感情が、とけきることなく積み重なっている。いつになったら、春が来るのか、いつになったらこのどす黒い感情がすっかりとけてなくなるのか、自分自身にもわからなかった。亮磨はパーカーのポケットに両手をつっこんで、こすりあわせた。それでも、寒気はとまらなかった。

「人には、それぞれ事情があるだろうし、詮索するようなことはしたくなくって」さちが答えた。白い息を吐きながら、頭上を見上げている。

亮磨もつられて、上を見た。冬の夜空には無数の星が浮かんでいた。きっとその小さな星の一つ一つまでは、さちには見えないのだろう。そう思うと、無性に悲しくなった。

「さちさんは、なんでそんなに強いんですか？」

空気が乾燥しているからか、涙が流れたあとの皮膚が、ばりばりとこわばってい る。パーカーの袖で、強く涙のあとをふいた。

「私は強くなんてないよ」さちがかるく首を振った。「全然、強くなんてない」

目の前のジョギングコースを、サウナスーツを着た若い男性が走り過ぎていく。か なりおそいスピードだったけれど、ボクサーを思わせる重々しい雰囲気と殺気を放っ ていた。黙々と、淡々と、一歩ずつ踏みしめながら、ゆっくりと闇のなかにとけこん でいく。

「じゃあ、いったい、なんのために……」亮磨はそこで言葉をつまらせた。

なんのために走るのか？　そんなの廉二のために決まってるじゃないか。

でも、さちの答えは、予期していたものとまったく違った。

「お母さんのため……かな？」

「お母さん？」

「そう」さちが、うなずいた。「私、母親の運転する車で事故に遭ったの。そのとき のこと、今でも焼きついたように離れない。私が最後にちゃんと見た光景は、事故の 瞬間までだから」

さちは、無表情だった。だからこそ、余計に聞くのがこわかった。でも、きちんと聞かなければいけないと思った。亮磨はパーカーのポケットの内側で、拳をにぎりしめた。

「気がついたら、目の前にトラックが迫ってた。お母さんが、悲鳴を上げながら、ハンドルを切った。車が横転して、頭を打って、あとは暗くなった。意識の向こうで、車のクラクションがとてつもない音でずっと鳴りつづけてて、それがまるで自分の悲鳴みたいに聞こえてた」

街灯の光を見つめているのか、さちが目を細める。

「母親のほうはかすり傷程度ですんだんだ。病室でさ、手をにぎりしめられて、できることなら代わってあげたいって涙ながらに言われて、でも私はその言葉が無性にムカついて、代わることなんて絶対にできないのに、気休めでそんなこと言わないでって、怒鳴り散らして……」

気持ちはわかる。でも、さちの母親のことを考えると、胸が痛んだ。誰だって、事故を起こそうと思って起こすわけではないのだから。

「今ではね、ふつうに話を交わせるようになったんだけど、やっぱりお母さんはどこか私に遠慮してるみたいで。私も私で、すごく申し訳なくって、よそよそしくしちゃうんだ」

さちが下唇を嚙みしめる。

「だからね、お母さんに私はできるんだよっていうことを見せてあげたい。ただ、それだけなんだ。目の見える人の助けを借りることにはなるけど、私はフルマラソンだって走りきれる。なんだってできる。だから、心配しないで、もう大丈夫だからねって言ってあげたい」

もう涙は枯れ果てた。走りたいという気持ちが——正しく、強く生きたいという衝動が、むくむくとわき上がってきた。

「でも、こんな重い気持ちを伴走してくれる人に背負ってもらうわけにはいかないから」

「僕は……！」とっさに、叫ぼうとした。

さちが亮磨の言葉をさえぎった。

「前にも言ったけど、私はね、ただ亮磨君と笑顔で走りたい。笑顔でフルマラソンをゴールしたい。そのための資格なんて、なんにもいらない。悲しみをわけあう必要なんてない。楽しい、わくわくするような気持ちを二人でわけあいたい」

「こんな僕でもいいんですか？」おずおずと聞いた。

「もちろん！」さちが笑顔でうなずく。

あと少しだけ。せめて、四月まで——。

これ以上さちを悲しませたくなかった。一人にさせたくなかった。

　たしかに、さちの目はこわい。あの日のことをどこまで見られていたのか、結局わからないままだ。でも、ゴールしたら、必ず本当のことを話そう。誠心誠意あやまろう。さちが許してくれなくてもいい。もう二度と会わないと言われてもいい。でも、それまでは……。

　それまでは、さちの気持ちやモチベーションを絶対に乱したくない。自分の走りだけに集中してほしい。

「そろそろ、帰りましょう。風邪引いちゃいますよ」亮磨は自分の気持ちに踏ん切りをつけるために、勢いをつけて立ち上がった。「家まで送りますから」

　不安は数かぎりなく、わき上がってくる。さちの言うとおり、四百メートルトラックを走るように、いつもいつも同じ出発点に立ち返ってしまい、うじうじ思い悩むことばかりだ。

　それでも、走らなければ前に進むことすらできないのだ。

「亮磨君、寒くない？　大丈夫？」さちも立ち上がった。亮磨が着せていたコートを脱ごうとする。

「大丈夫ですから、着ててください」

　さちに腕をとらせながら、マンションへの道をたどる。右手にたずさえた白杖は、アスファルトの上をすべるように進んでいく。

「今は亮磨君がいてくれるから心強いよ。私、本当にどうしたらいいのかわかんなくて……」

腕につかまるさちの手が、ほんの少し強くなる。すがりつくような、さちの指の力と言葉に、亮磨は不審を感じた。

「どうしたんですか？」

「実はね、廉二君とケンカしちゃったんだ」さちが、恥ずかしそうにうつむいた。

「えっ？」

「亮磨君もいなくなって、私、本当に一人になって、どうしようかと思ってたんだ」

「ごめん、さっきから、言おう言おうと思ってたんだけど、タイミングがつかめなくて」

「いや……、ちょっと、どういうことですか？」亮磨は眉をひそめた。「伴走は？かすみがうらマラソンはどうなるんですか？」

一人はこわいと叫んでいたのは、そういうことだったのかと、ようやく納得がいった。

「わからない」と、さちが力なく首を振る。「もしかしたら、亮磨君が四十二・一九五キロ、全部走らなきゃいけないかも」

冗談のようにつけくわえて、小さく笑ったけれど、その表情はこわばっていた。

さちが、ぽつり、ぽつりと、話しはじめた。

廉二が告白をなかったことにしたいと言いだしたらしい。サブ3・5を達成したら……、という約束は、一方的に破られてしまった。

なぜこんな直前になって、さちの気持ちを、決断を、迷わせるようなことを言うんだ。自分も同じようなことをして、さちの前から逃げ出したのに、ふつふつと怒りがわいてくるのをとめられなかった。

「やっぱり、別の彼女ができたんじゃないかな。そうとしか、考えられないよね」

「理由は聞かなかったんですか？」

「うん……、こわくて」さちが、戸惑ったように笑う。「私が、ぐずぐず迷って、答えを先延ばしにしてたからいけないんだけどさ」

「そんな……」

「私ね、ヒドすぎるって、廉二君をなじって、泣いちゃって……」

言葉が出なかった。歩きながら、さちの沈痛な面持ちから、目をそらした。

「そうしたら、俺ももう、さちの伴走はしないから、勝手にしてくださいって言われちゃって」

目の前の道を、三毛《みけ》の野良猫が横切る。途中、顔を上げて、こちらをうかがう。亮磨が目を合わせると、猫は後ろ脚の筋肉を躍動させて、一気に茂みのなかへ消えていった。

さちは、まったく気づいていない。亮磨の腕につかまったまま、顔をうつむかせる。

「また、駅で助けてくれた人を誘うかなぁ。そうしたら、相手がすごいおじいちゃんで、いやいや、わしゃぁ走れんよ、みたいなことを言われちゃったりして」

精いっぱい明るさをよそおったさちの口調に、亮磨はなんとか合わせようとした。

「そこをなんとかお願いしますって、さちさんがたのみこんじゃったりして」

「逆に、そのおじいちゃん、ものすごい速かったりして」

「スーパーおじいちゃんだったりして」

「元オリンピック選手だったりして」

「廉二さんよりも、超スパルタで、こわかったりして」

亮磨が廉二の名前を出したとたん、不意の沈黙が訪れる。さちが、うつむいてだまりこむ。今までの軽快なやりとりが、急に寒々しく、痛々しいものに感じられて、亮磨はやりきれなくなった。

さっきのサウナスーツのボクサーが、周回して、ふたたび後ろから追い抜いていく。その寡黙《かもく》な後ろ姿に勇気づけられて、亮磨は口を開いた。

「必ず、廉二さんを連れ戻してきますから。何がなんでも、絶対に」言葉に力をこめた。「だから、それまで俺と走りましょう」

「ありがとう」亮磨の腕をとっていたさちが、その手をそっと下ろしていく。亮磨の右手に、さちの左手が重なる。

その瞬間だった。自転車の急ブレーキの甲高い音が背後から響いた。亮磨はとっさに振り返った。

「亮磨！」聞きなれた金切り声が、夜の公園に響きわたる。サドルにまたがった愛がこちらをにらんでいた。

「愛さん……」体がかたまった。「どうして……」

自分の右手に重なっている、さちの左手が、異変を察知して、そっと離れていく。

「なんでだよぉ！」愛が自転車から降りる。ガシャンと大きな音が鳴って、自転車が地面に倒れた。空中に浮かんだ車輪が、ぐるぐると回転していた。

愛は自転車を立てることもせず、ふらふらとこちらに近づいてくる。あの日、コンビニで買ってあげた手袋とマフラーをしている。けれど、その真冬の装備とは裏腹に、服は半袖のアロハシャツ一枚だった。

「もう、やめたって言ったじゃん！」片足を地面に何度も打ちつけながら叫ぶ。愛の悲痛な声が、白い息になって消えていった。「そいつと走るのをやめたって、私にそう言ってくれたじゃん！」

愛が黒いマフラーを、千切れそうなほどぎゅっとにぎりしめる。半袖に手袋というちぐはぐな格好が、余計に痛々しく感じられた。

「お前だろ、亮磨と走ってるのは！」さちを指さす。「お願いだから、これ以上、亮磨を苦しませないであげてよ！　お願いだよ！」

さちが戸惑ったように、表情をこわばらせる。説明を求めるように亮磨のほうを見上げる。

「どうして、ここが……」不安そうなさちをおいて、亮磨は愛に一歩、歩みよった。

「電話もつながらないから、社長に亮磨を探して来いって言われて。それで私、急いで亮磨の家に行ったんだけど、誰もいなくて、それで、それで……」

丸いメガネの奥の瞳が、ぎょろぎょろと落ち着きなく動く。強い空っ風が吹いて、愛のロングスカートが揺れる。亮磨はおそるおそる、愛の前に立った。

「もしかしたら、駒沢公園にいるかもしれないって探しにきたんだ。隠れられそうな場所もあるしさ、もし亮磨が一人で心細い思いをしてたら、もしケガしてたら、私、悲しくて、死んじゃいたいから」

呼吸の荒い愛をなだめるように、亮磨はそっと肩に手をかけた。

「もう、やめてよ。お願いだよ」手袋をはめた手を亮磨の背中にまわし、すがりついてくる。「亮磨に苦しい思いをさせたくないんだよ。お願いだよぉ！」

骨ばったその手の、あまりの力の弱さに、亮磨は愕然とした。

「亮磨！　私、亮磨が好きだよ！　ずっと、ずっといっしょにいたいよ！」

愛が叫んだ。

「この気持ち、どうしたらいいんだよ！」

亮磨は何も答えることができなかった。愛に抱きすくめられたまま、立ちつくしていた。さちがおずおずと口を開いた。

「あのね、愛さん……だったよね？　ちゃんと聞いてくれるかな？　私はね、亮磨君とただ走ってるだけなんだよ。それ以上の関係なんてないんだよ」

さちが必死に訴えかける。

「だから、心配しないでも大丈夫なんだよ。亮磨君は、やさしいから、こうして送ってくれているだけなんだよ」

亮磨の心のなかを、鋭い痛みが駆け抜けた。さちの言葉が、どうしようもなく悲しく感じられるのはなぜなんだろう？

「うるせぇよ！」愛が亮磨から離れる。

そのまま、さちに歩みよっていった。

「お前なんか、いなければいいのに！」

愛がさちの肩を押した。

「そのコート、亮磨のなんだよ！　なんで、お前が着てるんだよ！」

やめて！　と、抵抗するさちが着ているネイビーブルーのコートを強引に脱がそうとする。

「やめてください！」力の加減をする余裕はまったくなかった。とにかく力まかせに、愛をさちから引きはがした。

さちの顔が恐怖に引きつっていた。落ちつきなく視線を泳がせて、愛の気配を探ろうとしているのがわかる。

「私の目が見えなくなればいいの？　ねぇ亮磨、答えてよ」

愛がマフラーをはずして、地面にたたきつけた。手袋をはずして、靴の裏で踏みにじる。

「だまれ！」愛から隠すように、さちを抱きしめながら叫んだ。「だまれよ！」

「私の目が見えなくなれば、亮磨はずっと私のそばにいてくれるの？　そうなんでしょ？」

頭のなかで、ぶつりと何かがキレるのを感じた。

「いくら愛さんでも、そんなこと言うなんて、絶対に許せません！」

「だったら、こんな目なんていらない！」愛が茂みに落ちていた太い枝を拾い上げた。その動作に、まったく躊躇は感じられなかった。

「やめてください！」とっさに叫んだ。「やめろ！」

愛がメガネをはずす。残雪のなかに投げ捨てる。先のとがった枝を両手でつかみ、頭上に振り上げた。

「見えるもの、全部、つらすぎるんだよ！　つらくて、つらくて、しかたないんだよ！」

亮磨は走った。かろうじて、枝を払う。その拍子に、とがった先端が愛の頬を切りつけた。血がにじんだ。

一瞬の放心状態のあと、愛がコース脇の雪の上に、泣きながら突っ伏した。

困惑して立ちすくむさちと、泥の雪にまみれた愛。二人にはさまれて、亮磨はどうすることもできなかった。


亮磨の布団で眠った愛は、静かな寝息を立てていた。

「愛が起きたら、言ってあげてほしいんだ。亮磨の口から」

社長が言った。布団の横にあぐらをかいている。

「愛は、そのままでいいんだって。ただそれだけを言ってほしい」

社長は、愛の寝顔から亮磨に視線を移した。

「お願いだ。たったその一言で愛は救われる」

亮磨は愛の寝顔を見つめながら、かたくうなずいた。赤外線ヒーターが、やすらかで、穏やかな顔を照らしている。

「べつに、愛の告白に応じる必要はない。受け入れようと、断ろうと亮磨の自由だ。何もかも背負いこむ必要はない」社長はあぐらをかいたまま、自分の股の上に置いたテンガロンハットを指先でいじった。「でも、これだけは言ってほしいんだ。目の見える愛がいい、と」

亮磨は視線を落とした。部屋の隅にたまった、ホコリのかたまりを見つめた。自分の気持ちにまったく整理がついていなかった。

「じゃないと、本当に失明しかねないと、俺は思う。これは、冗談なんかじゃない。たぶん、この子は本気だよ。亮磨は目の見えない、視覚障害の女の人にやさしくよりそっている。たくさんの苦労を払ってでも、フルマラソンをいっしょに走ろうとしてるってね。じゃあ、いっそのこと、私も……と、そう短絡的に考えている」

「そんな、いくらなんでも……」

亮磨は床にたまったホコリから、座卓の上に視線をうつした。愛の持っていたパンダのがま口が、無造作に放り出されている。

パンダの白い毛の部分は、だいぶ使いこんでいるらしく、うっすらと汚れていた。亮磨は公園の泥まみれの雪を思い出した。

愛が泣き叫んだあとは、どうすることもできず、電話で社長を呼んだ。ケガがないことをたしかめたあと、さちには、かならず連絡するからと、一人で帰ってもらった。

社長はすぐにタクシーでやってきた。社長にすがりついて泣きつづける愛を、近くの亮磨の家まで二人でなんとか連れてきたところだった。

「いくらなんでも、純粋すぎますよ。おかしいですよ、絶対」

亮磨の言葉に、社長はいちだんと表情を厳しくして、つぶやいたのだった。

「純粋っていう、単純な言葉で片づけてもらっちゃ、困るんだ」

「えっ？」いつになく険しい社長の表情に、亮磨は戸惑っていた。「どういうことですか？」

亮磨の膝の上には、土がこびりついたマフラーと手袋があった。愛が踏みにじったせいで、かなり汚れている。洗濯機に入れようとして、ついここまで持ってきてしまった。

マフラーの端を、ぎゅっとにぎりしめる。力のこもった亮磨の手元を見つめながら、社長が言った。

「愛はアスペルガー症候群の特徴をいくつか抱えている」

「アスペルガー？」

「今では自閉症スペクトラムと呼ばれることもある。発達障害の一種だ。簡単に言うと、人の気持ちがわからない。本音と建前がわからない。言われた言葉を字義通りにとってしまう。だから、人が嫌がることが、いったいどんなことなのか、想像できないんだ」

「どういうことですか?」

「たとえば、太っている人がいるとする。そのことに疑問を感じると、なんでそんなに太っているんですかと、直接聞いてしまう。その質問によって、相手が不快感をおぼえるということが、そもそも想像できない。愛には悪気がないんだ」

そう言われて、思いあたる節がたくさんあることに、嫌でも気づかされた。太田や柴崎をキレさせてしまうほどの、ミーティングでの素直な反応を思い出した。

「たとえば、中学のときには、こういうこともあったらしい。ある同性の友達と、愛が二人きりで話してた。その子は、その場にいない、べつの友達の悪口を言っていた。けれど、翌日、その友達同士が親しそうに話しているのを、愛が見かけた。愛はそのことが理解できないんだ。だから、聞いてしまう。ねぇ、あなた昨日、この子の悪口言ってたのに、なんで今日は仲良くしゃべってるの?　ってね」

社長はそこで大きくため息をついた。

「愛は決して嫌味を言ってるわけじゃないんだ。ただただ疑問に思ってるだけなん

だ。そもそも、本音と建前や、曖昧な言葉のニュアンス、場面によって変わってい
く、微妙な人間関係ってものが理解できないわけだからさ。でも、その友達二人は、
絶対に愛のことを憎むだろうな」
必死になって、人の気持ちを知ろうと、好きでもないドラマを観て、男女関係につ
いて質問してきた愛。亮磨が好きだと叫んでくれた愛。その屈託のない笑顔を思い出
した。
「人と人のつきあいは、建前と本音が渾然一体となって、リアルタイムで進んでい
く。しかも、思春期の女子はとくにね。愛にとって、これほど生きにくい社会はな
い」
「それは……」亮磨は声のトーンを落とした。「その、生まれつき、なんですか？」
「先天的な脳の障害らしいが、くわしいことはわかっていないようだ。少なくとも、
生育環境ではまったく左右されない。育て方を間違えて、こういう状態になったわけ
じゃないということだ」
社長は彫りの深い顔を、少しだけゆがめた。
「ただ、愛の場合問題なのは、グレーゾーンであるということなんだ」
「どういうことですか？」
「軽度というのが、逆にネックになる場合がある。重い場合は親や教師が早い段階か

ら、子どもの異変に気づけることも多い。けど、愛みたいに、なまじ症状が軽いと、ほぼ通常どおり日常生活が営めてしまう。ただ、コミュニケーションや服装のこだわりに問題がある。本人も自覚がないまま、社会に参加することになる。結果、ただの変人だと思われて、敬遠される。つまはじきにされる。まさか、誰も障害があるとは思わない」

こいつは変人だ、宇宙人だ、頭がおかしいんだと、何度愛を心のなかでののしり、あきれ果ててきたことだろう？　亮磨はぎゅっと目をつむった。感情のやり場がわからなかった。ぶつける場所が見つからなかった。

「たとえば、さちさんって子は、白杖を持って歩いていれば、周りからはすぐ視覚障害者だと気づいてもらえる。不謹慎な言い方かもしれないけど、あの杖にはそういう役割もあるわけだ」

亮磨はうなずいた。

「でも、愛は違うんだよ。彼女は社会的に見れば、ただの空気が読めない人間だ。ちょっと前の言葉で言うなら、ただのＫＹですまされてしまう。ＫＹならまだいいかもしれないけれど、最悪の場合、イジメの対象になる。実際、学生時代をとおして愛は、ずっと……」

そう言いかけて、「いや、よそう」と、社長はつぶやいた。オールバックの髪をかき上げる。

見るものすべてがつらすぎるという、愛の叫び声が耳から離れなかった。さっき、公園ですがりついてきた、あまりにも弱々しい愛の手の感触が、まだ背中に残っていた。これまでの愛の人生を思うと、今にも叫びだしたくなって、でも、そんな自分にどうしようもない嫌悪を感じていて、頭がおかしくなりそうで、社長の話をだまって聞いているのが精いっぱいだった。

「そんな愛の心のよりどころは何だったと思う？」

「いや……、わかりません」亮磨は首を振った。

「料理だよ。おいしいと思う感情は、多くの人が共有できるものだ。愛は子ども時代、何をすれば両親がよろこんでくれるか、まったくわからなかった。嘘をつくな、嘘つきは泥棒《どろぼう》のはじまりだと言われて、何でもかんでも正直にものを言ったら怒られてしまう。愛としては訳がわからないわけだ。愛は、ただお母さんに気に入られたい、好かれたいって願ってるだけなのにな」社長は重々しい口調で話をつづけた。

「でも、両親に料理を作ったら、ものすごくよろこんでくれた。感情を読めない愛にとって、それはわかりやすい反応だよな。おいしいという感情に、ややこしい言葉や建前やコミュニケーションは存在しない」

トマトと卵の炒め物を出されたときのことを思い出した。本当はトマトが好きなのだと言った亮磨に、おいしいものは人を正直にさせてくれると愛は笑顔を見せた。

「だから、彼女はコミュニケーションの手段として料理を覚えた。今では、たぶん数百くらいのレシピが頭のなかに入っていると思う」

「数百も……」思わず愛を見やる。かすかな寝息をたてている。

「だけど、逆は苦手だ」

「逆？」

「あくまで、最初にレシピがある。それをもとに材料をそろえる。調味料を厳密に準備する。だから、それとは逆に、冷蔵庫の余りもので料理を作るということができない。適当、ということが何よりも難しいんだ。あと、新メニューの開発、なんていうのも、ムリだな。あくまで俺がメニューを考案して、調味料を大さじいくつ、小さじいくつまで、正確に紙におこす。それをもとに、愛が料理を作る。一回作れば、驚くべきことにそれを完璧に再現できる」

布団がごそごそと動く気配があって、亮磨と社長は同時に愛のほうをうかがった。寝返りを打ったようだ。

「でも、やっぱり愛さんは、ちゃんと人の痛みがわかると思います。愛さんの料理には、なんというか……、そのまんまですけど、愛を感じます。愛情を感じます。確実に」

この部屋で食べた切り干し大根の味を思い出した。はじめてあの料理をおいしいと感じた、やさしい、心のこもった味。ダシのきいた、温もりと包容力のあるあの味が、ずっとむかしに食べた料理であるかのように、なつかしくてたまらなくなっている。

「あっ、それ、俺も思うわ」と、社長がこの部屋に来てはじめて笑った。「ただ機械的にレシピを再現してるだけじゃないんだよ。そこが愛のすごいところだなぁ。たぶん、料理を作ってるときは、食べさせる相手のことを必死になって考えているんだと思うよ」

社長の笑顔が苦笑いに変わった。

「愛は人とのコミュニケーションを極端におそれてる。社員になることは、何度も提案してるんだけど、そのたびに断られてきたんだ。今まで散々嫌な思いをしてきたんだろうな。自分に対する肯定感がいちじるしく低いんだ。だからこそ、太田を教えさせて、まず自信をつけさせようと思った」

私と亮磨は、チューブワーム――。

愛はどんな思いでその言葉を口にしたのだろう？　どんな覚悟で、深海の底に根をおろし、ひっそり暮らしていこうと決意したのだろう？

「でも、愛さんも変わりたいって願ってるはずです」

この前のミーティングのこともあった。テレビカメラの前で、太田を一人前にすると語った、十二月のミーティングだ。

「そうかもしれないな。でも、変わらなきゃいけないのは、俺たちのほうかもしれない」と、社長はしずかに自分の胸をたたいた。「ずっと前、柴崎にね、愛のことを甘やかしすぎだと指摘されたとき、俺はスタッフ全員に対して、障害について話そうかどうか、真剣に迷った。寸前まで迷った」

たしかに、あの場では誰もが社長のことを甘いと思ったはずだ。

「愛さん自身は？　みんなに知られることをどう思ってるんですか？」

「俺に任せるとは、言ってくれてるけどな……」

社長は恥ずかしさを押し隠すように、ハットに手を突っこんで、ぐるぐると回転させた。

「でもな、みんな同じようなもんなんだよ」

「同じ？」

「社会的には、健常者かもしれないけどな、みんな多かれ少なかれ、欠損を抱えてる。俺だって、むかしは悪かった。若いころはバカだった。キレまくってた。手がつけられないほど、イライラしてた。誰だってそういう一面がある」

俺もそうだと思った。都合が悪くなると、すぐ嘘をつく。すぐ逃げ出す。そして、自分を正当化して、なかったことにしてしまう。

「当たり前だけど、完全な人間はこの世にいない。みんなできないこと、苦手なことがそれぞれある。それを互いに補いあっていけるような捲土重来になればと思ってる」

社長の手の上で、ハットのつばが波を打ったように、回転しつづける。

「亮磨が、さちさんって子といっしょに走ってるようにね。たぶん、さちさんが一方的に伴走者から恩恵を受けるだけじゃなく、亮磨のほうもきっと何かを受けとっているはずだ」

「それは……」亮磨はうなずいた。「そうです。さちさんからは、いろんなことを教わってばっかりです。勇気づけられてばっかりです」

社長がぐるぐるとまわしていたハットを、宙に跳ね上げた。「よっ」と、声を出して、首を突き出し、落ちてきたハットを頭の上で直接受けとめる。つばで顔を隠すように、深くかぶり直す。

「……と、きれいごとを言ってみるけれど、なかなかうまくいかないんだなぁ。俺も人のことは言えなくてさ、実際、愛に本気でムカついて、怒鳴ってしまうことがある。あるいは、何も知らない子どものころだったら、なんだ、こいつって思って、無視してしまっているかもしれない」

知らなかった、という、たった一言で片づけられていいことなんだろうか？　空気の読めない人間を邪魔者扱いしたり、無視したり、そんなことは誰でもしかねないのだ。

「個人的にも、店としても、それが俺の永遠の挑戦だな」

社長が亮磨を見すえる。

「お前の挑戦はなんだ？」

そう聞かれて、亮磨は自然と背筋を伸ばしていた。

「ミーティングで話してただろ。お前の今の挑戦は、さちさんをゴールまで走らせることだろ？」

社長もぐっと背筋を伸ばした。

「大人になれ、亮磨」力のある視線が亮磨をとらえる。「さっきも言ったけど、愛の気持ちを受け入れるかどうかは、お前の自由だ。けれど、愛がお前の同僚であることは変わりない。お前が捲土重来で働きつづけるかぎり」

軽薄な大人だと、社長をあざけっていた自分が許せなかった。

「どんなに後悔したって、過去には戻れない。子どものころには戻れない。だから……」

重みのある社長の言葉が、亮磨の心の奥底に深く突き刺さっていった。太田のような不良を改心させ、愛のような障害や病気を抱えたスタッフによりそい、イジメや不登校をのりこえようとしている学生たちをはげまして、十数年も店を切り盛りしてきたのだ。すべての従業員の人生を両肩に背負っている——その責任と覚悟にこたえなければならないと亮磨は切に思った。

「早く、大人になれ。大人になって、さちって子も、愛も守ってやれるような、強くて、でっかい人間になれよ」

この夜は、二人で交代して、寝ている愛を見守ることになった。またパニックを起こしかねないからだ。

「社長は先に寝ててください。僕が愛さんをみてますから」

「そうか？　じゃあ、お言葉に甘えて」

先に亮磨が寝ろと、嘘でも気をつかってくれるものだと思ったら、社長はクッションを枕にして、早々に床に寝転がった。

「ちょっとしたら、起こしてくれ」

床に雑魚寝《ざこね》というのは、申し訳なかったけれど、布団が余計にあるわけでもない。社長もかなり疲れているのかもしれない。すぐに、いびきが聞こえてきた。愛の寝息も、変わらず穏やかで、規則正しい。

亮磨は筋トレをはじめた。いてもたってもいられなかった。今すぐにでも、何かをしなければいけないという、焦りのような気持ちが、大きくふくらんでいった。ひさしぶりのトレーニングで、腹のなかが焼けるように熱くなった。それでも、負荷をかけつづけた。

社長の言うとおり、強くならなければならない――ただ、その一心だった。強い、イコール、体を鍛えるということでは、必ずしもないとは思ったけれど、とにかくさちの伴走をつとめるためには、なまった体をもう一度、奮い立たせなければならなかった。

筋トレの合間に、スマホを取り出した。

ラインを起動し、妹とのトークのページを表示させた。迷っていたら、ダメだと思った。

〈突然の連絡、ごめんなさい〉――そこまで書いた。一度、深呼吸をしてから、つづきを考えた。

もしかしたら、ブロックされていて、メッセージを読んでくれないかもしれない。そもそも、連絡先からも削除されているかもしれない。

〈優亜のことが、とても心配です。でも、きっと優亜は、そんなことを言う俺が憎いと思います。だから、どうか心のなかで、俺をののしって、殴って、蹴って、踏みに

じって、忘れて、前に進んでほしいと思います〉

こんなの自己満足だ。こんなことで、妹自身の問題は何も解決しない。それはわかっているつもりだった。

〈ただ、それだけを祈ってます。あらためて、ごめんなさい。返事はいりません〉

それでも、あの日のままとまってしまった時間をふたたび動かさなければ、お互いのためにならないと思った。

思いきって、送信ボタンを押した。メッセージが表示されて、とまっていたページは更新された。「既読」がつくかどうか、わからない。一生、つかないかもしれない。足上げ腹筋を繰り返しながら、妹もいつか社長のような懐《ふところ》のでっかい大人に出会って、成長してくれることを心の底から願った。

そのうち、社長のいびきが、ますます強くなっていった。ガーゴーと、まるで地響きのように床が振動した。

「ここ……どこ？」

愛の細い声が聞こえてきたのは、社長のいびきがぴたりととまったときだった。

「亮磨……、そこに、いるの？」

「愛さん！」亮磨はあわてて愛の枕元ににじりよった。「愛さん、大丈夫ですか？」

「亮磨の家……？」愛が掛布団から手を出した。

何かを求めるように、こちらに向けて伸ばしてくる。かさかさと荒れたその手を両手でつつんで、なでさすった。

「愛さん、ごめんなさい」

「私のほうこそ、ごめん」枕の上で、愛がかすかに首を横に振った。「あの女の子にも、すごく悪いことをしちゃった」

「大丈夫です。ケガはなかったですから」

しばらく、見つめあった。すると、「ガゴッ」という爆発音が背後から聞こえた。とまっていた社長の息が復活したようだった。ふたたび、ものすごいいびきが鳴り響く。思わず、二人で笑ってしまう。

おでこの真ん中で切りそろえられた前髪が、乱れて、跳ね上がっている。枝で傷ついた頬には、ばんそうこうが貼られていた。真ん中のガーゼの部分が、赤くにじんでいる。

「そうだ！」愛が突然、がばっと起き上がった。「私、公園に戻らなきゃ！」

「えっ？」

「マフラーと手袋、落としたまんまだ。せっかく亮磨にもらったものなのに！」

「拾ってきたから大丈夫ですよ」亮磨は愛の肩に手をかけた。「汚れてるんで、洗濯して返しますから」

「嫌だ。今したい」メガネをしていない大きな目で、亮磨を見上げる。

亮磨は立ち上がって、脱衣所に向かった。さっき洗濯機に入れたマフラーと手袋を取り出す。

マフラーのほうは、比較的、汚れが少なかった。もう一度、玄関で念入りに土を払ってから、居間に戻った。

「巻いてくれる？　あのときみたいに。これ、買ってくれたときみたいに」愛がぎゅっと目をつむる。

亮磨も、つられて、強くまぶたを閉じた。たった一回きりの、かぎりある人生で、背負ったもの、背負わされたもの――亮磨はそのすべてに思いをはせながら、マフラーを丁寧に愛の首元にかけた。

「愛さん」ふんわりと、やわらかくマフラーを一周させながら、亮磨は言った。「愛さんは、そのままでいてくれればいいんです」

最初は、社長に言われたとおりのことをなぞって、愛につたえた。

「愛さんは、そのままがいいんです。目が見えなくなる必要なんて、これっぽっちもないんです」

言わされているという感覚はまったくなかった。むしろ、自然と言葉があふれ出てきた。

「愛さんのとなりで、見たいんです。きれいな青空を。海に沈んでく夕陽を、いっしょに見たいです。あと二ヵ月で咲く桜を、となりでいっしょに見たいんです」

つたなくてもよかった。不細工でもよかった。ただ、これだけは言わなければならない、つたえなければならないという衝動に突き動かされるまま、熱に浮かされたようにしゃべりつづけた。

「いっしょに見たいんです。太田さんが将来とるはずの調理師の免状を、いっしょに見たいです。クミさんがテレビで活躍する姿を、いっしょに見たいです。そうして、いっしょによろこびたいです。うれしさをわけあいたいです」

マフラーに顔をうずめた愛の顔が、輝いていく。

「食べたものをおいしいって思うことも、うれしい、楽しいっていう気持ちも、きれいだなっていう感動も、ややこしいことなんてない。みんなおんなじなんです。だから……」

亮磨は息を吸いこんで、心のなかの思いを一気に吐きだした。

「だから、愛さんは、そのまんまがいいです。そのままで、じゅうぶん愛さんです」

愛がマフラーのなかで深くうなずいた。

「わかったよ」うるんだ目を、こちらに向ける。「ごめんね」

人の気持ちがわからないということ。目が見えないということ。嘘をついて逃げ出してしまうということ。

料理を作り、食べるということ。走るということ。日々、働いていくということ。それまで単純だと思っていた、いろいろなことが、よくわからなくなっていた。それでも、愛がそこにいるということに変わりはない。さちのすぐとなりを走らなければならないということに変わりはないのだ。

「亮磨は走っていいからね。あのコと、走っていいからね」愛が言った。「亮磨のしたいことをしていいからね」

静かな闘志が燃え立つようだった。ありがとうございます、社長——心のなかでそうつぶやいて、気がついた。

激しかった社長のいびきが、またとまっていた。亮磨は床に寝ている社長をそっとうかがった。さっきみたいに、呼吸がとまっているわけではなさそうだった。胸の上にのせたテンガロンハットは、ゆっくりと上下している。

社長は、やわらかく目を閉じたままだ。寝はじめたときの姿勢と変わらない。

亮磨は、はっとした。

社長も目を覚ましている、こちらの会話をそっと聞いている。そう確信したのは、仰向《あおむ》けで横たわっている社長の目尻からこめかみにかけてが、濡れて光っているのを見たからだった。

愛の手を強くにぎりしめた。そうでもしないと、自分も泣いてしまいそうだった。

「亮磨？」愛が不安そうに、涙をこらえる亮磨をうかがった。「大丈夫かい？　私、今何か悪いことしたかな？　何かおかしなこと言ったかな？　傷つけたんなら、教えてよ」

「大丈夫です」亮磨は力強く首を振った。「大丈夫ですから」

「そっか、よかった」愛が大きく笑う。「腹減ってるだろ。すぐに何か作るよ」

立ち上がりかけた愛を、あわてて制した。

「もう、おそいですし、寝ましょう」

「じゃあ、となり、来て」愛が、自分のとなりのスペースをぽんぽんとたたく。

電気を消して、愛のとなりに入った。亮磨は愛の手を布団のなかで探りあてた。

安心したのか、愛がほっと息をつく。そんな気配がつたわってくる。数分くらいたつと、静かな寝息がすぐとなりから聞こえてきた。

亮磨もうとうとしはじめたころ、社長の寝ているあたりから衣擦《きぬず》れの音がかすかに響いた。

薄目をあけて、枕の上で顔を傾けた。社長がゆっくりと立ち上がる。薄闇にヒグマのようなシルエットが浮かび上がった。足音を立てないようにしているのか、両足をするようにして、玄関へと向かっていく。

そのまま、靴を履き、扉を開ける。靴箱の上に置いていた鍵をとったらしい。施錠のあと、カンと軽い音がして、社長がドアの郵便受けに鍵を落としたことがわかった。外階段を下りていく軽快なステップのあとは、すっかり無音に包まれた。

廉二との連絡が途絶《とだ》えて、一ヵ月がたっていた。さちや、亮磨が何度連絡をこころみても、音沙汰はなかった。

いつ廉二が戻ってきてもいいように、亮磨はさちとのランニングを再開していた。三月に入り、いよいよ実戦モードの練習に切り替わりつつある。レースペースで距離を多く踏むことを心がける。

けれど、その練習メニューも、廉二が数ヵ月単位で立てた計画によるものだった。大黒柱を失った状態のまま、二人は駒沢公園を周回しつづけた。スピード系の練習も、ランニング用の腕時計を購入した亮磨が、ペースを管理、維持して、行っていた。

やはり口うるさく説教をたれる廉二がいないと、練習がしまらない。春になるような、ならないような、中途半端な気温と日差しのなかで、集中しているような、かといって心ここにあらずといったような、微妙な状態で亮磨とさちは練習をつづけている。自分たちがどこに向かっているかも、わからない状況のまま。

「あっ、もう梅が満開ですよ」亮磨は走りながらコースの脇に目を向けた。紅や白の梅の花が、やわらかい太陽に照らしだされている。腰の曲がったおばあさんが、携帯電話をかざして、ほのかにピンクがかった、小さな白梅を接写している。

「紅白のコントラストが、すごくきれいです」風景を共有したい。楽しく走りたい。さちの要望にこたえるように、亮磨は目の前の情景を説明した。

さちは、まるで花のにおいを嗅ぐように、走りながらくんくんと鼻を動かした。

もしかしたら、四十二・一九五キロを、俺がすべて伴走しなければならないかもしれない……。亮磨はすぐとなりを走るさちに視線を向けながら考えた。一キロ五分を切るペースで、二十キロを走れるようにはなっていた。本番を走りきれる自信もついた。けれど、その倍の距離となると、まるで想像もつかない世界だ。

「速度を落としましょう。五メートル先、手押し車のおばあさんが横断します。少し進路を左に」

梅の季節だからか、それとも少し暖かくなってきたからか、平日でも人出は多くなっていた。周囲に気を配りながら、さちの手と足の動きに合わせて、地面を蹴りつづける。そうして、一歩一歩着実に前に進んで、不安を打ち消していくしかなかった。

「もう、そんな季節かぁ」さちは、感慨深そうにつぶやいた。「練習終わったらさ、梅の花、近くで見ていいかな？」

「もちろん。きれいですよ」

「むかしはさぁ、桜はまだしも、梅の花なんて気にしたこともなかったんだ。だけどさ、目が見えなくなったとたんに、気になって、きっときれいなんだろうなぁ、よく見てみたいなぁって思うのって、なんだか皮肉な話だよね」

「俺もですよ。今までは、梅なんて見向きもしませんでした」

さちさんのおかげです。さちさんのおかげで、今は周りがよく見えます。世界がクリアに見えます。その言葉は、寸前まで迷って、結局口には出さなかった。

「梅が終わったら、もう、すぐに桜の季節になっちゃうんだろうな」呼吸の合間に、さちがつぶやく。「早いなぁ」

「本当に、早いですね」

お互いに廉二のことを考えているのは、あきらかだった。でも、その名前は、暗黙の了解で口にできない。もうすぐそこに、かすみがうらマラソン兼国際盲人マラソンが待ち受けている。それなのに、本来、さちのとなりをうめるべき空間は、ぽっかりとあいたままだ。

同じマンションに住んでいるのだから、たまたま会う機会もあるはずだ。けれど、さちの話によると、すれ違うこともないらしい。そもそも、廉二がさちを見かけたとしても、さけようと思えば、簡単にさけられるのだ。さっと物陰にでも隠れてしまえば、すぐ近くをさちが通りかかったとしても、気づかれるおそれはない。

ゆるやかなカーブをへて、ケヤキ並木の一本道にさしかかる。いつもの見慣れた、走り慣れたジョギングコースのはずだった。

視界の端に、違和感を覚えて、ふと横を向く。

チリリン広場という幼児の自転車練習場に、大人の膝ほどの、低いレンガの仕切りがある。そこに腰かけている、長身の男性——。

平日の昼間。スーツ姿の若い男は、周囲の風景から浮いて見えた。足を放り出すようにして、ぼんやりとケヤキ並木を見つめている。

「あっ!」亮磨は思わず叫び声を上げてしまった。いつもと違う格好だからか、気づくのがおくれた。「廉二さんがいます。向こうはまだ気づいてないみたいですけど……」

「ちょっと……嫌だ!」さちがさらに、体をかたくした。急に足をとめる。ロープががくっと引っかかって、あやうく亮磨のほうが転ぶところだった。

「嫌だって言ったって……」

廉二はまだ、口をぽかんと開けて、裸のケヤキの木を見るともなしに眺めている。枝の隙間から降り注ぐ太陽が、その顔をまだらに照らしだしている。

「ここで声をかけなかったら、チャンスがないですよ!」

亮磨はなかば引きずるようにして、さちのにぎるロープに力をこめた。

「ごめん、亮磨君！　先に話してきて！　私、絶対、ムリ」散歩を嫌がる犬みたいに、さちはケヤキの太い幹にしがみついた。「ムリ、ムリ！　ムリだから」

「だから、ダメですって！　今しかないですって！」

その騒ぎが耳に入ったのか、廉二がふとこちらを見た。目が合った。それでも表情は変わらなかった。気まずそうな顔を見せてくれたほうが、まだ説得する端緒がつかめたかもしれない。うつろな無表情を前にして、亮磨は一瞬たじろいだ。

けれど、ここで怖気づいていたら、何も事態は進まない。亮磨は意を決して、ロープを離した。「行ってきます」と、一声かけてから、さちをその場に残し、廉二の前に立った。

「いったい、どういうことですか？」きつい口調になってしまうのを、おさえることができなかった。「ちゃんと説明してください」

「ああ、亮磨君か」まるで、今気づいたとでも言いたげな、鈍い反応だった。亮磨を見つめる目には、まったく生気が感じられない。

廉二が両手をつきながら、ゆっくりと立ち上がる。黒いカバンはレンガの上に置いたままだ。その緩慢な動きに、亮磨は首をひねった。以前は、日常の何気ない動作でも、もっときびきびとしていたはずだ。それこそ、体の隅々まで意識が行き届いているようだった。

「就活ですか？」亮磨はとりあえず、無難なところから話題を持ち出した。

「ああ。もうすぐ四年だからね」廉二はうなずいた。「どうだ？　似合わないだろ？」

そう言って、廉二は両手を広げた。たしかに、ほとんどジャージやランニングウェア姿しか見たことがなかったので、細身のスーツ姿の廉二には、かなりの違和感を覚えた。

でも、それ以上に、何かが引っかかるのだった。その違和感の正体をたしかめるために、亮磨は廉二の動きを注視した。

「なんで、連絡してこないんですか？　さちさんは、ほかに好きな人ができたからかもしれないって、そうとうへこんでますよ」

亮磨は後ろを振り返った。ごつごつしたケヤキの幹から、さちが顔だけ出して、こちらをうかがっている。

「さちの言うとおりだよ。ほかに好きな人ができたんだ。相手は健常者だ」廉二は薄い唇をへの字に曲げた。さちのほうに視線を向けて苦笑いする。「だからね、俺には、さちのとなりを走る資格なんてないんだよ」

亮磨は心のなかでため息をついた。こいつも、どうしようもなく不器用な人間だ。

「膝……、ですよね？」少しだけ声を大きくして、さちにはっきり聞こえるように問いかけた。「はっきり言ってください。痛いんですか?」

廉二が、すうっと息をのみこむ。何か言いたそうに口を開いたけれど、結局、その唇は真一文字に閉ざされてしまった。

「ちゃんと言ってください。さちさんはずっと一人で走ってたんですよ」

「さちが? 一人で?」はじめて廉二の表情に変化があった。驚いた顔で、亮磨と、ケヤキの後ろに隠れているさちを見くらべている。「いったい、どうやって?」

「暗い夜に、街灯の光だけをたよりにして」亮磨は言葉少なに答えた。「たった一人で、ずっと、ずっと」

廉二がうつむく。自分の足の具合をたしかめるように、革靴の先を地面につけて、一度ぐるりとまわした。

「よくわかったなぁ」廉二はようやくそれだけを口にした。

「走れないくらいなんですか?」とたんに、心配になってきた。たとえ、廉二が戻ってきてくれたとしても、マラソンどころではないかもしれない。

ところが、廉二は亮磨の質問には答えず、独り言のようにつぶやいた。

「さちにはまったくバレなかったのに、まさか君に指摘されるとは思わなかったな。まさに、今は君がさちの目というわけだ」

「だって、ここ数ヵ月、ずっと廉二さんの後ろを、さちさんといっしょに追いかけてきたんですよ。死ぬほどの思いで、ずっと廉二さんの背中を見つづけてきたんです。そりゃ、ちょっとの動作で、膝をかばってることくらいわかりますよ」

「それも、そうか……」

出会ったときに浴びせかけられた、説教の速射砲がなつかしい——亮磨がそう感じてしまうほどの低いトーンで、廉二はぽつりぽつりと話をはじめた。それは、亮磨にとっては耳の痛い内容だった。

「君といきなり連絡がつかなくなって、俺は四十二・一九五キロ、フルで伴走する決意をかためた。そのための練習も、一人で繰り返した。きっと、寒さも影響したのかもしれない。ある日、ピキッときた。冷や汗が出るくらいね。しばらく、その場から動けなかった」

やっぱり、俺のせいか……。

「すいません」頭を下げた。あやまっても、あやまりきれないと思った。

チリリン広場では、幼児たちが補助輪付きの自転車を懸命に漕いでいた。その様子を母親が、スマホで撮影している。ほら、こっち見て、こっち！　母親たちの甲高い声が響いている。

「勘違いすんなよ。君のせいじゃないよ」そう言って、廉二は首を振った。「走ることは俺のすべてだったたんだ。今は何をどうしていいのかわからないんだ」

この人は、俺を責めているわけじゃない。それだけはつたわってきた。けれど、亮磨のなかで、やり場のない罪悪感がわき上がってくる。

「走っていたときは、タイムだけが絶対的な評価の対象だったんだ。たしかに体も精神も苦しかったけど、今思えばこれほど楽で単純な世界はなかったとすら思うよ。速ければ勝者、おそければ敗者――そんなわかりやすい世界だった」

廉二は自転車を漕ぐ子どもたちを、うらやましそうに、遠い目で眺めていた。

「けどね、ふつうの就活をはじめて、まるで正反対の世界に放りこまれた気分だよ。自己PR？　長所？　短所？　そんなの知らねぇよ。わからねぇよ。人間力なんて、コミュ力なんて、そんな曖昧なもの、わかるわけねぇじゃん。『大学の陸上部に、ケガをするまでは所属していまして、体力と根性には自信があります。誰にも負けません』。そんなとおりいっぺんのことしか言えない自分に愕然とさせられたよ」

それまでの、よくしゃべる廉二に戻ったかのようだった。

「『自己ベストは何分何秒です、あの大会では何位でした』。その一言で、尊敬されたり、見下されたりしてた単純な世界が、なつかしすぎるね、ホント。俺はずっと、そんな場所で生きつづけるもんだと思ってたんだ。だから、一度そういう世界をあきらめて、その直後にさちがあらわれて、俺は本当に生き返ったように思えたんだ。もう一度、走りだす勇気がわいてきたんだ」

もしかしたら、こうして吐きだす相手とタイミングを、廉二自身も待っていたのかもしれない。

そして、それはきっと、さちにももらすことのできなかった弱音なのかもしれない。だったら、関係のない俺がとことん聞いてやろうと亮磨は決意した。そのくらいしか、できることがなかった。

「廉二さんは、いつから走ってきたんですか？」

「ずっとむかしからだよ。周りの友だちが自転車に乗る年齢になっても、俺の家は母子家庭で貧乏だったから、買ってもらえなかった。遊びに行くには、いつもいつも自転車に乗る友だちを走って追いかけてた。だから、必死だったよ。そのころから、全力疾走だ」

そう言って、廉二は薄く笑った。

「しかも、陸上はほかの競技にくらべてあんまり金がかからない。でもね、高校のころ、母親が今の父親と再婚したんだ。一気に、金持ちだ。今のマンションに越してきた。父親はクソがつくくらい良い人間で、その人のために、今まで苦労してきた母親のために、箱根を走りたいって思った。そのために、常連校に入った」

廉二が、ネクタイをゆるめる。

「俺の半生……、以上だ」廉二は、亮磨を見下ろした。「これで、満足か？」

「全然」亮磨も負けじとにらみ返す。「さちさんはどうなるんですか」

「さちのことを幸せにしてあげられるのか、自信がなくなったんだよ」

廉二はうるんだ目で空を見上げた。きっと、ケガのせいで、心まで弱っているのかもしれない。それでも、廉二の表情に、怒りや、悲しみや、あきらめや、様々な感情があらわれるようになってきた。

「楽で、幸せなことばっかりじゃないってのは、目に見えてるだろ。本当に俺はこの人を支えつづけていけるんだろうかって、不安に思うことのほうが多くなったんだ」廉二は、一気にまくしたてた。「それって、好きだって言えるか？　本当に好きだったら、そもそも、そんな疑いすら抱かないはずだよ。だから、俺じゃダメなんだ」

廉二の言葉は、そっくりそのまま、自分に返ってくるようだった。

頭のなかには、マフラーに顔をうずめた、愛の笑顔があった。愛の猫のヒゲのようなえくぼがあった。

にぎりしめた拳のなかには、骨ばった愛の手の感触が、たしかにあった。ポケットの内側で、布団のなかで、その手をにぎりしめたときの、胸にこみ上げてくる、切迫した気持ちを、たしかに今も感じていた。

「好きだからこそだろ」つい、ぼそっとつぶやいてしまった。

「あん？」急に語気を強めた亮磨に、廉二はいらついた表情を見せた。

「好きだからこそ、そういうこと考えんだろ。好きだから、そういう心配をするんだろ。そんなの当たり前だろ。お前、バカか」

それこそ、自分にそんなことを言う資格なんてないのに、あふれだしてくる言葉をとめられなかった。

「それにさ、俺が支えてやんなきゃ、さちが生きていけないみたいな、その言い草は何なんだよ。なんで上から目線なんだよ！　さちさんは、強い人なんだよ。お前の支えなんか、もともといらねぇんだよ」

ふっ、と廉二が短く笑った。

「まさか、君に言われるとは思ってもみなかったなぁ」

ひょろっと長い腕を持ち上げ、手を頭の後ろで組んだ廉二は、苦笑いで天を見上げた。

「すいません……」頭にのぼっていた血が、一気に全身に散っていった。

「立場が逆転したみたいだよ。まさか、こんな短期間で、入れ替わっちゃうとはね。亮磨君も、いろいろあったみたいだね」

「ありました」亮磨は正直にうなずいた。「いろいろ、ありました」

「顔を見たらわかるけど、亮磨君、迷いを吹っ切ったね。今は恐れとか、不安から、ぶっちぎりで逃げきってる。そんな顔をしてるよ」

「焦ってるだけです」亮磨はとたんに気恥ずかしくなって、うつむいた。「焦りまくってます。ただただ前に進みたい、もっと速く走りたい、自立したい――それだけなんです」

「いいことだよ、それは、すごく……」

廉二も、うつむく。

「今度は俺のほうが、ぐずぐず迷ってる。どこに向かったらいいのか、全然わからなくなってる」

はぁ――。

廉二が大きく息を吐きだした。

「でも、そこまで難しく考えることなんてないのかもしれないなぁ。君のすっきりした顔を見て、気がついたよ」

それから、両手で思いきり頰をたたく。ぴしゃりと、鋭い音が鳴った。

「あと一ヵ月で、だましだまし走れるくらいにはなるかもしれない」

廉二がさちのほうをちらりと見た。それから、亮磨に視線を戻す。

「俺が前半の二十キロを走る。君が後半の二十二・一九五キロだ。それでいいか？」

「えっ？」亮磨は思わず聞き返していた。

「前半はコースが二万人ものランナーで混雑する。だからこそ、位置取りやペースメークも難しい。たぶん、俺がやったほうがいいだろう」

廉二が自分の足元を見下ろした。

「あとの二十二・一九五キロは、亮磨君の担当だ。コースも平坦になる。混雑も緩和される。最後まで突っ走れ。君を追いかけてくる、すべてのものから逃げきれ。さちを連れて、ね」

亮磨は、何がなんだかわからず、ただ曖昧にうなずくことしかできなかった。そんな亮磨の戸惑いを置いてきぼりにするように、廉二は一方的に話を進めてしまう。

「さち！」廉二が大声で呼びかけた。

太いケヤキから顔をのぞかせていたさちが、突然名前を呼ばれて、びくっと飛び上がる。ふたたび、幹に顔を隠す。

「さち、今までごめんな。俺は決めたよ。俺は前半を走る」

「私も、ごめん！」さちが、おそるおそる顔をのぞかせた。「ケガのこと気がつかなくって」

「いいよ、全然！　俺が悪いんだ！」

十メートルほどの距離で、怒鳴りあうように言葉を交わしている。

ひさしぶりの再会なのに、もっと近づいて話せよ――亮磨はいよいよこの二人の不器用さに苦笑いさせられた。でも、これはこれで、さちと廉二のデコボコな二人らしいと、ほほえましい気持ちにもさせられるのだった。そして、何より勝手にどんどん話を進めていってしまう、いつもの廉二が戻ってきてくれたことに、言いようのないたのもしさを感じている。

「ゴールで待ってるから、無事に俺のところに帰ってきてほしい。今の亮磨君なら、信頼できる。こいつと無事に帰ってこい。そしたら……」

廉二が息を大きく吸いこんだ。

「そしたら、半年前の返事を聞かせてほしい」

ケヤキの幹から顔をのぞかせたさちも、顔を輝かせて大きくうなずく。二人がゆっくりと近づいていく。

ほっと胸をなでおろした。これで、いい。これで、いいんだ。

その一方で、手と手をとりあったさちと廉二を眺めながら、亮磨は激しい後悔に襲われていた。澄み切った水に落とした一滴の墨汁みたいに、暗い気持ちがじわじわとにじんでいくのをとめることができない。

一ヵ月後、俺はこの人たちの、心からの信頼を、根底からひっくり返すことになるんだ。それでも、何がなんでも、さちを転倒させたあのときの真実を話して、彼女をだましつづけてきたことを謝罪するつもりだった。

ゴールした瞬間、きっとこの二人とは決別しなければならないだろう。そのほうが二人のためなのだと、亮磨は覚悟を決めていた。

# 透明な風

「先行の車椅子ランナー、通過します！　気をつけてください！」

ボランティアの注意喚起の叫び声が響いた。亮磨は空き地に敷いたレジャーシートから立ち上がって、沿道に身をのりだした。

三つの車輪がついた、流線型の車椅子が猛烈なスピードで近づいてくる。一度下って、また上りに切りかわる道。下り坂の勢いを利用して、一気に駆け上がってくる。血管が浮いた太い腕が、さかんにホイールを回転させる。

前髪がふわりと浮き上がるほどの風圧が巻き上がった。けれど、その強い風は、亮磨の緊張を気持ちよく吹き飛ばしてはくれなかった。いよいよ、だ。いよいよ、走るんだ。そう考えると、足ががくがくと震えるほどの焦燥感《しょうそう》が、まるで悪寒《おかん》のようにつま先から這い上がってくる。

気温はゆうに二十度をこえている。陽だまりにいると、暑いくらいだ。武者震《むしゃぶる》いと言えば聞こえはいいかもしれないけれど、実際は、ただ単純にレースの雰囲気にのみこまれかけているだけだった。

一心に車輪を漕ぐ荒い息づかいと、高速で回転するタイヤの摩擦音を残して、競いあう三組の車椅子ランナーがあっという間に遠ざかっていく。その前かがみの背中を見送りながら、亮磨は自分の頬を両手で思いきりたたいた。ついでに、その場で二度ほどかるくジャンプしてみる。

緊張が高まって、臨界点に達し、気持ちばかりが先にコースを走りはじめているようだった。現実の体だけが、ここに、こうして、置いてきぼりを食らっている。

亮磨は時計を見た。時刻は十時五十分——。

「かすみがうらマラソン兼国際盲人マラソン2016」の開始時間は十時だった。亮磨もスマホを見ながら、同時刻に、正確にストップウォッチをスタートさせている。

亮磨は朝の九時過ぎに、同じく二十キロから走りはじめるほかの伴走者とともに大会運営車に乗せられ、中継地点まで運ばれてきた。さちと廉二の二人がここに到達するまでは、ただひたすら待機だ。だから、約二万人ものランナーが殺到するというスタートラインの大混雑の様子も、市長が撃つという号砲の音ももちろん聞いていない。

今まさに、コースのどこかを二人が懸命に走っていると考えると不思議な気持ちになってくる。さちと廉二は、無事に前半を走り終えることができるだろうか？　廉二の膝は本当にもつのだろうか？

不安はとめどなく、押しよせてくる。つい数時間前、スタート地点の川口《かわぐち》運動公園で別れてきた二人の様子を思い起こし、なんとか気持ちをしずめようとつとめた。

「きれいだなぁ」

さちは、緊張をまるで感じさせない静かな面持ちで、公園に咲いていた桜を見上げた。目を細めて、ピンク色の花びらを一心に見つめている。

「もっと、よく見せてあげるよ」そう言って、廉二が後ろからさちの腰を持ち、軽々と抱き上げた。「ほら、どうだ？　見えるか？」

「ちょっ……、やめてよ！　子どもじゃないんだから！」さちが、ばたばたと足を動かした。顔が真っ赤になっている。「下ろしてよ！　恥ずかしいでしょ！」

思わず亮磨は笑ってしまった。二人の軽妙なかけあいが完全に復活したのは、何よりの救いだった。

時刻は、スタート二時間前の八時過ぎだった。土浦《つちうら》駅近くの運動公園には、大会に参加する市民ランナーがしだいに集結しつつあった。芝生には、色とりどりのレジャーシートが広がっている。テントをたてているグループもある。受付をすませた参加者たちは、スタートまでの時間を思い思いにリラックスして過ごすようだ。

「今がいちばん、いい時期ですね」亮磨は桜の木々をぼんやりと眺めた。すでに、ピークを過ぎてちらほらと散りはじめている桜も見受けられる。

さちの言うとおり、梅から桜までは本当にあっという間だった。あれから、ただひたすら走り、ひたすら働き、日々を過ごした。さちとともに、レースペースで三十キロまで走りきり、間違いなく本番を走破できる自信もついている。あとは、すべての力を出しきるだけだ。

最後の懸念は、廉二だけだった。結局、この一ヵ月は治療に専念し、ほぼぶっつけ本番の状態で大会にのぞむことになってしまった。もちろん、廉二の走力なら二十キロは楽勝だろうけれど、問題は膝の状態だ。

廉二は、ランニングパンツの下に、テーピング機能のあるロングタイツをはいていた。今まで、そういったものを身につけているところは見たことがなかった。

痛みはあるのだろうか？　こわくて聞くことができない。

「亮磨君は、あんまり桜を見ないほうがいいぞ」亮磨の気持ちに気づいているのかいないのか、廉二が妙に確信のこもった口調で言った。

「なんでですか？」

「この大会のコースって、本当に何も目をひくような風景がないからな。とくに後半は桜くらいしか気の休まるもんがない。だから、あんまり今見すぎるな。目が慣れちゃうから」

いつもの廉二の皮肉な調子に、さちと二人、声を出して笑った。大丈夫そうだ。廉二なら絶対に大丈夫だと信じるしかなかった。

「ねぇねぇ、二〇二〇年の今ごろって、私たち、何やってるのかなぁ？」

さちが突然ぽつりと独り言のようにつぶやいた。桜の花をふたたび見上げる。

「亮磨君も、私も、大学生になれてるかな？　日本はどうなってるかな？　明るい未来が待ってるかな？」

亮磨は力をこめて言った。

「東京オリンピックです。そんでもって、さちさんの出場するパラリンピックです」

冗談だと思ったのか、さちが短く笑った。けれど、亮磨は本気だった。どこまでも本気だった。

「きっと、明るい未来が待ってるはずです」ただの願望でもいいと思った。そう願わなければ、どんな未来もやってこない。

廉二が、深くうなずく。さちも、ぐっと表情を引き締めて、両手を胸の前でにぎりしめた。そろそろ亮磨の移動の時間が迫っていた。荷物をまとめて、しばしの別れを告げようとした。

「ねぇ、円陣組もうよ、円陣」さちが亮磨と廉二の肩に手をかける。「せっかくだからさ」

亮磨と廉二は、そのとき目を見あわせた。こいつと肩を組むのか、嫌だなと、思わず顔をしかめてしまって、しかも互いにまるっきり同じことを考えていると瞬時に察知して、二人同時に苦笑いを浮かべた。

三人は丸くなって、肩を組んだ。頭を突きあわせるように、地面を見つめる。

「ごめんね、亮磨君が出発するってなると、なんだか急に緊張してきちゃって……」

さちが顔をうつむかせたまま言った。

「大丈夫ですよ。これまで、めっちゃ練習してきたじゃないですか」自分の精神状態が「大丈夫」だと断言するには程遠いのに、亮磨はさちを勇気づけるため、ムリヤリ言葉をひねりだした。けれど、やっぱり実感のともなわない「大丈夫」は、自分でもびっくりするほど、空虚に響いた。

すかさず、「こう考えたらどうだろうか」と、廉二が助け船を出してくれた。何を言うのかと、亮磨とさちは、肩を組みあった状態で、視線を上げて廉二を見た。

「しょせん、俺たちは、障害者と、犯罪者と、ケガして夢をあきらめた人間の、よせあつめのチームだ」

「ちょっと！」亮磨はあわててさちの様子をうかがった。「俺が犯罪者なのはともかく、障害者って……」

「事実だろ？」さちが、あっさりとうなずく。「けど、ケガして夢をあきらめた……っていうのが、カッコつけててなんかムカつく。だって、私と亮磨君は、たった一言ですまされちゃったのに、ね」

そう言って、亮磨に向けて笑いかけてくる。ほっと胸をなでおろした亮磨は、「それで？」と、言葉少なに先をうながした。

「まあ……、だからこそな」と、少し廉二が気まずそうに言葉を継いだ。「最高の悪あがきを見せてやろうじゃないか」

「えっ？」

「俺たちにしかできない、最高の悪あがきをたたきつけてやるんだ」

さちが、にやり、と笑う。直後に、ふぅっと大きく息を吐きだして、「よし……」と、うなずいた。

その吹っ切れた表情を目の当たりにした亮磨は、朝からずっと胃の奥のほうでわだかまっていた、石の塊がつまっているような、ずしんと重たい緊張感がしだいにやわらいでいくのを感じていた。ここまで来たら、やるしかなかった。どこまでもあがいて、もがいて、走るしかなかった。亮磨はさちの身長にあわせて、腰を深くかがめた。

長身の廉二も、腰と膝をぐっと折った。その瞬間、廉二が痛そうに顔をしかめたのを、亮磨は見逃さなかった。さちには決して気づかれないようにしている。声に出すのを、耐えしのんでいる。その意思を尊重して、結局、亮磨は何も言わなかった。

「行くぞ！」廉二が叫ぶ。

「おぉ！」

さちとともに、亮磨は声を合わせた。

車椅子ランナーたちの背中が坂の向こうに消えていった。亮磨はふたたび、空き地に敷いたレジャーシートに腰を下ろした。腕時計を見る。

二人が五分ちょうどのペースで二十キロを走りきった場合、ここまでの到達タイムは、一時間四十分。欲を言えば、それを少し上回るタイムで来てほしい。

それにしても、亮磨が待機している場所は、廉二の言うとおり、あまりにものどかな田舎道だった。ぽつんと建った平屋の公民館と、周囲にいくつか民家があるだけで、あとは深い緑にかこまれている。ボランティアや運営スタッフが多数立ち働いているけれど、その光景もどこか村祭りの準備くらい、のんびりした雰囲気がただよっている。これから二万人が通過していく道だとは到底思えない。

うぐいすが、山のほうで鳴いた。ばさばさと背後で羽の音がして、どこかへ飛び去っていく気配がある。

こんなところで、二時間半も待たされることになるとは思わなかった。じっとしているのが苦痛だ。まさか、居眠りをして体をなまらせるわけにはいかないし、かといってあまりせわしなく動きすぎると、走る前にバテてしまう。やることがない。時間の進みがとてつもなくおそい。

すでにアップがてら、数キロ先までコースの下見をすませていた。注意すべきポイントもしっかり頭に入っている。体は温かい。けれど、気持ちがそわそわして、とにかく落ち着かない。早く、早く、とにかく早く、走りだしたい。

「来た、来た！」道の先に目をこらしていたらしい、観衆の一人が指をさしながら叫んだ。

とっさに沿道に立つ。

まず目に入ったのは、赤色灯を回転させた二台の白バイだった。つづいて、トップ通過の選手の姿がこちらにぐんぐん迫ってくる。給水所のボランティアたちが、「がんばれ！」「ファイト！」と、口々に声援を上げはじめる。拍手がわきあがる。

全身をおおった汗を反射させながら、広いストライドで、トップが通過していく。そのすぐ真後ろにぴたりとつけた、二番手の選手。腕振りをとめて手元に視線を落とすのは、自身の二十キロの通過タイムを確認しているのだろう。

「速っ！」と、思わず亮磨は叫んでしまった。野性的な筋肉のしなりと、地面を蹴る力強さ、深く、規則正しい呼吸音、前のみを見すえる鋭い眼光――たった一瞬、目の前をよぎっただけなのに、こちらに迫って、ぶつかってくるような威圧感を、亮磨は風の動きとともに全身で受けたような気がしたのだった。廉二に鍛えられた今だからこそ、ただ速いだけではない、ダイナミックで、かつ正確に管理された走りのすごみがわかる。

亮磨はふたたび、腕時計を確認した。スタートから、一時間と四分が経過した。二時間台前半のペースで走るということは、大会招待選手だろう。もちろん、このレースで彼らと張りあうわけではないけれど、実際にコースを走るランナーを目の当たりにすると、まさにいてもたってもいられない、今すぐにでも駆けだしたい心持ちになってくる。

そのあとは、一見してプロらしきランナーたちが競いあって通過していった。つづいて、大学名の入ったユニフォームを着た陸上部員など、プロに準ずるような選手たちが、次々と目の前を走り過ぎていく。

亮磨はもう一度、かるく空き地を走った。しばらくすると、一般参加の市民ランナーの姿もだいぶ見受けられるようになってきた。

天を見上げる。青い空に、大きな雲のかたまりが浮いている。春の風にゆっくりと流されていく。太陽がまぶしい。もうすぐ、二人に会える。焦る気持ちをおさえるように、一度、大きく深呼吸をした。最高の悪あがき——その言葉を刻みこむように、自分の胸を数回たたく。

亮磨はウェアの上に着ていたウィンドブレーカーを脱いだ。レジャーシートに置いた荷物は、ここまで走ってきた廉二が入れ替わりで回収する手はずになっている。

念入りにストレッチをしながら、腕時計を確認する。タイムは、一時間三十七分。次々とランナーたちが通過していく。水やスポーツドリンクをつぐ給水所のボランティアの動きが、にわかにあわただしくなっている。

そろそろだ……。

半袖のウェアに安全ピンでとめた大会用のプレート——「伴走　GUIDE」と大きく印刷された文字をあらためて見下ろす。喉の奥のほうにたまっていた、酸っぱい味のするつばを飲みこんだ。シューズのひもを最終確認する。

亮磨は沿道から身をのりだした。目をこらす。

片側一車線の、見通しのいい道路。スタートからだいぶ時間が経過して、無数のランナーたちが列をなし、こちらに向けて走ってくる。

その群衆のなかに、あきらかにアンバランスな二人の影が見え隠れしていた。一人が高身長の男性で、もう一人は男の肩ほどもない小柄な女性。二人は、ぴたりと身をよせあって、並走している。円陣を組んだのは、つい三時間ほど前のことなのに、数年ぶりの再会のような、言いようのないなつかしさが、胸の内側にこみ上げてくる。いったん下って、ふたたび緩やかな上りに切りかわる道——その谷底に二人がさしかかって、はっきりと確認できた。

さちの走りは力強い。ぐんぐん、上り坂を駆け上がってくる。亮磨は、となりの廉二の走りに目をこらした。

大丈夫そうだ。ストライドを極端にせばめた、いつもの廉二の伴走。抜群の安定感。

「さちさぁん！」声を張り上げた。こんな遠くまで見えないとわかっているけれど、つい両手を頭上で振りまわしてしまう。

斜め下を向いていたさちの顔が上がった。

「廉二さん！」さちの名前だけ叫ぶのは、ちょっと公平じゃないかなと思った。

廉二は走りながら、かるくうなずいたようだった。わかってる——そう言いたげな、憮然とした表情だった。直後、何かをさちの耳にささやいている。

今なら廉二が何を言ったのか、亮磨は手にとるようにわかるのだった。

焦るな、まだ半分も行ってないぞ、ペース維持！——きっと廉二は冷静な声音でそうさとしたに違いない。名前を叫んだせいで、さちの姿勢がほんの少しだけ前に傾いたように見えた。たしかに、誰だって遠くから大声で呼ばれたら、早くそこに着きたいと焦ってしまうだろう。亮磨は気を引き締めた。ここはゴールじゃない。さちと俺には、あと二十二・一九五キロが残っているんだ。

あと三十メートル。さちと廉二の姿がさらに大きくなる。誰かに背中を押し出されるようにして、コースの端に立った。足が震えた。

本当に走りきれるんだろうか？　本当に、本当に、さちをゴールまで導けるんだろうか？

そして、俺はゴールのあと、自分の罪をさちに告白できるんだろうか？

とめどなくあふれてくる不安をぐっとのみこむ。両手で頬をたたいて、迷いを振りきろうとする。今、そんなことを考えてもどうしようもない。それは、わかっている。わかりきっているはずだ。

あと、二十メートル。

さちと廉二が到達する目前で、亮磨はゆっくりとコースの端を走りはじめた。スピードをじりじりと上げていく。背後から聞こえてくる、二人の足音と息づかいが、しだいに大きくなってくる。

風の動きを感じた。さちと廉二が真横にならび、一気に亮磨を追い抜いていく。亮磨も二人が維持しているペースまで加速していく。廉二のすぐ後ろにつける。

廉二は亮磨が入りやすいように、少しだけ左によって、さちとのあいだをあけてくれた。さちの左手と、廉二の右手をつなぐ、小さな輪になった真っ赤なロープに亮磨は照準を合わせた。

「スイッチ！」——振り返った廉二の声。

視線が交錯した。

その横顔は、苦痛にゆがんでいるように、亮磨の目にはうつった。やっぱり痛いんだろうか？　廉二の息が想像以上に切れていることに驚く。

深く、暗く、でも輝いている瞳が、早く、来い、お前の番だ、と訴えている。

亮磨はふたたびロープに視線を戻した。さらにペースを上げ、二人のあいだに割りこむかたちで、ぴんと張ったロープをつかみとる。伴走を交代する、ほんの一瞬だけ、三人の手が一つのロープの上に重なる。

「オーケー！」亮磨が叫ぶ。

廉二が右手を放し、脇にそれていく。そのまま、亮磨の視界から消えていく。廉二の吐く荒い息も、後方へ流れていく。

亮磨はさらにピッチを上げて、廉二が走っていた位置まで躍り出た。

その瞬間、さちの腕の振りとストライドに、体が反応する。二人三脚のように、ぴたりと手足が重なっていく。さちと同時に、強く地面を蹴りだした。

廉二の汗で濡れたロープを力強くにぎりしめた。さちとつながった、さちと走りはじめた。これで、後戻りはできなくなった。

「亮磨君！　順調だ、ペースキープ！」あえぐような絶叫が沿道に響いた。「さちを、たのんだぞ！」

亮磨は振り返らなかった。もちろん、さちも。しっかりと、前のみを見すえていた。

ゴールでまた会える。笑顔で再会する。ただただ、それだけを考えていた。

廉二からロープを引き継いだ直後、二十キロに引かれたラインを、さちとともに踏み越える。「一時間三十八分五十二！」亮磨はタイムを読み上げた。

さちがかるくうなずく。

ほぼ所定のタイムどおりにここまで来てくれた。一キロ五分ぴったりのペースなら、二十キロは百分。四十二キロなら、二百十分――つまり、三時間半ちょうど。サブ3・5達成のためには、残り百九十五メートルにかかる約一分をどう短縮できるかが鍵になるわけだけど……。

一分の貯金がすでにつくれているのは、本当にありがたかった。もちろん、亮磨は走る前よりもいっそう気を引き締めている。このあと、どこでつまずくかわからない。用心するにこしたことはない。

亮磨は前方の路面をたしかめた。なるべく上下動をおさえた、なめらかな走りを心がけて、重心を少しだけ前に傾ける。周囲の木々の緑が、すべるように視界のなかを通り過ぎていく。

風景の流れと、自分の体にかかる負荷でだいたいのペースを把握する。オーケー、五分を少し切っているはずだ。廉二につたえられたとおり、ペースキープでいけば問題はない。

不思議なことに、一度走りだすと、緊張感も、武者震いも、どこかに吹き飛んでいた。腹がすわっていた。むしろ、走る前よりも、脈が落ちついてきた気がする。頭のなかには、最後に見た廉二の苦しそうな顔がよぎっている。

廉二の努力をムダにはしない、絶対に。

自分の走りが安定するのをたしかめてから、亮磨はさちの様子をうかがった。

フルを走りきるには、やはり少しだけ暑いだろうか。汗がこめかみから頬にしたたっていくのが確認できた。風は生暖かく、陽のあたっているところは、かなり気温が高い。なるべく日陰を選んで進もうと思った。

ただ、骨盤から回転していくような、躍動感のあるさちのピッチは健在だ。上半身に一本芯が通った姿勢の良さも変わらない。腕の振りも力強い。

しばらく走ると、前方からランナーたちのあわただしい足音が響いてきた。ボランティアが、曲がり角で細長い誘導灯をぐるぐると回転させている。

「あと十メートルで、九十度、左折！」

亮磨は意図的に外側へ大きくふくらんだ。内側はランナーが殺到して、危ない。

「三、二、一！　はい、曲がります！」

ロープをかるく左側に引きながら、さちの走りを誘導する。スムーズな体重移動でコーナーをまわりきった。

「右手にお城が見えますよ！」亮磨は、なるべくさちをリラックスさせるため、目の前にあらわれた建物を説明した。

「お城？」と、さちが興味をひかれた様子で聞いてきた。右のほうへ視線を動かす。

「といっても、本物の城じゃなくて、郷土資料館の建物らしいんですけど。でも、ちゃんと、てっぺんに金のしゃちほこものってますよ」

「へぇ～」と、さちがうなる。

さちの頭のなかには、きっと立派な天守閣《てんしゅかく》をいただいた、壮大なお城が浮かんでいるんだろうなと思った。実際は、せいぜい三階か、四階建てくらいで、そこまで高くはないのだけれど、きちんと説明している時間も余裕もない。

すぐに、二十一キロの表示が見えてきた。亮磨はラップを確認した。

「四分五十五！」亮磨は心のなかでガッツポーズした。「いい感じですよ！」

快調だった。これだ。この一体感だ。腕を出す、地面を蹴る。その動作がぴったりと重なって、二人いっしょにどこまでも走っていけそうな気がした。

ところが、フルの中間点を踏み越え、「半分、通過です！」と告げた亮磨は、はじめてさちの異変を感じとったのだった。

「……半分か」さちがつぶやく。若干ではあるけれど、その顔が曇る。眉間《みけん》のしわがほんの少しだけ濃くなる。

「もう半分」と割り切るか、「まだ半分」と感じるか……。微妙な差だが、あきらかに今のさちの表情は、「まだ半分」と言いたげだった。

けれど、ラップはさちの状態の良さを端的に示している。順調すぎるほど、順調だ。フルマラソン初挑戦なのだから、長く感じるのは当たり前だ。ペースは落とさない。稼げるうちに、なるべくタイムを稼いでおく――亮磨はそう判断した。

「ここから、長い下り坂！」

いきなり目の前の視界が、ぱっとひらけた。坂が終わり、平坦になった数百メートル先のほうまで、ランナーが数珠つなぎになっているのが見とおせる。

様々な色彩があふれていた。木々の緑と、土の茶色と、アスファルトの灰色しかない単調な風景に、ランナーたちの色とりどりのウェアが躍動している。とくに蛍光色の黄色や赤、青、ピンクがよく目立つ。それらの大量の背中が、ここからはほとんど豆粒のように小さくなって、その先の曲がり角へと次々に吸いこまれていく。

下り坂は、思ったよりも急だった。さちとともに、前傾を保ちながら、スピードを緩めず、一気に駆け下りる。まるで、真横に重力が働いているかのように、体が引っ張られていった。引っ張られるまま、その勢いで突っこんで走る。

足の裏に、膝に、骨盤に衝撃がつたわってくる。頰が風を切っていく。さちの息づかいが、風にのって、後ろへ、後ろへと流れていく。

ほかのランナーたちの激しい足音にかこまれながら、亮磨はこの瞬間、ものすごく不思議な気持ちにかられていたのだった。

俺たちは、いったいこんなところで何をやっているんだろう？　こんなにも大勢の人間たちが、なぜ汗水たらしてむやみに疾走しているんだろう？　ここまで必死になって、いったいみんなどこへ向かおうとしているのだろう？

でも、悪い感じはしなかった。むしろ、楽しかった。これでこそ、悪あがきの舞台にふさわしいじゃないか。

たしかに、愛の言うとおり、とんでもなくバカげたことをしていると、認めざるをえない。まったくもってアホだよなぁ、ムダなエネルギー使って、せっかく食ったもん消費してさ——愛の痛烈な皮肉が聞こえてくる気がする。

愛のことを考えると、自然と口元に笑みがこぼれてくる。つい最近、いっしょにラーメン屋に行ったときのことを、亮磨は走りながらぼんやりと思い出していた。

麺のすすり方がものすごく下手《へた》なので、スープがメガネのレンズにはねて、ぎとぎとの状態のまま、愛は店主にしつこくレシピを聞きだそうとしていた。

「このスープさ、いったい何でダシとってんの？」

半袖のアロハにマフラーを巻いて、顔じゅうに汗をかき、丸メガネのレンズを脂《あぶら》と熱気で曇らせている客に、店主らしきおじさんは露骨《ろこつ》に嫌そうな顔をした。タイマーが鳴って、麺の入ったザルを持ち上げる。そのついで、というように、愛の質問をかるくいなした。

「それは、悪いけど言えないよ。お嬢ちゃん」

愛はとくにいらだった様子を見せず、麺を濃厚なスープにつけ、一気にすすった。ちゅるちゅると口をすぼめて吸うせいで、麺の束が口元で暴れ、スープが愛の顔やテーブルにはねまくっている。

深夜のラーメン屋だった。亮磨と愛のほかは、カウンターのならびに、飲んだ帰りらしいサラリーマンが一人いるだけだ。

「うめぇのになぁ。これ、すんげぇ、うめぇのになぁ」愛がうらめしそうに店主を見上げながら、独り言のようにつぶやいた。「知りてぇなぁ。このスープの秘密、知りてぇなぁ」

「そうかい？」頭にタオルを巻いた店主はまんざらでもなさそうに顔をほころばせたが、湯切りをしながらすぐに表情を引き締めた。「まさか、あんた同業者じゃないだろうね？」

「私が、ラーメン屋に見えるか？」

「見えないな」

「だろ？　早く答えなよ」

いったいこの会話は何なんだと、亮磨は愛と同じ、魚介濃厚つけ麺を食べながら、横であきれている。

どうやら、捲土重来のシメのメニューで、和風のつけ麺を出そうという話になったらしい。麺は製麺所から卸してもらう。スープも業者から仕入れる案があるらしいのだが、とりあえず社長はつけ汁の仕込みを、愛とともにチャレンジすることにしたそうだ。料理を一から創作するという、愛が苦手とする能力を伸ばしたいという目的も、社長の思惑《おもわく》にはきっとあるのだろう。

そのせいで、ここしばらく、愛のラーメン屋めぐりにつきあわせられていた。

「煮干しは、確実だろ？」愛が鋭い眼光で、店主にたずねる。

「まあ……な」

「野菜は？」レンゲで茶色いスープをすくい、一口飲む。口のなかで液体を転がすさまは、まるでソムリエのようだ。「おい、どうなんだよ、野菜。玉ねぎ？」

愛は質問の攻め方を変えたようだ。一つ一つ具体的な具材をあげて、店主の反応をたしかめている。店主のほうも身構えて、無表情をつらぬいていた。カウンター越しの応酬がしばらくつづいた。

あの公園での一件以来、愛がパニックを起こすことはなくなっていた。愛の「好きだ」という叫びには、まだ明確な答えを返していない。けれど、亮磨は愛のありのままを受け入れようと決意していた。愛が苦手なことを理解し、どうすればうまくフォローができるかを考えた。

それが、愛の心の安定につながっているのかはわからない。もちろん、愛自身も変わろうとしているのはたしかだ。

つけ麺を食べ終わって、ラーメン屋を出る。自転車を押しながら、深夜の渋谷をならんで歩いた。

「あいつ、何か絶対、重要な具材隠してんぞ」愛はくやしそうに吐き捨てた。

「まあ、愛さんが料理に対して真剣なのと同じように、あの人もラーメンに命かけてやってるんですよ、きっと」

まだぶつぶつと文句をつぶやきつづけている愛を、ちらりとうかがった。ラーメン屋を出る前に、メガネと口をティッシュでふかせたので、顔はきれいだ。季節感を無視した、ちぐはぐな格好は相変わらずだったけれど。

「愛さん、そろそろ、マフラーと手袋をとりましょうよ。暖かくなってきたんで」

四月に入って、夜でも風はだいぶ生ぬるくなっていた。そろそろ、冬のよそおいをはずさせなければならないだろう。愛の場合、気に入ったら最後、真夏でもマフラーと手袋をつけてしまいそうだ。

「嫌だよぉ。あたしんだよぉ」強引にはぎとられると思ったのか、手袋をした手でマフラーをぎゅっとにぎりしめた。「せっかく、亮磨にもらったものなのに」

「でも、もう誰も手袋なんかしてませんよ。季節を考えましょうよ。もっと、ふつうにしましょうよ」

「ふつうって何？　なんで、みんなしてないからって、私もマフラーと手袋をとらなきゃいけないの？　私がしたいんだからいいでしょ？」

そう言われて、亮磨はぐっと答えにつまった。たしかに、ふつうってなんだろう？　愛がしたいというなら、そうさせてあげればいいじゃないか。

けれど、みんながそうしているということは、何かしら理由があるはずだった。

「これから、暖かくなって、すぐに暑くなります。マフラーや手袋の内側で汗をかきます。そうすると、かぶれたり、あせもができたり、よくないことがいっぱい起こります。愛さんには、そうなってほしくないんで」

愛はマフラーを広げて、自分の首元に視線を落とした。しばらく立ち止まって、不機嫌そうに宙を見上げている。それから、何かに納得したらしく、ゆっくりとうなずいた。

「亮磨がそこまで言うなら、わかったよ」愛がマフラーと手袋をはずす。「洗って、しまって、また次の冬つける」

亮磨は心のなかがじわじわと温まってくるのを感じていた。きちんと説明すれば、わかってもらえるんだ。

一つ一つ着実に、愛は前に進んでいく。料理という、自分の得意分野で戦いつづける。

それは、俺とさちも同じだ。一歩ずつ、四十二・一九五キロへの道筋を進みつづける。愛とさちの努力を考えると、アスファルトを踏みしめ、そして蹴りだす、そのたった一歩の動作でさえ、決しておろそかにはできないと思った。慎重に、大胆に、さちをリードしていく。

「下り坂終わります。しばらく平らです！」さちに告げた。

道が平坦に変わって、地球の重力を一身に感じる。ふくらはぎに、足の裏に負荷がかかる。

しばらく進んで、その先の道を右折する。

「狭いんで、気をつけてください！」

畑のあいだの自動車一台分くらいの道だった。春の風が吹いて、土の濃いにおいが鼻をくすぐる。

さらに、すぐの突き当りをあわただしく右折する。また細い道だ。盲人マラソン大会を兼ねているだけあって、よけてくれるランナーが多い。「頑張って！」と、声をかけて追い抜いていく人もいる。

しばらく真っ直ぐ。民家のあいだの細くうねる道を走る。

亮磨もだいぶ暑さを感じてきた。ウェアの内側に、じっとりと汗をかきはじめている。あいている左の指先でウェアをつまんでも、風圧ですぐにぺったりくっついてしまう。眉毛にたまった汗を手首でおおざっぱにふいた。

さちはどうだろう？

となりをうかがって、亮磨は首をひねった。急な下りを通過したせいか、ついさっきまでのさちの走りとは何かが決定的に違っている気がした。どこかがおかしい。狭い曲がり角が連続したせいか、今までまったく察知することができなかった。

注意深く観察する。すぐに気がついた。

一つに結んだ、さちの毛の束がいつもより跳ねている。道は平らなのに、上下動が大きいのか、着地の衝撃が激しいのか、結んだ根元から、毛先までが波を打って、跳ね上がる。

亮磨はさちの足元へと視線を落とした。よく引き締まった、太ももからふくらはぎにかけての筋肉のしなり。やわらかく、しなやかな、足首の回転。

一見すると、いつもと変わりない。が、耳が異常をとらえている。

ほかのランナーたちの足音にまぎれて気がつかなかった。亮磨は聴覚を研ぎ澄ませる。

ひたひたと、静かで柔軟な接地がさちの持ち味だ。ザッ、ザッと、こすれるような、引きずるような大きな足音は不調のサインだった。

心なしか、足の回転数が減っているようだ。さちのリズムが乱れはじめている。その目減りしたぶんを、無意識のうちにカバーしようとしているのか、ストライドが広がっている。亮磨は自分の足元をたしかめる。地面をすべっていく、オレンジ色の「40」という速度表示を目安に、歩幅をはかってみる。

やはりほんの少しだけ、ストロークが大きい気がする。アスファルトにうつったさ

ち の影が、大きく跳ねている。

焦りが見える。さちがあいている右手で、腿を何度かたたいた。汗があごの先からしたたる。

悪い兆候《ちょうこう》だ。亮磨が自分のことをうかがっていると察知したらしい。さちが呼吸の合間にぼそっとつぶやいた。

「なんか……、急にきた」

足にきた、という意味だと、亮磨は瞬時に解釈した。ロープをにぎる手の内側に、汗がにじんだ。やはり、さっきの下り坂だろうか？　あまりにも突っこんで行きすぎたか？

そもそも、前半はアップダウンが激しいコースだったようだ。自然の起伏というよりは、線路や大きな交差点をさけるための陸橋をいくつか通過しなければならない。人工的な上り下りは、急勾配で足腰にこたえる。その蓄積が今になってあらわれたのだろうか？

自分だけが、爽快な気分にひたっていたのかもしれない。長かった待機の時間のせいで積み重なったはやる気持ちが、実際に走りだして一気にはじけた。穏やかな春の気候に誘われて、どこまでも走っていけるようなハイの状態になっていた。

前半の二十キロを戦ってきたさちの状態をしっかりかえりみる――伴走者として絶

対におろそかにしてはいけないことを、俺は怠《おこた》っていたのかもしれない……。

冷静に。落ち着いて。さちの足音に、息づかいに、耳をすますんだ。

二十二キロから二十三キロのラップを確認する。五分二秒――。

正直、微妙なところだ。下りを駆け抜けたわりには、おそい。この区間、コーナーがつづいたから落ちただけか？　それとも、二秒のオーバーは、さらなるペースダウンの兆候なのだろうか？　このラップタイムを言うべきか、言わざるべきか？

迷いはとめどなく押しよせてくる。

「一度、リセットしましょう」

自分の気持ちをいったん落ち着かせたいという思惑もあった。

「進路は真っ直ぐ、平らです。周り大丈夫です。ちょっと、肩甲骨《けんこうこつ》とか、肩まわりほぐしましょう」

さちが、両腕を体の横にすとんと落とす。亮磨もロープをにぎったまま、右の腕をさちに合わせて下ろした。

脱力した腕をぶらぶらと振ったさちは、何度か肩を上下させ、肩甲骨のまわりの筋肉をほぐすように回転させた。

「オーケー」さちが、うなずいた。「大丈夫そう」

「ここは焦る必要ないですから」さちの動きに合わせて、通常の腕振りに戻す。「貯金は十分できてます。あとでまた盛り返すときのために、温存しておきましょう」

上半身をリラックスさせたおかげで、不自然なかたさはとれた。少なくとも、さちの走りににじみ出ていた、前へ、前へ、という焦りだけはなくなっていた。さちのポニーテールの毛先も、さっきよりは跳ねなくなっていた。ただ、ピッチはなかなか上がってこない。

ここは、キープでいい。ムリをして上げる必要はない。まだ、先は長い。そう、自分に言い聞かせる。

「歩崎《あゆみざき》公園水族館」という大きな看板が見えてきた。公園の駐車場の向こうに、茫洋とした空間が広がっていた。霞ケ浦《かすみうら》らしいが、湖面までは距離がひらいているのでよく確認できない。

「給水しましょう！」

さちがうなずいたのを確認してから、給水のテーブルに慎重にアプローチしていった。速度を落とす。同じく給水所に近づいていくランナーの背中にぴたりとつけて、亮磨は左手をのばした。

紙コップを二つまとめて、上からつまむように持ち上げる。周囲を見わたしてから、ランナーの集団からひとまず離れる。

さちの右手にコップを一つわたした。その拍子に少しだけ中身がこぼれたけれど、気にするほどではなかった。

さちが、スポーツドリンクを飲みきる。その直後、大きく息をつく。深呼吸をしてから、もとの規則正しい呼吸に戻そうとしている。

さちが空のコップを返した。まだ、走りはじめて三キロだったけれど、この先、いつ給水できるかわからない。亮磨も喉をうるおした。

細かいカーブの連続する、民家のあいだの細い道。日陰も多い。住民たちの応援が沿道をにぎやかに彩っている。

けれど、さちの状態は思わしくない。

二十四キロ通過、五分四秒。

二十五キロ通過、五分七秒。

マズい。着実に前に進んでいるのに、その反面、ずるずると後退していくような気分だった。

二十五キロのトータルのタイムは、二時間三分五十八秒。亮磨は必死に頭のなかで計算した。五分ペースなら、単純に二十五をかけて、二時間五分。ということは……、まだ一分の余裕はぎりぎりキープできていることになる。亮磨は、どくどくと脈を打つ心臓を、なんとか落ち着かせようとした。

が、この先、五分を超えるようなペースを刻みつづけたとしたら……。またたく間に、前半に積み上げた貯金を食いつぶすことだろう。

さちの表情は、かたく、けわしい。呼吸が心なしか、はずんできている。眉間にしわがよっている。

なんとか、さちの気をまぎらわせてあげたい。けれど、まったく景色に変化がない。二十五キロを踏み越えて、ふたたび大きな桜が目に入ったけれど、この鮮やかな色彩も、余裕のない今のさちには響かないかもしれない。

何か、さちの気持ちが奮い立つような言葉を。

何か、あるはずだ。何か……。

沿道に女性が立っていた。腕に赤ちゃんを抱いている。赤ちゃんの手をとり、こちらに向けて振っている。「頑張れぇ」——お母さんは、ランナーたちに対して、というよりは、赤ちゃんの耳元にささやいている。赤ちゃんは、ぽかんと口を開けて、次々と通過していくランナーたちに、驚いたような表情を浮かべている。

「お母さん、きっと来ますよ」亮磨は赤ちゃんに手を振り返しながら言った。「ゴールまでに、なんとか間にあうといいんですけど……」

亮磨がそう言った瞬間だった。さちが拳をぎゅっとにぎりしめる。そのこわばりが、ロープをつたわって、亮磨の右手に感知される。

しまった……。

さちの腕の振りが鈍る。ロープががくっと引っかかる。軽はずみに口に出してしまった「お母さん」という言葉が、二人の腕のあいだの数十センチに、いつまでもわだかまっているようだった。

今朝、駒沢から出発したときのさちの様子を、亮磨は激しい後悔とともに思い起こしていた。

早朝の六時。ようやく太陽が顔をのぞかせたばかりの薄暗い246号線を、車は快調にすべっていく。亮磨は窓に肘をもたせかけて、居眠りをしないように、行き過ぎていくほかの車のナンバープレートを一つ一つ読みとろうと目をこらしていた。どこかに意識を散らしていないと、緊張で頭がどうかしてしまいそうだった。

オーディオからは、さちの好きだという女性ボーカルの曲が、ひかえめに流れていた。となりに座るさちが、リズムに合わせて、とんとんと指先を動かしている。

「亮磨君、そうとう緊張してるでしょ？」車を運転する廉二の父親と、バックミラー越しに目が合った。「いや……、顔がこわばってるからさ」

「正直に言いますと、すごいしてます」亮磨は腹をさすりながら答えた。起きた瞬間から、胃がむかついていた。歯磨きのときは、何度もえずいてしまった。

「ちゃんと、メシ食ってきただろうな」廉二が心配そうに聞く。

「いちおう……。廉二さんに言われたとおり、餅《もち》やらバナナやら、つめこめるだけつめこんできました」

「お前、何がなんでも吐くなよ」廉二が真面目な表情で釘をさした。「ゲロが口のなかにたまっても、絶対に飲みこめ。せっかく食ったのに、栄養が流出したらもったいないからな」

汚いからやめてよと、さちが笑いながら言った。

さちのほうが、よっぽど肝がすわっていると思った。しずかな顔つきで、膝のあいだにおさめた白杖をにぎりしめている。ときどき、曲に合わせて、鼻歌を口ずさんでいる。

駒沢から会場の土浦までは、廉二の父親が車で送ってくれることになった。電車移動は、さちに負担やストレスがかかる。ベストの状態で大会にのぞんでほしいという、廉二の両親の配慮だった。

待ち合わせ場所で挨拶を交わしたときにも感じたのだが、廉二の父親は、誠実さがつたわってくる、物静かな人だった。車で事故に遭ったさちを気づかっているということもあるかもしれない。丁寧で慎重すぎるほどの運転だった。バックミラーで、ときどきさちの様子を気にしていることがわかる。たしか、母親の再婚相手で廉二とは血がつながっていないはずだ。

助手席には、廉二の母親が座っていた。背はそれほど高くなく、廉二とはあまり似ていなかった。

やがて、車は首都高の三軒茶屋入り口をのぼっていく。しばらくすると、廉二の母親が振り返って言った。

「さっちゃんのお母さんもぜひって、誘ったんだけどねぇ」

余計なことを言うなよ――そんな廉二の冷ややかな視線にはおかまいなしで、廉二の母親は大きくため息をついた。

「なんかね、まだ迷ってるみたい。思いきって来ちゃえば、楽なのに」

「こわいらしいんです。自分が来たら、私に何かアクシデントが起こるんじゃないかって、本気で思いこんでるみたいで」さちが眉をぐっと下げた。「まあ、来てくれたところで、私には見えないからわからないですしね」

車内が気まずい沈黙に包まれる。カーナビの声が、ジャンクションの手前で進路を知らせた。首都高は細かいカーブを繰り返しながら、都会の街中を突っ切っていく。

「でもね、私もその気持ち、よくわかるんだよ。母親同士」廉二の母親が、ペットボトルホルダーからお茶を取って一口飲んだ。「その、こわいっていう気持ちがさ」

「えっ？」さちが、顔を上げた。

「私もね、この子の大会見に行くの、ちょっとこわかったなって思うわ」と、廉二の母親がペットボトルのキャップをしめながら言った。「廉二はね、すごく本番に弱くて、すぐお腹が痛くなったり、忘れ物したりして。だから、見るほうもひやひやしっぱなしでね、生きた心地がしなかったなぁって思い出した」

廉二が気まずそうな表情を浮かべる。「へぇ～」と、廉二の父親と、さちが同時に声を上げる。どうやら、廉二の父親も知らなかったことらしい。

「だからね、さっちゃんも、お母さんの気持ちわかってあげてほしいんだ。きっとね、今もまだ迷ってるんだと思うよ。本当は行きたいって、応援してあげたいってうずうずしてるはずだよ」

さちは、何も答えなかった。その様子を見て、廉二の母親はいちだんと明るい声を出した。

「廉二もね、こう見えても、むかしはかわいかったんだけどねぇ。高校くらいになると、すごく背が伸びて、ババアは見にくんじゃねぇよ、とか言い出しちゃって」

「うっせぇなぁ」廉二があわてて母親の言葉をさえぎろうとした。「俺の話はいいだろ！」

「ちょっと前まで、お母さぁんって、甘えてたのが、ババアだからね。そんな人間に育てた覚えはないんだけどね」

一度しゃべりだすととまらないのは、親子でよく似ていると、亮磨は苦笑いしながら思った。

「ほら、高校入ってさ、好きな人ができて、色気出して、茶髪に染めたりなんていうこともあったよね」

「だから、やめろってってんだろ！　ぶち殺すぞ！」

母親と息子の、ちょっとこそばゆい会話に車内の空気はゆるんだものの、さちの表情は依然として曇ったままだった。

「ほら、アサヒビールの金色ウンコビルみえてきたぞ」「スカイツリーだ！　てっぺんが全然見えねぇな」などと、廉二はしきりに車外の風景をさちに実況しはじめた。廉二の思いやりがつたわったらしく、さちもしばらくするともとの穏やかな表情に戻った。けれど、土浦に着くまで、どこか心ここにあらずという、ぼんやりとした遠い目をしていた。

さちの母親。

事故を起こし、さちの視力喪失の原因となったお母さん。

さちは、いったい何を思う？　何を考えている？　さちの目は、車のなかと同じように、力を失いかけている。

二十八キロを過ぎた。ペースは五分五秒。

苦しそうな表情は、変わらない。けれど、調子が悪いなりに、懸命に踏みとどまろうとしている意志と闘志だけはうかがえる。ともすれば、ずるずると失速しそうになるのを、なんとかぎりぎりのところでもちこたえている。

民家の庭に、数メートルはあろうかという立派な鯉《こい》のぼりが泳いでいた。四月半ばの気の早い鯉のぼりは、春の強い風を受けて、悠然《ゆうぜん》と空中でひるがえっている。

亮磨はその様子をさちにつたえようと口を開いた。が、寸前でやめた。今は、いったい何がさちの心を動かすのかわからない。軽はずみな言動が、すべて逆効果になってしまうような気がする。ただただ、互いに無言でひた走る。

たしかに、手足はぴったりと合っている。けれど、さちの体が自分の体の延長と化していくような一体感はほとんどなくなりかけている。さちの苦しみを、亮磨は自分のものとして感じることができない。

二十九キロを過ぎた。陽が高くなってきた。首筋に、じりじりと太陽の熱気を感じる。

暑い。喉がかわいた。狭い場所でランナーが殺到するからと、二十八キロ地点の給水所をやり過ごしてしまったことを後悔した。

どうする？　どうすれば、さちの底力を引き出せる？　廉二なら、なんて声をかけるんだ？　亮磨もしだいに余裕がなくなってきた。もやのかかった頭のなかは、空回りするばかりだ。吸いこむ酸素はすべて体中に供給されて、脳にまで届いていかない気がした。

「ペースは？」荒い呼吸の隙間をぬうように、さちが聞いた。

瞬間、亮磨は迷っていた。

二十八から二十九キロのラップは、五分九秒。

ただ、それを正直につたえるべきかどうか……？

リアルな数字をつきつけて闘志をなえさせるよりは、ほんのわずかに見える希望を糧に、スピードアップをうながしたほうがいいのかもしれない。

だけど、本当にまだペースを上げられるのか？　いくらなんでも、さちはもう限界じゃないのか？　ここでムリをして、完走すらできなかったとしたら？　そもそも、タイムに関して、さちに嘘をついてもいいのか？

「五分四秒です！」慎重に数字を選んで答えた。五秒、サバを読んだ。散々迷ったすえに、結局、嘘をついた。

さちに対して嘘をついたのは、二回目だ――ふと、考えた。

「たった四秒のダウンです。ちょっとだけ……、あとちょっとだけ、上げていきましょう！」

さちがうなずく。けれど、あきらかに腿が上がらなくなってきている。

眉と眉のあいだに、濃いしわをよせて、顔をしかめたさち。呼吸はますます荒く、回復の兆《きざ》しは見えない。もしかしたら、さちは俺が嘘をついていることに気がついているのかもしれないと思った。おそらく、自分のペースは自分がいちばんよくわかっているはずだ。この走りは五分四秒には程遠いスピードだ。

そして、さちと出会ったあの日、あのホームでの嘘も、もしかしたら……。

ともすれば、ずぶずぶとマイナス思考の泥沼に足をとられそうになる。

そんな極限の状態のなかで、ふとよみがえってきたのは、愛の声だった。

なんで勝負の前にトンカツを食べるかって、亮磨、知ってるかい？

いつもの、ちょっと甲高い、ハスキーボイス。まるで無線のイヤホンのように、耳元に直接聞こえてくる気がする。

亮磨は、ほんの一瞬目をつむった。ああ、昨日のことだ。昨日の愛の声だ。くらくらとめまいのする頭を、かるくたたく。つい昨日のことが、遠い遠い、むかしの出来事に思えてくる。

台所に立った愛は、フライパンに注いだ油を温めはじめた。トンカツ、カツ、カツと、でたらめな歌を口ずさんでいる。明日のため、亮磨に活力をつけさせるんだと息巻きながら、卵をといている。

「そういえば、愛さん」亮磨は財布を取り出した。「ずっと食材のお金払っていないんで、ちゃんと精算しますよ」

公園での一件以来、ちょくちょく愛が料理を作りに来てくれていた。けれど、スーパーではいつも愛がパンダのがま口からお金を取り出していた。頑として、亮磨には払わせなかった。

「いいんだよ。貯金が三百十二万円あるからさ、気にすんな」

焼き肉に行った日から、着実に貯金が増えている。そういえば、愛の口座は社長が管理してるって言ってたっけ……。

衣をつけた肉を、愛が油のなかへ落とす。小気味のいい音と、香ばしいにおいが、狭いアパートの部屋に充満する。食欲がそそられる。

「なんで勝負の前にトンカツを食べるかって、亮磨、知ってるかい？」

愛が台所から振り返って聞いた。にやにやと半笑いの表情を浮かべている。その得意げな様子に、思わず亮磨は笑ってしまった。きっと、「勝つ」と「カツ」がかかっているのだと、社長にでも教えられたのだろう。それをまるで自分の知識のようにひけらかそうとしている。

「えぇっと……、ちょっと、わかんないですね」愛の得意げな表情を壊したくなくて、亮磨はわざと首をひねった。「教えてくれますか？」

「けっこうバカなんだなぁ、亮磨は」と、愛はあきれたように、首をゆっくりと振った。「豚肉はビタミン$B_1$が、とてつもなくすげぇんだ。体のパワーの源なんだぞ。だから、みんな勝負の前日にこぞって食べるんだ。そんなことも知らなかったのかぁ」

そっちだったか……。

案外リアルな答えに、亮磨はつい苦笑いを浮かべてしまった。けれど、この答えも愛らしいといえば、愛らしい。愛は調理師免許を持っているのだ。

「だから、たんと食えよ」

愛が炊飯器のふたを開ける。まるでマンガのように、茶碗に山盛りよそう。いたずらっぽく笑って、亮磨に茶碗を差し出した。

「炭水化物もたんと必要なんだろ」

もしかしたら、難しく考える必要なんてこれっぽっちもないのかもしれないと、亮磨は無我夢中で走りながら思った。きっと、世界は自分が考えているよりも、もっとずっと単純なものなのかもしれない。

苦しみはわけあえない。けれど、楽しさはわけあえる――そう気がついた瞬間に、亮磨はとなりを並走するさちに聞いていた。

「さちさんは、なんで走るんですか？」

もう、なりふりかまっていられなかった。

「楽しいから、走るんですよね？　今は、苦しいですか？　楽しくないですか？　やめますか？　とまりますか？」

さちが驚いた顔で、視線を上げる。無言で首を横に振る。汗がしたたる。

「さちさん、ゴールしたら、廉二さんになんて言うんですか？」

もう、なんとでもなれと思った。さちは無言だ。

「もう一度聞きます。廉二さんに、なんて言うんですか？」

あえぐような激しい呼吸の合間に、さちがおずおずとつぶやいた。

「好き……」

「聞こえないですよ！」

さちがすうっと息を吸いこんだ。しわのよっていた大会のナンバーカードが、ぐっと前にせりだす。

「好きです！」

前を走っていたランナーが、さちの絶叫に驚いて、振り返った。

「廉二君が、好きです！」

さちが、ぎゅっと目をつむって、叫ぶ。まるであがくように、必死に手足を動かしつづける。

亮磨のなかで、何かが吹っ切れた。何かがはじけ飛んだ。

さちへの好意がまったくなくなったといったら、嘘になる。むしろ、真っ黒に燃えつきたかのように見えた炭が、少しの風や熱で真っ赤に再燃するように、何度でも、何度でも気持ちは燃え上がる。運動による体の内側の熱に感応するように、ばちばちと火の粉をまきちらして爆《は》ぜる。

でも……。もう、いいんだ。あえて、水をぶっかけて、冷ますような真似もしない。この熱を保持したまま、廉二の待つゴールを目指す。ただ、それだけしか考えない。

それにしても、俺はいったいこんなところで何をしているんだろう？　視覚障害の女の子と死ぬほどの苦しい思いをして、まったく知らない土地をフルマラソンで走るなんて、半年前の俺には想像もつかなかった世界だ。

違和感というほど大げさではない、それでいて、圧倒的な現実の前にくらくらとめまいを起こすような、不思議な感覚が、体の奥底からじわじわとわき上がっていた。

となりを走るさちの、おでこにぺったりとはりついた前髪を見る。

懸命に前に進もうとあがきつづける、アスファルトに伸びた、自分とさちの短い影を見る。

コースのはるか先のほうまで列をなして走る、無数の市民ランナーの背中を見る。

沿道の民家の窓から口々に声援を送ってくれる、地元の人たちを見る。

青い春の空を泳ぐ巨大な雲を見る。

そこに浮かんだ米粒みたいなヘリコプターを見る。

そして……。

「さちさん！」思わず叫んでしまった。

道を曲がった先に、霞ヶ浦の湖面がはっきりとあらわれた。はじめて対岸まで見とおせたおかげで、その大きさがよくわかる。

「霞ヶ浦です！　よく見えます！」

湖が正面に広がる場所が、三十二キロ付近——つまり残り十キロ地点だということは、あらかじめさちにつたえてあった。

「めちゃくちゃデカいです！　きらきら光ってます！」

さちが、ほほえんだ。湖面の反射が、彼女の汗をきらめかせた。

「見えたよ」さちが、目を細める。右手で前髪をかき上げる。「はじめて、見えた。すごく、まぶしい……」

「右カーブ！　九十度！」

湖を左に見ながら、細い道路を道なりに曲がる。「崎浜横穴古墳群《さきはまよこあなこふんぐん》」という看板が、かろうじて読みとれた。その先に、こんもりと緑をいただいた、土の小山が見えた。そこには、無数の大きな穴が無造作に掘られていた。

「横穴がいっぱいあります！　古墳時代の墓らしいです！」

亮磨はさちの頭ごしに、土の壁にぽっかりとあいた穴を眺めた。地層自体は、十数万年も前のものらしい。牡蠣《かき》の白い殻《から》が混じっている。このあたりは、かつて海の底だったということだ。

「千三百年以上も前のお墓らしいです。きっと、霞ヶ浦が見える場所につくったんですね」

道のすぐ脇にある横穴古墳群だった。ともすれば動物の巣のようにも見えるこの墓が、はるかむかしに生きていた人間の掘ったものだとは、到底信じられなかった。

「ずっと、おんなじなんだね」さちがぼそっとつぶやいた。

「えっ？」

「ずっと……、ぐるぐる……ぐるぐる、永遠に走りつづけてるって思って、嫌になることもあった。いつまでも、ずっとこんなことを繰り返すのかって、すごくこわかった」アスファルトを蹴りながら、さちが言った。「でも、それって当たり前だよね。ずっと何百年も、何千、何万年も、人間はそういうこと、繰り返してるんだから」

しゃべることすらつらい、極限の状況のなかで、なぜかすとんと落ちるように、亮磨はさちの言いたいことが理解できたのだった。

「きっと、おおむかし、ここにお墓を掘った人も、こうして霞ヶ浦の景色を見てたんだろうね。でっかいなぁって、まぶしいなぁって、思ってたんだろうね」

「きっと、そうです」亮磨はうなずいた。

「同じ道を、二人ならんで歩いたり、走ったりしてたんだろうね」

「そうですね」やっていることは、はるか古代からまったく変わらない。俺たちは何かのために、誰かのために走る。ただ、それだけのことなのだ。

そんなことを、つい最近考えたような気がした。必死に思い出そうとした。でも、思い出せなかった。もう、どうでもいいとすら思えた。

強い風が吹いた。目の前に一本だけ立っている桜の木から、ぶわっと花びらが舞い上がる。

「ずっと、むかしから、風が吹いたり、花が散ったり。変わらないんです、きっと」

桜の花びらが、さちの頬にあたった。

「感じるよ、亮磨君」桜の花びらを指先でつまんださちが、目の前にかざす。その花びらを、ふたたび風の軌道上に解き放った。「なんか、すごい元気が出てきた。苦しいことは、苦しいんだけど、なんだか、マジでどうでもよくなってきた」

さちが吹っ切れたように笑った。

「でもね、いくら永遠の繰り返しだっていったって、今だけは、私たちの世代なんだよ」にぎりしめた右手の拳で、さちは自分の胸をたたいた。「それは……、それだけは、絶対に譲れない」

行ける、走れる、大丈夫だ。

「必ず、廉二君に、会いに、行く」

自分が自分の意志で走っていないような、このまま永遠に走りつづけていくような、時間が無限に引き伸ばされるような、それと同時に瞬間、瞬間にかぎりなく切りとられていくような、奇妙な浮揚感を味わっていた。今が千数百年前の古代でもよかった。また、千数百年後の未来でもよかった。たぶん、いつまでも俺たちはこの道を走っていく。

でも、今は、今だ。

前半二十キロを走った廉二、そしてさちの汗がしみこんだ赤いロープを、右手で力強くにぎりしめる。

「ゴールで廉二さんが、待ってます」

亮磨は覚悟を決めた。ガソリンが切れたときのことは、意識的に脳内から排除する。

「行きましょう！　さっきの言葉、つたえに行きましょう！」

亮磨の声に応えて、さちのピッチがぐんと上がる。力強さと、躍動感が、さちの足元から全身へ、みるみるうちに広がっていくのがわかる。小さな体の内側で、炎が燃えているのがわかる。前を行くランナーを抜かす。

アスファルトを蹴る、その衝撃がふくらはぎ、腿、骨盤、背骨、肩甲骨をとおって、頭のてっぺんまで正しく駆け抜ける。天からぴんと吊られているように、さちの姿勢は揺るぎない。

また一人、追い抜いた。

燃えている。比喩《ひゆ》でも、何でもない。体の内側が、熱い。発火しそうなほど燃えている。

なんで、俺がさちの限界を決めるんだ！　亮磨は左手でウェアの心臓のあたりをにぎりしめた。ゴールで待つ廉二のところまで、さちを導く——ただそれだけが俺の使命だと言い聞かせつづけた。

三十三キロのラップを確認する。

「五分一秒！」亮磨は叫んだ。「オーケー！　盛り返してます！」

さちの足の回転数が、目に見えて上がっている。白いセンターラインが、スピードを上げて足下を行き過ぎていく。

「タイム、二時間四十四分四十！」

五分ペースの計算なら、三十三キロは、二時間四十五分。俺たちには、一分の貯金が必要だから……、この余計な四十秒を、残り九キロで巻き返すためには……。

亮磨は必死に頭のなかで計算しようとした。

いや、もう、わかんねぇ！　とにかく、できるかぎり速く、あたうかぎりピッチを上げて……。

道の左側には、見わたすかぎり一面に、ハス田が広がっている。蓮根《れんこん》をとるための田だ。さらにその先には、ふたたび距離があいた霞ヶ浦が、うっすらと見える。変化のない風景が、延々とつづいている。

三十四キロ通過、四分五十七。

三十五キロ通過、四分五十八。きっちり給水もすませる。

「タイムは、三十五秒！」

もう、トータルのタイムは、秒数しか読み上げない。さちが、しっかりとうなずく。大丈夫。つたわっている。この三十五秒という数字が、すなわち、一キロあたり五分を下回ることによって、短縮していかなければならないタイムということになる。

けれど、距離はあと七キロ。このまま五分を数秒ずつ切るペースで走っても、三十五秒という数字は、ゴールまでにはきっと縮められない。ラストスパートに賭ける。

カエルが鳴いている。ハス田のほうから、風にのって大合唱が聞こえてくる。冬眠が終わって、外界に出て、ためこんだ力を放出するように、鳴き声を響かせる。

風が湖のほうから吹いた。ハス田の水面《みなも》が、波を打つ。風の帯が見えた気がした。

三十六キロ通過、四分五十七。

五分刻みのペースなら、三十六キロ地点は、三時間ぴったりの距離だ。タイムは（三時間五十九分）三十二秒。また、三秒巻いた。

とにかく、あと三十分！　あと三十分走りきれれば！　自然と力がこもった。

リラックス、リラックス。自分に言い聞かせたその瞬間、ロープががくっと引っかかった。

「亮磨君？」さちが、驚いて視線を上げた。

あれ……？　亮磨は自分の左手を見つめた。一度、閉じる。また、開く。

おかしい。まったく力が入らない。びりびりと痺《しび》れたように、握力が指先までつたわらなくなっていた。血が末端まで届いていないのか、自分の手であるような感覚がまったくない。麻痺《まひ》の感覚が、腕から、足へと、じわじわ伝播していく。

まさか……。なんで？　なんで、今になって……？

「すいません……」亮磨は呆然として、つぶやいた。「ハンガーノックです」

話には聞いたことがあった。低血糖状態で、全身から力が抜けていく。こんなこと、今まで一度として経験がなかったのに……。

走りながら、膝ががくがくと震えた。その場にへたりこみそうになるのを、懸命にこらえた。とりあえず、気力だけで足を、前へ、前へと進ませる。

向かい風が吹いた。風圧で押し返されそうになる。自分の体が、ぺらぺらの紙きれになったような気分だった。

体が切実に糖分を要求しはじめた。揚げまんじゅうが食べたい。いちご大福が食べたい。カステラが食べたい。チョコレートが食べたい。カントリーマアムが食べたい！　これほどまでに、甘いものを食べたいと欲し、願い、喉から手が出そうなほど希求したのは、生まれてはじめてというくらいだった。

三十七キロまでは、根性で走りきった。四分五十八秒。かろうじて、タイムを読みとった。また二秒巻いた。これで、タイムは三十秒だ。

けれど、タイムを読むために持ち上げた左腕の、腕時計の重みでさえ、肩まわりにまでずっしりとのしかかってくるようだった。体が、自分の体ではないように、制御できない。前に進もうと焦れば、焦るほど、もがくような走り方になってしまう。

バカ野郎！　あと五キロだぞ。たった五キロだぞ！　俺がさちさんの足を引っ張って、どうするんだ。死んでもいいんだ！　最後まで、走りきれ！　そんな思いとは裏腹に、足首がぐにゃりと曲がって、アスファルトが豆腐のようにとけて、世界がぐずぐずに崩れていくような感覚になってくる。

呼吸がままならない。吸っても、吸っても、肺に到達する途中で、酸素がどこかに消えてしまっていく気がする。

「大丈夫？」さちが、心配そうに聞く。「何か食べる？」

この先の給水所には、バナナなどの食べ物があるかもしれない。

「いや……」

そんな時間はない。あるわけがない。だいいち、食べたところでその栄養が全身に行きわたるのは、もうゴールしたあとだろう。意味がない。このまま行くしかない。

「症状は、軽い……です」

「亮磨君、もうしゃべらなくていい！」さちが悲痛な声で叫んだ。「曲がるときは、ロープを引っ張ってくれれば、それにしたがって行く。あとは、周りの人の動きでなんとなくわかるから」

周囲のランナーたちの足音が、急に大きく増幅されて耳元に迫ってくる。油をさしていない自転車のチェーンのように、回転する膝がぎしぎしときしむ。自分が何をしているのか、よくわからなくなっている。かすんでいく視界のなかで、たくさんの顔がよぎっていった。

泣いた顔、笑った顔、悲しそうな顔、悔しそうな顔、怒った顔、叫んだ顔――両親の顔、妹の顔、愛の顔、さちの顔、社長の顔、太田の顔、クミの顔、黒崎の顔、紙袋を持って立っている老婆の顔――もう、どれが、誰の顔かも判断がつかない。ただただ、顔、顔、顔、人の顔が浮かんでいた。浮かびつづけた。

これが、本当の走馬灯かと思った。そう思ったら、なんだか笑えた。

突然、視界をよぎったのは、地下鉄のまばゆいヘッドライトだった。目がくらむ。思わず、目をつむった。鋭い警笛の音。鉄と鉄のこすれる轟音。誰かの悲鳴。

これはいったい誰の悲鳴だ？

目を開けた。さちが悲鳴を上げて倒れる、あの瞬間だった。恐怖に引きつった顔――亮磨は左手を伸ばした。もう少しで、つかめる！

そこで、ハッとした。あやうく、別のランナーの背中をつかむところだった。

「一回、とまろう！」さちが、叫んだ。「もう、限界だよ！」

体が弱っていた。それ以上に、心が弱っていた。

「あの日……」

「えっ？」

「さちさんと、出会ったあの日……」

なぜか、今言わなければならないという、切迫した思いにかられていた。冗談ではなく、ゴールしたあとに、本気で倒れて死んでしまうからなんだろうと思った。死ぬ前に、どうしても話さなければ……。

「あの日、さちさんのことを、倒したのは……」ぜえぜえと、あえぎながら、つぶやいた。「僕なんです。僕が、さちさんのことを……」

「……亮磨君」さちが、首を横に振る。「もう、しゃべらなくていい！」

三十八キロ過ぎ。道が大きな国道にぶつかる。左のほうに、土浦市内のビルがぼんやりと見える。いよいよコースが街中に帰って来た。右折。直後に、ぐるっと折り返す。ただただ、直前のランナーの背中に食いついていくことで、進路を保ちつづけている。

「ごめんなさい。ずっと……、ずっと……、言おうとして、でも、言えなくて……」

おそるおそる、さちのほうをうかがう。

さちは無言で前を見ていた。

終わったと思った。途中棄権という言葉が、頭をよぎった。今にもさちが走ることを放棄して、立ち止まるような気がした。あなたのとなりは、もう走れない。あなたは信頼できない——さちはきっとそう吐き捨てるだろう。

頭上でものすごい轟音がして、はっと天を見上げる。音の大きさのわりには、空を横切っていくヘリコプターははるか上空にあった。

「あのね……」

さちが、すぅっと息を吸いこんだ。

亮磨は覚悟した。まったく力の入らない左の拳をにぎりしめた。

「私、わかってた。知ってたんだ、最初から」

ああ、やっぱりか……。亮磨はふたたび空を見上げた。ヘリコプターが青い空に吸いこまれるように遠ざかっていく。

「私のほうこそ、ずっと、ずっと……、だまってて……、ごめんね」

でも……、なんで？　なんで、それを知っていて、伴走をたのんだんだ……？

その疑問にこたえるように、さちが口を開いた。さちだって、とうに限界を過ぎている。それでも、深い呼吸を繰り返しながら、言葉をしぼりだす。

「なんで……、亮磨君に……伴走をたのんだのか……」

ピンクのウェアが大きく波打つ。さちがこちらを向いた。目と目が合った。その瞳は深くうるんでいた。

「それはね、私のことを、亮磨君が……、助け起こしてくれたからじゃないんだよ」

「えっ？」耳を疑った。さちがふたたび視線を前方に戻す。

一つ目の信号を左折する。まるで、自分たちが一つの体と化したかのように、亮磨が左に進路をとると、さちもぴたりとついていく。

「亮磨君はね……、私のところに戻ってきてくれた。だから……、なんだよ」

さちが、言った。

「たしかに、一度逃げたかもしれない。でも、思い直して、私のところに帰ってきてくれた。だから信頼できるって思った。この人なら……、絶対に……信頼してまかせられるって思った」

がむしゃらに手足を動かした。まつ毛の先に、汗のしずくがしたたった。大きくぶれる視界のなかで、そのしずくはきらきらと太陽の光を受けて輝いた。

「でも、俺は……、まったく別人のふりをして……」

「気持ち、わかるよ」

まばたきを繰り返すと、まつ毛にたまっていた汗はあっけなくしたたり落ちていった。

「ひどいことしても、戻ってきてくれない人は多い」酸素を吸いこむ、その合間に言葉をしぼり出す。「多いというか……、今まで全員そうだった。ぶつかっても……、倒しても……、何も言わずに、行き過ぎていく人」

さちが、一度大きく息を吐きだした。

「白杖を自転車で真っ二つに折っても……、気づかないふりで逃げていく人。舌打ちをする人。お前が悪いって怒鳴る人……。そういう人たちばっかりだった……」

さちが、苦しそうな表情のまま、にこりと笑う。

「でも、亮磨君だけは違ったんだ。戻ってきてくれたんだ。たとえ、別人のふりをしても、私のところに戻ってきてくれた。それが、何よりうれしかった。この人のとなりなら、安心して走れる。だから……、思いきって声をかけた。思いきって……、誘った」

　さちが、ふたたび加速した。亮磨は何がなんでもという思いで食いついていった。

「それは……間違ってなかった。私は……、間違ってなかった！」

　亮磨はじっと耳を傾けていた。こわくて、情けなくて、目をつむりたくなった。この場に立ち止まりたくなった。でも、さちと同じように、息を大きく吐きだして、しっかりと前を見すえ、がむしゃらに進みつづけた。

　重くのしかかっている罪悪感は、変わらない。でも、ほんの少しだけ、苦しくてばらばらに壊れてしまいそうな体が楽になった気がした。ほんの少しだけ、救いが見えた気がした。

「ごめんなさい……！」

「あやまるのは、私のほうだよ……」

　その瞬間だった。聞きなれた声が、突然沿道から発せられた。

「亮磨！　何やってんだ！　おそいぞ！」

　幻聴かと思った。けれど、さちが「愛さん」と、つぶやいて、そうではないとわかった。

「亮磨！　走れ！」

　亮磨は視線を上げた。

「さちさん！　頑張れ！」

沿道に愛が立っていた。

なんで……！

「帰ったら、カツ食わせてやっから！　とりあえず、走れ！」

ぴょんぴょんと飛び跳ねながら、両腕を頭上で振っている。小さい体を、腕を、目いっぱい動かして、声援を送ってくる。パイナップルのアロハが踊る。

「行け！　走れ！　亮磨！　頑張れ！」

カツが食いたい！　愛さんの作ってくれるトンカツが食いたい！　ゴールして、いちばんに食いたい！　どこからどう力がわいてくるのかと不思議に思うほど、全身にエネルギーが満ちあふれていった。

「走れ！　死んでも、走れ！　さちさんも、頑張れ！」

人の心がわからない愛、人の気持ちが理解できない愛――その愛が、叫んでいる。全力で応援してくれている。丸いメガネが陽光を受けて光る。

かたわらには、社長がよりそっていた。ただただ、無言でテンガロンハットを亮磨に向けて大きく振っている。おだやかな笑顔で、振りつづける。

社長の言葉がよみがえった。

「早く、大人になれ。大人になって、さちって子も、愛も守ってやれるような、強くて、でっかい人間になれよ」

俺は変わる！　もう逃げない！　前へ進むんだ！

「ラスト……スパート！」さちが荒い呼吸の合間につぶやいた。「行くよ、亮磨君！

準備は……オーケー？」

「はい！」

もう一人じゃない。すべてを賭けようと思った。

ぐんとさちのピッチが上がる。

四十キロを過ぎる。

とにかく、早く！　廉二のもとへ！

川の手前の橋を右に曲がる。大きい通りへぶつかって左折。直後の信号を、ふたたび左折。

見えてきた！

川口運動公園。いよいよゴールだ。

赤いコーンが並べられた、その後ろに、応援の観衆たちが立っていた。

廉二の両親が真っ先に目に飛びこんできた。口に手をあてて、一心に声援を送ってくれる。

「さっちゃん！」廉二の母親が叫ぶ。「行け！　廉二が待ってるよ！」

「亮磨君！　行けるぞ！」廉二の父親が手をたたく。「もう少しだ！　頑張れ！」

二人のあいだに、小柄な女性が立っているのが見えた。

百五十センチくらいの、中年の女性。

見た瞬間、わかった。よく似ている。

「さっちゃん！」顔をくしゃくしゃにして叫ぶ。拳を胸の前ににぎりしめて叫ぶ。

「さっちゃん！」

言葉で説明する必要はなかった。その声が聞こえた刹那《せつな》、さらに、さちのピッチが上がる。全力疾走に切り替わる。全身が躍動する。

廉二の両親。さちの母親。その前を通過するのは、ほとんど一瞬だった。

「九十度、右！　競技場に入ります！　数センチ、段差あり！　三、二、一、はい！」

鉄扉の段差を踏み越える。

トラックはもうすぐ。赤茶色のトラック。人であふれかえっている。目の前がかすむ。

四百メートルトラックのホームストレートに入って行く。

ゴールは目の前だ。もう、すぐそこだ。周囲には、同じくゴールを目指すランナーたち。

「ずっと平らです。このまま、真っ直ぐ！」

亮磨は叫んだ。左腕を上げる。タイムを読み上げる。

「三時間……」

目を細めて、なんとか数字を読みとった。

「二十九分……」

そのあいだにも、秒数の二ケタは、どんどん増えていく。

「十秒！」

間に合う！　絶対に間に合う！

「十一、十二、十三！」

ゴールの向こうに、廉二がいた。目と目が合う。廉二がうなずく。亮磨君、ありがとう。その口がはっきりと、ゆっくりと動く。

バカ野郎！　まだ早いんだよ！

がむしゃらに駆けた。体がばらばらになりそうだった。電光掲示板に、公式タイムが表示されている。

「二十、二十一、二十二！」

ルールを忘れてはいけない。伴走者は、視覚障害の競技参加者と、決して同時にゴールしてはいけない。同時にゴールすれば、即失格だ。

切り離しロケットのように、伴走者を切り捨て、競技者はゴールする。

「三十一……、二……、三！」

秒数を叫びつづけた。亮磨はロープを離そうとした。さちを先に送りだそうとした。

「このまま、真っ直ぐで大丈夫です！　この先に、廉二さんがいます！」

廉二がゴールの先で腕を広げる。あと、十メートル。

「亮磨君！」

さちが叫んだ。

「ぎりぎりまで、いっしょに！　お願い！」

迷った。迷ったすえに、大きくうなずいた。

「はい！　あと五メートル！」あえぎながら、タイムを読む。「三十七、八……！」

残り二メートル。

亮磨は真っ赤なロープから手を離した。ゴールに向かって一心に駆けていく、さちの後ろ姿を見送る。ピンク色のウェアが遠ざかっていく。

瞬間、さちが廉二の胸に飛びこんだ。

三時間二十九分四十秒――亮磨は心のなかでつぶやいた。やった。ついに、やった……。

かすんでいく視界のなかで、廉二がさちを抱きとめるのが見えた。

その腕のなかで、さちがかっくりと崩れ落ちる。

「さち！　間に合った！　やったよ！」

廉二の声を聞きながら、亮磨はゴールラインをたった一人で踏み越えた。孤独を感じた。そのままふらふらとよろけていった。あとにゴールするランナーのために道をあけようと、かろうじて左側にそれていく。

心臓が壊れると思った。爆裂するほどのスピードで鼓動を刻んでいる。全身が痛い。もう、死んでもいい。もう、この体がどうなってもいい。

亮磨はインフィールドの芝生の上に倒れこんだ。

# エピローグ

風が吹いた。枝に少しだけ残っている桜がみるみるうちに散っていく。舞い上がった砂ぼこりから顔をそむけた。

亮磨はペットボトルのコーラを振らないように気をつけながら、駒沢公園のジョギングコースを小走りで横切った。まだ、腿のあたりに、しつこい筋肉痛が残っている。桜を見上げている愛の後ろ姿を見つけて、声をかけた。

「あっ、社員さんじゃないですか」

「うるせぇよ！」振り返った愛が怒鳴った。

愛は今日、社長の提案を受け入れる決心をしたらしい。契約社員としての一歩を、ようやく踏み出すことになる。

「社員さんは、バイトに向かってそんな言葉づかいはしないっすよ。気をつけたほうがいいですよ」

「だから、その社員さんって呼び方、やめろって。マジで殺すぞ」

愛にコーラを手渡す。さっきいっしょに買いに行った、チェックの長袖シャツを着た愛は、キャップを開けて、一気に半分ほど飲み干した。ゲップが響く。

「汚いですから、やめましょう、ゲップ」

かすみがうらマラソンを走り終えた二日後だった。東京の桜は、すっかり散り果てようとしている。ジョギングコースの端には、すでに寿命を終えた花びらが、泥にまみれ、吹きだまっている。

「なんか、さびしいなぁ……」愛がつぶやいた。「桜、きれいなのに、もったいねぇなぁ」

「大丈夫ですよ。また、来年咲きます。来年、またいっしょに見ましょう」愛からボトルを受けとった亮磨は、一口コーラを飲んだ。「その繰り返しですよ、死ぬまで、ずっと」

「なんかお前……」と、愛が顔をしかめながら言った。「悟りを開いたような口ぶりだな」

「もうすぐ、俺、二十歳ですから」

今月の終わりには、誕生日をむかえる。一度、死ぬほどの苦しみを経験したからかもしれない。心は驚くほど凪《な》いでいた。それでいながら、静かな闘志を宿していた。

もしかしたら、これが社長の言っていた、大人になる、ということかもしれないと思った。

ついこの前まで抱いていた、どす黒い感情は、あとかたもなく消え去っている。亮磨の心のなかにも、ようやく春が来た。けれど、愛の言うとおり、それが少しだけさみしくもあった。

後ろをゆっくりと歩いていた、さちと廉二に声をかける。

「さちさん！ 廉二さん！ 俺たち、先に店に行ってるんで、あとで！」

「了解！」廉二が手を挙げる。反対の腕にさちをつかまらせ、長い足をもてあますように、極端に歩幅をせばめて歩いている。

「よろしくね！」さちも、白杖を持った手をかるく振った。亮磨と同じく、ひどい筋肉痛が残っているのか、その歩き方は少しぎこちない。さすがに、さちも昨日は立ち上がれないほどのダメージが残ったらしい。けれど、廉二の告白への返答を果たし、交際することになった彼女の表情は晴れやかだ。

このあとは、捲土重来で打ち上げをする予定になっていた。今まで節制してきたさちのため、好きなものをたらふく食べさせる会だ。

社長のはからいで、亮磨は今日まで休みをもらっている。が、仕込みや開店準備くらいは手伝おうと思って、愛とともに早出をすることにした。

今日、さちと廉二に、きちんと話そうと亮磨は思っていた。この先、本格的な伴走は辞退したい、ということを。

かすみがうらマラソンで思い知った。はっきり言って、俺にはあのスピードが限界だ。これからのさちと廉二の目標は、サブ3だ。いくら二十二キロの伴走とはいえ、二時間台で走るペースに到底自分がついていけるわけがない。

もちろん、練習や調整のためのジョギングには進んでつきあおうと思っていた。さちの夢のために、できることは全力でサポートするつもりだ。

「亮磨君！」さちが大声で呼びかけた。「うちの母親がね、亮磨君、カッコよかったって」

「お……」驚いて振り返る。言葉につまった。「俺がですか？」

「走ってるときの亮磨君、きちんと見られなかったのが、残念だなぁ」

私服でスカートをはいたさちが、目にまぶしかった。亮磨は視線をはずした。

「わたさないよ！」愛が焦った様子で怒鳴った。「亮磨はわたさないよ！」

「大丈夫だよ、愛さん」と、さちが笑いながら言った。「亮磨君、あぶなっかしいところあるから、愛さんがしっかり支えてあげてね」

手を振る二人と別れる。駒沢大学駅への道を、愛とならんで歩いていく。

また強い春風が吹いて、桜の枝にかろうじてしがみついていた花びらが、一気に散り果てた。舞い上がった花びらは、一度空中に高く、高く躍り上がって、やがてどこかへ消えていった。

「愛さん、俺……」

これから高卒認定試験を受ける。そのための勉強を、一からはじめる。その報告を、今度実家に帰って、きちんと両親にしようと考えていた。もちろん、妹にも。

「捲土重来を期します。生きてるかぎり、何度でも、何度でも。たとえ、何回負けたとしても」

亮磨は前を見た。たくさんの市民ランナーたちが、春の陽だまりのなかを駆け抜けていく。

「だな」愛も深くうなずく。「そろそろ行こう」

亮磨と愛は手をつないで、桜の花びらの絨毯《じゅうたん》が敷かれた公園の道を急いだ。

本書は二〇一七年六月に小社より刊行されました。

|著者|朝倉宏景　1984年東京都生まれ。東京学芸大学教育学部卒業。2012年『白球アフロ』（受賞時タイトル「白球と爆弾」より改題）で第7回小説現代長編新人賞奨励賞を受賞。選考委員の伊集院静氏、角田光代氏から激賞された同作は'13年に刊行され話題を呼んだ。'18年本書で第24回島清恋愛文学賞を受賞。他の著作に『野球部ひとり』『つよく結べ、ポニーテール』『僕の母がルーズソックスを』『空洞に響け歌』『あめつちのうた』『日向を掬う』『エール　夕暮れサウスポー』『サクラの守る街』などがある。

風《かぜ》が吹《ふ》いたり、花《はな》が散《ち》ったり
朝倉宏景《あさくらひろかげ》


講談社文庫
定価はカバーに
表示してあります

2023年12月15日第1刷発行

発行者――髙橋明男
発行所――株式会社　講談社
東京都文京区音羽2-12-21　〒112-8001
電話　出版（03）5395-3510
　　　販売（03）5395-5817
　　　業務（03）5395-3615
Printed in Japan

KODANSHA

デザイン―菊地信義
本文データ制作―講談社デジタル製作
印刷――株式会社KPSプロダクツ
製本――株式会社国宝社



ISBN978-4-06-534084-4

# 講談社文庫刊行の辞

二十一世紀の到来を目睫に望みながら、われわれはいま、人類史上かつて例を見ない巨大な転換期をむかえようとしている。

世界も、日本も、激動の予兆に対する期待とおののきを内に蔵して、未知の時代に歩み入ろうとしている。このときにあたり、創業の人野間清治の「ナショナル・エデュケイター」への志を現代に甦らせようと意図して、われわれはここに古今の文芸作品はいうまでもなく、ひろく人文・社会・自然の諸科学から東西の名著を網羅する、新しい綜合文庫の発刊を決意した。

激動の転換期はまた断絶の時代である。われわれは戦後二十五年間の出版文化のありかたへの深い反省をこめて、この断絶の時代にあえて人間的な持続を求めようとする。いたずらに浮薄な商業主義のあだ花を追い求めることなく、長期にわたって良書に生命をあたえようとつとめるところにしか、今後の出版文化の真の繁栄はあり得ないと信じるからである。

同時にわれわれはこの綜合文庫の刊行を通じて、人文・社会・自然の諸科学が、結局人間の学にほかならないことを立証しようと願っている。かつて知識とは、「汝自身を知る」ことにつきていた。現代社会の瑣末な情報の氾濫のなかから、力強い知識の源泉を掘り起し、技術文明のただなかに、生きた人間の姿を復活させること。それこそわれわれの切なる希求である。

われわれは権威に盲従せず、俗流に媚びることなく、渾然一体となって日本の「草の根」をかたちづくる若く新しい世代の人々に、心をこめてこの新しい綜合文庫をおくり届けたい。それは知識の泉であるとともに感受性のふるさとであり、もっとも有機的に組織され、社会に開かれた万人のための大学をめざしている。大方の支援と協力を衷心より切望してやまない。

一九七一年七月

野間省一